A teoria das nuvens

Stéphane Audeguy

A teoria das nuvens

Tradução de
TATIANA SALEM LEVY

EDITORA RECORD
RIO DE JANEIRO • SÃO PAULO

2009

CIP-Brasil. Catalogação-na-fonte
Sindicato Nacional dos Editores de Livros, RJ

A92t   Audeguy, Stéphane, 1964-
A teoria das nuvens / Stéphane Audeguy; tradução de Tatiana Salem Levy. − Rio de Janeiro: Record, 2009.

Tradução de: La théorie des nuages
ISBN 978-85-01-07964-0

1. Ficção. 2. Romance francês. I. Levy, Tatiana Salem, 1979- . II. Título.

08-5557
CDD − 843
CDU − 821.133.1-3

Título original francês:
LA THÉORIE DES NUAGES

Copyright © 2005 Stéphane Audeguy

Diagramação: Abreu's System

Todos os direitos reservados. Proibida a reprodução, no todo ou em parte, através de quaisquer meios.

Direitos exclusivos de publicação em língua portuguesa somente para o Brasil adquiridos pela
EDITORA RECORD LTDA.
Rua Argentina 171 − Rio de Janeiro, RJ − 20921-380 − Tel.: 2585-2000
que se reserva a propriedade literária desta tradução

Impresso no Brasil

ISBN 978-85-01-07964-0

PEDIDOS PELO REEMBOLSO POSTAL
Caixa Postal 23.052
Rio de Janeiro, RJ − 20922-970

EDITORA AFILIADA

Tudo o que vemos se desenvolver nos ares e nascer acima de nós, tudo o que se forma nas nuvens, tudo, enfim, neve, ventos, granizo, geadas, e o gelo tão poderoso que endurece o curso das águas e desacelera ou interrompe aqui e ali o movimento dos rios, pode facilmente se explicar, teu espírito não terá nenhuma dificuldade em compreender suas causas e penetrar seu segredo, quando conheces bem as propriedades dos átomos.

Lucrécio

Sumário

PRIMEIRA PARTE: O estudo dos céus — 9
SEGUNDA PARTE: Em direção a outras latitudes — 95
TERCEIRA PARTE: O Protocolo Abercrombie — 181

PRIMEIRA PARTE

O estudo dos céus

*What a glorious morning is this for clouds!**

Constable

---
* Que manhã gloriosa para nuvens!

POR VOLTA DAS 17 horas, todas as crianças ficam tristes: começam a entender o que é o tempo. O dia começa a decair. É preciso voltar para casa, ser obediente, e mentir. Num domingo de junho de 2005, por volta das 17 horas, um costureiro japonês, chamado Akira Kumo, fala com a bibliotecária que acaba de contratar. Está sentado no terceiro andar do seu palacete particular, na rua Lamarck, na sua biblioteca pessoal, que dá para o céu: 30 metros quadrados de vidro duplo filtram todos os barulhos da cidade. Acima da linha cinza dos tetos, as nuvens se espalham, sempre as mesmas, e sempre variáveis, esquecidas das paisagens que dominam.

A nova bibliotecária olha as prateleiras. Ela se chama Virginie Latour. Akira Kumo lhe fala de Londres no início do século XIX. A princípio, Virginie Latour não entende grande coisa. Depois, ele fala de nuvens. Ele fala de nuvens, e Virginie Latour começa a entender. Entende que no início do século XIX alguns homens anônimos e mudos, espalhados por toda a Europa, levantaram os olhos para o céu. Olharam as nuvens com atenção, com respeito mesmo; e, com uma espécie de devoção tranqüila, amaram-nas. O inglês Luke Howard era um desses homens.

Luke Howard é um jovem súdito do Império britânico. E é no coração desse império, em Londres, que ele reside, e exerce a profissão de boticário. Pertence à Sociedade dos Amigos; e é aquilo que chamamos de um quacre. Seria difícil não gostar desse homem. Com a perseverança tranqüila dos inocentes, parece ter dedicado a vida a bem poucas coisas: às nuvens, aos homens e a seu único Deus. Ao menos uma vez por semana, Luke Howard participa de uma dessas reuniões religiosas que, para os quacres, desempenham as funções de missa. Que utilidade teria um padre numa Sociedade dos Amigos? Os quacres lêem a Bíblia sem parar, e a Bíblia não lhes fala nem de um clero, nem de um papa. Em 25 de novembro de 1802, Luke Howard e seus correligionários se reúnem numa pequena sala em cima do laboratório farmacêutico onde ele trabalha. Os membros da assembléia se sentam em círculo e ficam em silêncio; porém cada um tem o direito de se expressar, contanto que tenha algo a dizer: e por isso, com freqüência, a maioria se cala. É assim que se desenrola uma reunião quacre. Certamente, pode acontecer de esses fiéis conversarem; mas eles nunca discutem. No entanto, quando, infelizmente, surge uma discussão, ou mesmo um conflito, o moderador da reunião reclama o silêncio. E o silêncio se faz. Quanto a Luke Howard, ele sabe se calar, é o que sabe fazer melhor, é seu único talento, mas o possui no mais alto nível. Admiravelmente, ele se cala, para acolher em seu coração as nuvens e os homens e, acima de tudo, o criador de todas as coisas.

A reunião de 25 de novembro de 1802 foi silenciosa e, segundo a opinião geral, muito proveitosa; existem todos os tipos de qualidades de silêncio, e os quacres se distinguem em avaliá-los: o de 25 de novembro de 1802 foi unânime. Luke Howard se coloca na entrada do laboratório para saudar os participantes; os últimos a sair são seus amigos mais próximos. Eles conversam, sobre tudo e sobre nada; um lhe pergunta se definiu o tema da conferência que deve apresentar no mês seguinte, no quadro estreito e fraternal da pequena sociedade sábia que eles fundaram. Ele responde que ainda hesita entre alguns. Como não sabe mentir, todos vêem que mente e zombam gentilmente dele; mas ninguém insiste. A companhia se separa. Luke Howard volta ao andar de cima e, em pé diante de um púlpito cansado, venerável, começa a trabalhar.

Para dizer a verdade, Luke Howard sabe, desde o minuto em que foi designado à próxima conferência, do que ela vai tratar. Pretende falar das nuvens. E o fará como ninguém antes dele. Antes dele, as nuvens não existem enquanto tais. São apenas sinais. Sinais da cólera ou da felicidade dos deuses. Sinais dos caprichos do Tempo. Simples augúrios, bons ou maus. Mas apenas sinais, sem existência própria. Ora, não se podem compreender assim as nuvens. Para compreendê-las, afirma Luke Howard, é preciso num momento considerá-las em si mesmas, por si mesmas. Resumindo, é preciso amá-las, e, em realidade, ele é o primeiro a fazê-lo, desde a Antigüidade. É o primeiro a contemplá-las ativamente, e acredita poder constatar que as nuvens são formadas de uma matéria única, que não pára de se transformar, que toda nuvem é, em suma, a metamorfose de uma outra. Também decide recensear as regras de formação e batizar as formas-tipos que descobre. E, ao contrário de seu único predecessor, um francês, Howard dá as suas categorias nomes latinos, a fim de que todos os sábios da Europa possam adotá-los.

E agora é fácil, para nós, para todo o mundo. Tudo parece fácil depois de uma invenção. Qualquer pessoa pode entender o motor inventado por Rudolf Diesel, ou o princípio de elaboração das imagens fixas dos Srs. Niepce e Daguerre. Mas a concepção é terrivelmente árdua. O esclarecimento não termina.

No caso das nuvens, a questão decisiva é a língua. O momento do batismo é um momento muito delicado da invenção científica; é necessário um talento particular, que podemos julgar derrisório, mas que se revela essencial. Pois os nomes de batismo das coisas não funcionam como os dos homens. Os homens recebem ao nascer um nome e um sobrenome; em seguida, ou os concretizam, ou bem os contradizem, ou os apagam, ou os modificam. Às vezes, afundam seu patronímico na lama; às vezes, levam-no ao topo da sociedade; às vezes os dois, simultaneamente. Mas as coisas existem fora de seus nomes; podem existir durante séculos, mudas e inominadas. No entanto, há um nome que está aqui, que as espera no silêncio, um nome que é preciso inventar, encontrar enquanto sábio, enquanto poeta. Encontrar esse nome que traz a compreensão da coisa, encontrar o nome das nuvens é justamente o que realiza Luke Howard, o primeiro entre os homens. E agora vemos as nuvens com ele, graças a ele: os cumulus, os stratus, os cirrus e os nimbus, tudo está aqui a partir de agora, tudo é tão simples.

Em dezembro de 1802, como em todos os meses, reúne-se no centro de Londres, na Lombard Street, não muito longe do rio Tâmisa, um clube, espécie de pequena sociedade sábia, onde modestos amadores se dedicam à ciência. Para se entregar de coração ao trabalho, eles se dão um nome grego: a Sociedade Askesiana prega a *askesis*, ou seja, o exercício, conforme tipos de uma simplicidade evangélica. Uma vez por ano, cada membro deve pronunciar uma conferência para a edificação de seus companheiros, sem a qual deve saldar uma multa que custeia as bebidas e a lenha das reuniões askesianas. Lombard Street, sem ser um gueto, abriga então uma espécie de pequena comunidade de quacres, banqueiros, farmacêuticos, químicos, que acompanham com prazer as sessões da Sociedade Askesiana. Em 6 de dezembro de 1802, por volta das 20 horas, Luke Howard entra no número 2 da Plough Court; está vestido sem afetação, de maneira sóbria: chapéu simples e redondo, gravata preta, traje reto; sua roupa está bem limpa. Na Plough Court, número 2, eleva-se um prédio bem antigo e estreito, de acesso muito pouco acolhedor, com seus três andares de pedra nua e janelas triplas ofuscadas por estores de um tecido vermelho violáceo. A casa foi reconstruída de alto a baixo depois do Grande Incêndio; não a modificaram desde então. Os proprietários abriram uma farmácia no térreo, que está sempre cheia; Luke Howard oficia normalmente no laboratório do subsolo, como preparador. Mas a essa hora a loja está fechada há muito tempo. Ele desce sem hesitar um lance de escada que leva ao laboratório, situado à direita da escada principal. O público da Sociedade Askesiana já está lá. É numeroso, se levarmos em conta a exigüidade do local; em cinco fileiras de cinco cadeiras, as mulheres e os idosos; nas laterais e nos fundos, em pé e com o chapéu na mão, os homens. Luke Howard reconhece alguns rostos, os dos fundadores do clube, mas esse espetáculo familiar, longe de deixá-lo à vontade, reforça a sua timidez. Sentados à direita, como de costume, estão seus amigos mais queridos: os irmãos William, Allen, o médico, e Haseldine, o naturalista; à direita deles, o escrevente de notário, Richard Phillips. Todos os três estão vestidos de preto e com a roupa bem limpa, o chapéu sobre os joelhos.

Um público indulgente de mercadores — cristãos ou judeus — desejosos de se instruir e respigar, se for o caso, informações úteis ao comércio, e mães com seus respectivos filhos sorriem para o conferencista emocionado demais para saudá-los. E, nesse dia particular da história das nuvens, alguns rostos desconhecidos de Howard ainda engordaram o público amontoado no laboratório da Lombard Street: o tímido conferencista não tem sorte, a sala está lotada. Uma curiosidade equívoca atraiu esses mirones, pois a sessão precedente da Sociedade Askesiana deu o que falar. Nela, foi apresentado o novo gás da moda. O protóxido de azoto é um gás hilariante e razoavelmente alucinógeno que todos os austeros quacres experimentaram com compunção, a fim de comparar a qualidade de seus risos nervosos e as cores de suas fantasmagorias. O laboratório, com o aquecedor enegrecido, as retortas bem dispostas sobre as prateleiras, a bancada limpa e o chão varrido, parece novo, estranho a Luke Howard. É com uma voz rouca mas alegre que ele começa a falar das nuvens. Fala. Crianças dormem gentilmente, para não atrapalhá-lo. Rapidamente, os amadores de protóxido de azoto se dirigem, com cuidado, para a saída. Os outros escutam; alguns entendem.

Luke Howard percebeu que se pode restaurar suas modificações em três grandes tipos fundamentais. De fato, algumas nuvens parecem desaprumar todas as outras, e se estendem como arranhões de gatos ou crinas, em longas fibras paralelas ou divergentes, quase diáfanas; Howard as nomeia filamentos: serão, em latim, os cirrus. Outras nuvens parecem mais densas e se erguem sobre sua base horizontal, jogando com os raios de sol, em toda a sua massa, tão monumentais que Luke Howard as nomeia de acumulação, ou seja, ainda em latim, os cumulus. Mas na Inglaterra também acontece, e com freqüência, de as nuvens formarem uma camada imensa e contínua, que às vezes toca o chão e se chama nevoeiro, encobrindo todo o azul do céu; esse leito informe merece o nome de nuvem estendida; de onde a designação stratus. Para completar a série, Howard assinala igualmente o nimbus, ou nuvem de chuva, do qual existe um tipo misto, que ele batiza de cumulo-cirro-stratus.

A conferência é um grande sucesso. Publicam-na imediatamente, com um título perfeitamente ascético: *Sobre a modificação das nuvens*. Trata-se de um magro fascículo, ilustrado com desenhos de nuvens a lápis, de feitura desajeitada, mas bem luminosos. Há um sinal ainda mais certo do sucesso do jovem Howard: a comunidade científica inglesa começa a utilizar sua terminologia. De ano em ano, a classificação de Howard, às vezes emendada, jamais abandonada, se espalha pelo mundo; é ainda ela que utilizamos, sem saber a quem a devemos. O mesmo acontece, declara para concluir Akira Kumo a Virginie Latour, com diversas invenções, dentre as quais as mais bem realizadas: seu autor freqüentemente se apaga atrás do bem que fez; a menos que ele mesmo organize, e com muita algazarra, a sua própria publicidade, motivado por um sócio esperto, por uma mulher ambiciosa. Mas quando enfim se tornar célebre nos meios meteorológicos, que formam como todos os meios um meio bem pequeno, Howard terá passado, ou melhor, retornado para outras ocupações. Ocupações que sempre lhe importarão infinitamente mais do que as nuvens. Há o serviço de seu Deus que recomenda a caridade; a difusão da Bíblia em todas as línguas conhecidas, a busca ativa da salvação da alma. No domínio profano da meteorologia, Luke Howard não publicará mais que um único livro, balanço e síntese de trinta anos de observação do céu e da sua cidade favorita: *O clima de Londres*. Isso será tudo pelas nuvens.

Durante todo o resto de sua existência, Luke Howard realiza a cada semana, com mais freqüência aos domingos, e sozinho, um longo passeio. Parte de manhã cedo da Lombard Street em direção ao norte de Londres. Leva nos ombros uma trouxa. Segura seu bastão de caminhada com a mão esquerda, por causa de uma antiga ferida que às vezes o atormenta; em uma hora, a passos ligeiros, alcança o vilarejo de Hampstead, que contorna pelo oeste. Chega então ao seu destino: diante dele, a charneca de Hampstead revela suas verdes colinas e seus altos pastos. Luke Howard sempre acede pela entrada sudeste. Depois, escolhe o itinerário conforme o tempo que faz, e conforme a estação. Se chove, vai pela vegetação rasteira, ao longo dos charcos de Highgate; ao abrigo dos carvalhos, olha, imóvel, as nuvens correrem para o sul. Quando o tempo está claro, no verão ou no inverno, Luke sobe as inclinações da colina do Parlamento: daqui, efetivamente, o viajante pode perceber a massa azulada do Parlamento, adivinhar a linha curva do Tâmisa, mas também toda a cidade. No entanto, ele não vai até lá para admirar a paisagem: após se assegurar de que ninguém o observa, tira de sua trouxa um toldo e se deita prontamente nas altas ervas que cobrem todo o cume, dos dois lados do caminho; com os olhos bem abertos, observa as grandes nuvens deslizarem pelo belo céu inglês, e rememora com alegria a sua classificação, temendo que um dia a modifiquem, ou mesmo a esqueçam. Depois, desce a colina do Parlamento, enrubescido pelo próprio orgulho. Volta sereno para os seus, para Londres e seu burburinho, dando graças a Deus por ter criado as nuvens, e ter conferido a um de seus servidores a honra insigne de nomeá-las.

Como o homenzinho que lhe falava se levantou, Virginie Latour o imitou. Como ele a acompanhou até o térreo, ela se despediu. A equipe ainda a detém por uma meia hora, e é apenas aqui que entende estar realmente contratada e, também, em que consiste esse contrato. Ela explica que por enquanto Akira Kumo se contentou em lhe falar das nuvens. A equipe a convida firmemente a deixar o mestre decidir o procedimento de classificação da sua biblioteca pessoal, e Virginie Latour compreende a mensagem. Ela se cala. Estendem-lhe um envelope, que ela coloca no bolso sem uma palavra. Diz até logo educadamente. São 20 horas. Ainda está claro na rua Lamarck. Ela caminha um pouco pelo bairro, que mal conhece. Depois volta para casa.

QUANDO VIRGINIE LATOUR COMEÇA a trabalhar para Akira Kumo, evidentemente nunca pensou, em toda a sua vida, nas nuvens. De forma geral, como todo mundo, quase nunca pensou; ou talvez só um pouco, no último ano do colégio, às sextas-feiras de manhã, com o objetivo exclusivo de escrever redações de filosofia. Mas, ao contrário de muitos de seus colegas, Virginie Latour gostou de pensar, mesmo no colégio; gostou desse exercício paciente, laborioso, desértico e povoado. Depois dos estudos tudo se passou muito rápido, houve o tempo nos transportes públicos, os cursos e a vida caseira, o trabalho assalariado. Isso terminou porque o pensamento é um trabalho, porque se precisa de condições especiais para pensar: um pouco de silêncio, um pouco de tempo, um pouco de regularidade, um pouco de talento também. É preciso praticar e certamente poderíamos, ao menos em teoria, pensar em qualquer lugar, pensar no supermercado, por exemplo, pensar empurrando o carrinho de compras até o caixa. Mas há a música, as luzes muito brancas, as variações de temperatura entre o setor de roupas e o dos frigoríficos, que dão dor de cabeça. E, entretanto, Virginie tinha jurado a si mesma que prestaria atenção: quando começou a trabalhar de verdade, tinha tanto medo de não pensar mais, que decidiu reservar uma meia hora por semana, sentada num cômodo bem aquecido, no sofá, para não fazer nada senão pensar.

E, naturalmente, todas as vezes aconteceu o que devia acontecer: ela adormeceu.

No que diz respeito ao trabalho, Virginie Latour faz parte da imensa e desafortunada maioria das pessoas sem vocação. A única coisa que nela se pode comparar a uma paixão é seu gosto pela língua inglesa. Mas isso é tudo. Foi por defeito que encalhou nessa profissão de bibliotecária.

Quando sai do palacete da rua Lamarck, depois do primeiro encontro com seu novo patrão, Virginie levanta os olhos automaticamente e olha as nuvens. Experimenta então um sentimento que conhece bem, que lhe agrada e irrita ao mesmo tempo: quando lhe falam de alguma coisa, quando assiste a um documentário na televisão sobre um escritor, quando lê um artigo sobre um pintor, tudo lhe parece interessante. Então, promete a si mesma que irá ao Louvre ou ao museu d'Orsay, visitará igrejas ou castelos. E depois, quando lá está, quando está a sós com o que lhe agradava tanto através dos outros, permanece ali, numa espécie de entorpecimento insípido, sem saber, sem sentir nada. Virginie olha essas nuvens das quais Akira Kumo acaba de lhe falar durante duas horas. Tenta sem êxito se lembrar dos nomes, reconhecer as formas. Não vê o interesse dessas massas flocosas, aberrantes, mas se esforça. Repete para si mesma que talvez o consiga. Sente em seu bolso o envelope que lhe entregaram; o envelope contém dinheiro; esse dinheiro lhe é destinado. Esconde-o no fundo da bolsa; não ousa voltar atrás; suscitará essa questão na segunda-feira seguinte, pois está convocada para a segunda-feira seguinte, mas dessa vez às 2h da tarde, o que significa que não deve se apresentar à biblioteca que a emprega ordinariamente. Essa leve mudança não lhe desagrada.

EM 1821, EXPLICA AKIRA Kumo à sua bibliotecária na semana seguinte, o homem mais célebre da Europa admira apaixonadamente Luke Howard, e vai fazer com que ele o saiba. O homem mais célebre da Europa exerce a função de ministro de um grão-duque na Alemanha. Todas as manhãs, no seu diário, esse grande homem anota cuidadosamente o estado do tempo, a velocidade do vento e a sua direção, a configuração das nuvens, a temperatura que reina no grão-ducado de Weimar; há muito tempo o grande homem utiliza a terminologia de Luke Howard. Esse grande homem é agora um senhor de 73 anos, mas a idade não prejudicou em nada a sua criatividade; ele continua sendo o maior poeta, e um dos sábios mais eminentes da Europa. Chama-se Johann Wolfgang Goethe.

Há muitos anos, numa espécie de meio-segredo, numa espécie de embriaguez à idéia de que ainda vai surpreender o mundo, Goethe elabora uma ciência nova, que chama de morfologia. Pôs-se a pensar que todas as formas naturais obedecem a leis recorrentes. Acredita que o criador do mundo o quis assim, e a jovem ciência das formas celebrará a obra divina. Johann Wolfgang Goethe sabe que em breve a água do seu próprio corpo viajará, uma parte para a terra, outra para os ares, e isso o consola da morte. Gosta de pensar que seus restos vão alimentar as plantas, ou os pequenos insetos pouco conhecidos. Às vezes, até pensa, mas sem dizer a ninguém, que o cérebro dos homens tem a forma das nuvens, e assim as nuvens são como a sede do pensamento do céu; ou então que o cérebro é essa nuvem no homem que o liga ao céu. Às vezes, Goethe até sonha que o próprio pensamento se desenvolve não, como dizem alguns, à maneira de um edifício de pedras, mas como essas arborescências nebulosas que tanto admira, nos céus sempre renovados de Weimar. Às vezes, mesmo assim, permanece paralisado, assustado com suas intuições malucas; abstém-se de confiá-las à pluma e ao papel; muito menos ao tipógrafo. Esses pensamentos são suas prostitutas: Goethe sabe bem que um homem de dever pode freqüentar tais criaturas, se for por necessidade; mas só pode fazê-lo tremendo, sem falar a ninguém.

Numa noite, no penúltimo dia do ano de 1821, Goethe anotou em seu diário que um conflito entre as regiões superior e inferior da atmosfera provocou, de manhã cedo, uma leve tempestade de neve; que em seguida, e até ao meio-dia, o vento, estando ao noroeste, carregou stratus que à tarde se converteram em chuva de granizo; que por fim a noite está bela, mas fria, e que as nuvens foram reabsorvidas, com a exceção de alguns cirrus. Escreve em seguida uma carta pedindo a um de seus correspondentes de Londres, um certo Christian Hüttner, diplomata alemão a serviço na capital britânica, para lhe dar todas as informações possíveis sobre Luke Howard; o que, escreve Goethe, não será difícil, tendo em vista a posição eminente que deve ocupar o professor Howard nas academias das ciências de seu país. Um pedido de Goethe é para o obsequioso Hüttner uma ordem expressa: precipita-se à casa de seus amigos sábios, depois às sedes de diversas sociedades científicas. Mas muito rapidamente Hüttner se desespera, pois ninguém em Londres parece conhecer Luke Howard. É um quacre que ele encontra por acaso quem lhe diz conhecer um homem com esse nome; homem bastante devoto que, pelo que ele sabe, nunca se debruçou sobre o destino frívolo e belo das nuvens. É assim que Luke Howard, 17 anos depois de ter autorizado a publicação de *Sobre a modificação das nuvens*, recebe uma carta floreada, educada mas premente, do honorífico cônsul Christian Hüttner, segundo a qual parece que o ilustríssimo Johann Wolfgang Goethe quer conhecê-lo melhor, pois o admira há muito tempo e deseja publicar um artigo em seu louvor. Luke Howard lê e relê essa carta, examina cuidadosamente seu selo. Depois, adota a única atitude razoável: rasga a carta do pretendido cônsul Hüttner, sorrindo da extravagância da brincadeira. Em seguida, não pensa mais no assunto.

Seis meses mais tarde, quando Luke Howard terá recebido os poemas escritos por Goethe em sua glória, quando seus amigos lhe terão confirmado que *Sobre a modificação das nuvens* foi traduzido para o alemão, o pobre boticário, confuso por ter demorado, pesaroso de seu erro, acederá, enfim, com prontidão, ao pedido do grande Johann Wolfgang Goethe, que quer saber quem é o inventor daquela classificação das nuvens da qual ele se serve todos os dias e que admira tanto, a ponto de publicá-la em sua própria revista: Luke Howard redige uma nota autobiográfica bastante curta, na qual, como se pode esperar, fala um pouco de si, com freqüência das nuvens, e o tempo todo de Deus.

Luke Howard conheceu Goethe?, pergunta Virginie Latour, esquecendo que a equipe da rua Lamarck lhe recomendou não fazer perguntas ao mestre. Mas Akira Kumo responde imediatamente, sem se mostrar inquieto. Diz que Howard e Goethe sem dúvida se conheceram. Que em todo caso poderiam ter se conhecido. E foi ele, Akira Kumo, quem estabeleceu essa possibilidade, confrontando diversos documentos da sua coleção pessoal, principalmente cartas autógrafas de Goethe e o diário manuscrito mantido por Howard durante todo o período da sua estada na Europa, em 1816. Foi nessa vez, a única em que Luke Howard colocou os pés no continente, que o encontro teria sido possível. Ele aconteceu? Nenhum dos dois homens nunca o mencionou. Mas isso não detém Akira Kumo.

Akira Kumo fala. Fala e diz à sua bibliotecária que em agosto de 1816 Luke Howard, na companhia de dois amigos quacres, sobe o Reno. Chega às portas da cidade suíça de Schaffhausen, na região de mesmo nome, por volta das 23 horas. Mas as portas dessa cidade estão fechadas há longas horas. É preciso chamar a guarda, conversar demoradamente com ela, para finalmente obter a autorização de entrada e prosseguir, sob sua escolta, até a pousada prevista para a paragem. Na manhã seguinte, na primeira hora do dia, esse pequeno grupo de devotos viajantes lê as Sagradas Escrituras; depois, todos se sentam para um longo momento de culto silencioso, cercados da admiração discreta de seus domésticos suíços, que nunca tiveram a ocasião de servir turistas tão edificantes. No entanto, Luke Howard não levou seus companheiros até Schaffhausen sem segundas intenções. É que precisamente nesse local o Reno, engrossado pelas águas tranqüilas e geladas do lago Constance, se precipita de uma vez numa centena de metros de altura, devido a uma falha pré-histórica do solo rochoso. Chamam-no de o lugar sublime. Das portas sul da cidade, Luke Howard toma, sozinho, de manhã cedo, o caminho das cachoeiras. Uma ponte transpõe o Reno, a 130 metros acima das próprias cachoeiras. Howard alcança-a em uma hora, e se apóia no parapeito de pedra negra: diante dele, o rio parece sumir nos chuviscos irisados. Sob esse vapor, é como se as ondas fossem brutalmente aspiradas, no local onde o relevo acusa um impetuoso desnível. Lá, subsistem três ilhotas, como que salvas de um naufrágio, recobertas de uma vegetação abundante de um verde intenso, quase azul. O barulho é tão forte que Luke Howard não pode se impedir de querer se aproximar ainda mais. Atravessa a ponte e ganha a margem oriental do rio, de onde se pode ver todo o vale. Com o rosto fustigado pelo chuvisco da torrente, docemente arrebatado pelo bramido contínuo das ondas, segue um caminho de cabras que o leva um pouco abaixo das quedas, sobre uma escarpa onde se plantou uma barreira de madeira, dilatada pela umidade. Está agora a um passo das ondas que se abismam 80 metros mais abaixo; a água é preta e parece aqui quase sólida, mineral. Uma vez mais, Howard está profundamente espantado não apenas com a beleza dilacerante do mundo físico, mas também com essa gratuidade poderosa, com essa exuberância alegre da Natureza. Dá graças ao Senhor, como de hábito, e mergulha numa oração fervorosa, sozinho diante das quedas, feliz.

Agora se aproxima à sua esquerda uma companhia que — é o cúmulo — consegue se mostrar barulhenta nesse lugar. Luke Howard reprime um pensamento pouco caridoso a respeito desses citadinos excitados. Observa, sem entendê-los, essas jovens mulheres bem-vestidas demais, esses homens arqueados como galos, que se pavoneiam em torno delas e fingem se jogar no abismo para arrancar das companheiras gritos agudos. Numerosos criados os resguardam, sob grandes guarda-chuvas de tecido alcatroado. A companhia se cansa rapidamente das quedas de Schaffhausen e sobe de volta. É só então que Luke Howard avista um homem idoso, apoiado sobre a barreira de madeira, vinte passos à sua direita, debruçado sobre o precipício. Nesses tempos de antes da fotografia, todos os viajantes sabiam desenhar um pouco; em seu diário de viagem protegido por uma aba de romeira, ele rascunha o velho encurvado sobre o vazio. O homem sozinho talvez sinta esse olhar pousado sobre si; abandona a contemplação, endireita-se, esboça uma leve saudação e sorri para Luke Howard. Depois, ouvem-se chamados confusos, e Luke Howard compreende por fim que o velho veio com esse grupo barulhento ao qual se junta agora a pequenos passos tranqüilos.

Luke Howard não sabe que acaba de ver Goethe, nem Goethe que acaba de ver Howard. Mas isso não tem muita importância. Os solitários não têm nada a se dizer; basta que cada um tenha comungado, silenciosamente, na contemplação das brumas iriadas de Schaffhausen. E será tudo por hoje, acrescenta o costureiro, levantando-se num único movimento. Virginie Latour e Akira Kumo se despedem um do outro. No térreo, uma assistente a espera para lhe entregar um envelope azul, que ela pega; no patamar do palacete, onde dessa vez parou para abri-lo, Virginie volta atrás. A assistente que acabou de lhe pagar já está em reunião. Um outro assistente escuta Virginie Latour educadamente. Ela ressalta que continua sendo paga pela biblioteca, que está apenas de licença, e em experiência com o Sr. Kumo. O assistente responde que isso não muda nada. Ela enfatiza que continua recebendo seu salário de funcionária titular, categoria B. Depois escuta que o envelope é uma compensação. Continua protestando, depois pára, pois a assistente termina por olhá-la com esse ar que Virginie conhece bem, e que ela suscita freqüentemente em seus interlocutores; um ar que significa que ela deveria refletir, e não se obstinar tolamente. Virginie cede.

No metrô, conta o dinheiro, escondendo-o em sua bolsa; essa compensação representa um mês de seu salário habitual. Como a de todos os semipobres, a renda de Virginie Latour se apresenta geralmente sob a forma mais economicamente desvantajosa, a mais humanamente vexatória: o salário. Depois de um breve instante de pânico à idéia de dispor desse dinheiro de um tipo novo — um dinheiro que lhe parece usurpado, pois, afinal, acredita não ter começado o trabalho nebuloso do qual lhe falaram —, Virginie se conforma. Às 9 horas do dia seguinte, deposita-o numa conta de poupança.

DE VOLTA A CASA, Virginie Latour telefona para seu verdadeiro patrão, o diretor da biblioteca, no seu celular pessoal, como lhe foi pedido, para lhe contar como as coisas se passaram. Durante trinta segundos, o diretor contemporiza, porque não lembra mais, de forma alguma, quem é Virginie Latour. Depois, ao ouvir o nome do costureiro, o diretor se situa imediatamente. O diretor está deslumbrado. Ele fala, e Virginie não diz nada, exceto *sim*, e *não*, pois não lembra se deve chamar o diretor pelo título ou pelo nome. De qualquer maneira, acaba por fazer a pergunta que não lhe sai da cabeça: qual é exatamente seu status, de agora em diante? Desligada. Ela está desligada.

Dessa vez, o dia de trabalho de Virginie terminou. Ela desliga o telefone, vai tomar um banho, deita em seu sofá-cama que permaneceu aberto desde a manhã. E, como sempre, lastima não fumar, para fazer o tempo passar. É aqui que toma consciência, lentamente, do que significa seu novo trabalho, do que ele implica: Virginie acaba de trabalhar cerca de quatro horas, quer dizer que basicamente escutou Akira Kumo falar das nuvens, examinando aqui e ali a contracapa de alguns livros; acaba de trabalhar quatro horas e sua semana terminou, já que o costureiro só pode revê-la na sexta-feira; talvez precise, ao longo da semana, passar uma vez na biblioteca, para uma verificação, para pegar o material necessário ao conserto de uma obra danificada; e isso será tudo.

Ainda é um pouco cedo para que Virginie se dê conta do tamanho dessa mudança. Espontaneamente, contenta-se em estar contente e deixa para outro dia a elaboração do aproveitamento de todo esse tempo. Mas, no final de uma hora pensando na cama, ainda não sabe como dispor dele. Prende-se à idéia de que essa noite de segunda-feira é uma espécie de sexta à noite, que precede um fim de semana de três dias. Ora, é na sexta-feira à noite que Virginie realiza um ritual privado do qual nunca falou a ninguém; um ritual que reserva apenas às noites de sexta, mesmo se é aquilo de que mais gosta no mundo, porque tem a impressão de cometer um gesto perigoso, porque esse ritual mergulha suas raízes na escuridão da sua infância. Virginie se levanta e vai à cozinha, de onde traz um saco plástico de supermercado; com pequenas tesouras de costura, abre-o em dois. Depois, estende-o em seu sofá-cama e se alonga, após ter tirado a calcinha e o sutiã, colocando o quadril bem no centro do saco desventrado; o primeiro contato com o plástico é realmente desagradável, mas ela nunca achou nada melhor. Em seguida, pega na gaveta da mesinha-de-cabeceira um lenço de seda orlado de forma que cubra um pouco além da sua mão. A partir de agora, apesar de já ter efetuado esses gestos centenas de vezes, é sempre a mesma magia que opera, e ela quase se irritaria com a idéia de ser escrava de um procedimento tão estranho e tão simples, com o conhecimento de que a equação do seu prazer possui incógnitas tão barrocas, e vexantes. Com a mão direita, afasta os pêlos do baixo-ventre, com a esquerda coloca o lenço de seda sobre seu sexo, e põe-se a esfregá-lo lentamente. O efeito é imediato, e garantido, e sempre o mesmo. Virginie treme. Sente um formigamento nos dedos, um calor doce irradia sua garganta e desce até as coxas. Às vezes, o gozo vem muito rápido, mas é irritante, e ela então se levanta tão irritada quanto envergonhada por isso. Às vezes, o gozo sobe vagarosamente, e é tão delicioso quanto esgotante, e quando o prazer termina por arquear seu corpo, ela torna a cair, sufocada, e permanece imóvel, em limbos muito ternos, fora do tempo.

Quando Virginie volta a uma consciência mais nítida da sua situação, por causa de um telefone que toca ou de um cão que late, uma sensação de umidade venenosa, e cada vez mais fria, se mostra insistente, na altura do quadril. É o momento que ela detesta; o saco plástico cola nas coxas e nas nádegas. Ela nada numa verdadeira poça de líquido. Não se trata de urina. Ela sabe porque um dia o experimentou, sem excitação nem repugnância. Esse líquido é abundante demais para ser o resultado de uma excitação normal, pelo que pode julgar. Virginie ignora que as normas, mesmo quando se apresentam como o bem comum, ou talvez sobretudo nesse caso, são precisamente concebidas para excluir o maior número possível. Acredita, então, ser a única a gozar assim, e essa solidão a inquieta vagamente; acha bom que nenhum homem jamais tenha desencadeado essa reação.

Recompondo-se aos poucos, Virginie descola o saco da pele e, conforme sua técnica ensaiada, sai da cama mantendo com um dedo uma depressão no centro do saco plástico, onde marulha o líquido incolor. Dobra cuidadosamente o saco pelos lados, transporta-o até a cozinha, lava-o na pia e joga-o fora. Lança um detergente, ao qual acrescenta o lenço de seda amassado e úmido. Uma olhadela no relógio do videocassete. Ela se apressa, não lhe restam mais do que alguns minutos, areja um pouco. Vai se sentar na sala com uma revista, no sofá-cama que já está dobrado.

O barulho do elevador, as chaves, primeiro a da tranca, depois a da fechadura. A porta que bate. Eis um homem jovem. O homem jovem entra, diz bom dia à mulher jovem que lê *Marie-Claire* no sofá e que se chama Virginie Latour, vai tomar seu banho, sem o qual fica de mau humor ao voltar do trabalho. Em seguida, o homem jovem seca os cabelos com a toalha de corpo, como sempre, mas nem o faz de propósito. Virginie o viu trocando as toalhas de lugar, deve ser um sexto sentido seu, e ele pergunta a Virginie se está tudo bem. Sem tomar o tempo de refletir, ela declara que está tudo bem. E ele? Ele não, afinal, é segunda-feira. Ele quer um chá? Prefere uma cerveja. Ele vai ganhar uma cerveja imediatamente. Ela se dá conta, no caminho de volta, a cerveja na mão, de que esqueceu que ela mesma queria um chá. Volta à cozinha.

O homem jovem e agora limpo sai do banheiro usando uma cueca de fundo branco, com faixas verticais que variam de tamanho entre dois e nove milímetros; as cores das listras são as seguintes: três nuances de azul, duas nuances de cinza; o fabricante imprimiu na mais grossa de cada uma das listras azuis seis efígies de um personagem de desenho animado, uma espécie de rato assexuado, que se mantém sobre seus pés simplificados, com seus quatro dedos em cada mão, as orelhas estilizadas, pretas, e um grande sorriso. O homem está agora afundado no sofá; estica e solta maquinalmente o elástico da cueca; seus pés repousam sobre uma mesinha de centro que era muito bonita quando nova, no mês passado. Assiste ao noticiário regional para saber que tempo fará amanhã; da cozinha, Virginie lhe diz que vai deixar temporariamente o trabalho para viver uma nova experiência, depois se interrompe e morde os lábios, pois o homem de cueca no sofá não gosta que falem com ele durante o noticiário regional, principalmente durante o boletim das previsões meteorológicas. Virginie deveria saber disso, pelo tempo. Espera não ter falado alto demais, que o homem tenha conseguido ouvir as previsões meteorológicas nas condições ideais, porque a experiência prova que, caso contrário, é perfeitamente capaz de não lhe dirigir mais a palavra durante uma hora, ou até mais.

Para a grande surpresa de Virginie Latour, foi só ela se calar que o homem espectador, jovem e limpo, desligou a televisão. Ela o escuta se levantar, ele vem à cozinha, ela está colocando água na chaleira, ouve atrás de si o homem que diz: estou contente que você fale disso. Afirma que também precisa de novas experiências, lembra à mulher que eles se prometeram, no início, conversar quando não estivesse tudo bem, e justamente o homem jovem diz que não está tudo bem. Ela se vira. O homem de pé diante dela não a olha verdadeiramente de frente, mas continua a falar: o homem pediu a seu amigo Fred, aquele que parte para três meses de formação na Alemanha, as chaves da sua casa; o homem vai morar na casa do Fred, o tempo que ele estiver fora, naturalmente eles poderão se ver, passar noites agradáveis juntos, retomar uma relação talvez, ao menos de vez em quando. A princípio, Virginie deveria dizer ou fazer alguma coisa. Deveria dizer ao homem de cueca que ele entendeu mal, que ela não disse "precisamos nos separar". Ou então deveria bater nele, por exemplo, porque sustentou esse homem durante um ano, o tempo para ele refletir no que queria fazer da vida, e ele vai embora justamente quando acaba de encontrar um emprego que lhe interessa. Em vez disso, retorna para a sala. Diz estar contente por ele aceitar tão bem a separação. O homem vem terminar a cerveja na sala, e decididamente está inspirado esta noite. Diz que é melhor assim; que eles souberam evitar o lado sórdido das separações. Mas, como Virginie concorda, subitamente ele concorda menos, até começaria uma briga; poderia lhe dizer, por exemplo, que ela não tem coração por levar as coisas dessa maneira, mas são quase 21 horas. Às 21 horas, vai passar um filme de Steve Mcqueen que o homem não perderia por nada no mundo. O homem e Virginie abrem o sofá-cama, e o homem assiste a seu filme. Mais tarde, a perspectiva da separação provoca no homem, que tirou a cueca para dormir, uma reação clássica: ele tem uma ereção, está muito excitado. Com um braço, puxa Virginie, que está ao seu lado, permanecendo de barriga para cima, olhando em outra direção, e ela sabe o que isso quer dizer. Sempre gostou do sabor do esperma, por que se privar? Para se distrair, decide que vai fazê-lo gozar o mais rápido possível. Dois minutos mais tarde, o homem dorme.

Terça à noite, quando Virginie volta do cinema, o homem jovem já foi embora. Ao arrumar uma gaveta no mês seguinte, ela se dá conta de que não possui nenhuma fotografia desse homem; tenta se lembrar de seus traços, sua voz; não consegue. É um pouco triste, evidentemente; mas na verdade não é grave. Nos dias seguintes, passeia; redescobre o prazer de andar de metrô, porque pode pegá-lo fora das horas de pico. Aguarda a sexta-feira, com curiosidade. Várias vezes seguidas, consulta a internet a respeito do indivíduo Kumo, Akira. Acha-se de tudo na internet. Virginie se informa.

NA INTERNET, AKIRA KUMO goza de uma celebridade de proporções medianas: um milhar de páginas lhe é consagrado, e a maioria copia, mal, as informações do site oficial, assim como as espalhadas pelos inevitáveis fãs. Akira Kumo é evocado, aliás, nos sites mais estranhos, e Virginie Latour não demora a entender por quê: durante anos, ele reuniu as coleções mais heteróclitas: interessou-se pelas manivelas de espeto saboianas, pelos sáris tradicionais de seda selvagem e pelas opalas australianas, pelas tapeçarias de Gobelins e pelos vasos de Ming. Sendo a sua coleção mais comentada uma reconstituição, num andar inteiro de seu palacete particular, de um interior do século XVIII francês: de pequenas colheres à mobília, passando pelas litografias galantes.

No entanto, a partir de 1995 o costureiro começou a se desfazer de suas coleções, uma por uma, criando a cada vez uma efervescência nos microcosmos especializados correspondentes. O último termo desse despojo foi a venda, na Sotheby's em Londres, da mobília Régence, das litografias de Boucher e de Watteau. A internet é a terra de rumores inverificáveis e de discussões inúteis; pois a dispersão, no espaço de apenas dois anos, das coleções de Akira Kumo, coincidiu fortuitamente com a semi-aposentadoria do costureiro, alimentando os rumores habituais: disseram que estava arruinado, louco, doente; e tudo isso junto. Nesse tumulto, os internautas parecem ter negligenciado largamente a única anomalia verdadeira: em setembro de 1997, Akira Kumo começou uma nova coleção, e uma só, e provocou um aumento de cotas que não parece tê-lo preocupado, comprando maciçamente todas as obras sobre meteorologia disponíveis no mercado mundial, até possuir a mais bela coleção particular nesse setor.

Sobre o próprio homem, poucas coisas. Akira Kumo nasceu no Japão, na cidade de Hiroshima, em 1946. Quando lhe perguntam de que cidade é originário, às vezes responde Tóquio, para não desanimar seu interlocutor e para se poupar do espetáculo ridículo das expressões dolorosas que os ocidentais se crêem obrigados a adotar quando se pronuncia diante deles o nome Hiroshima. Parece, aliás, que quanto ao resto Akira Kumo não detesta mentir, a partir do momento em que a mentira traz uma verdade superior à dos fatos objetivamente constatáveis. Além do mais, em relação ao local de seu nascimento, não tem a impressão de mentir. É em Tóquio que considera ter nascido, mas em 1960, na época em que aprendeu sua primeira profissão, designer gráfico.

Os jornalistas de moda repetem que muito rapidamente, em 1966, ele deixou o Japão e o designer para se dedicar à rude escola da alta-costura; para dizer a verdade, é antes o contrário: se Akira Kumo escolheu a alta-costura foi porque procurava um meio de sair do Japão para a Europa. Em seguida, a escolha do país da Europa foi ditada por outras considerações: não veio para a França apenas por motivos profissionais. Quando se instala em Paris, Kumo vive há muito tempo uma outra paixão, além do design: já em Tóquio, quando ganha a vida desenhando modelos de tigelas e talheres para fabricantes de louça de arenito, leva o primeiro dinheiro que ganha a uma prostituta ocidental, uma mulher transbordando gordura e bom humor, nativa de um subúrbio de Paris, na França, sobrevivente de um bordel militar, que trabalhava desde então por conta própria. Há muito tempo o jovem Akira repara nela, que trabalha na periferia do bairro dos prazeres de Tóquio, no meio das colegas japonesas, falsamente indiferentes a essa estrangeira que detestam. Não é por desgosto das profissionais da região que Akira Kumo escolhe a francesa; gosta apaixonadamente, e desde sempre, da prostituição japonesa, que por tradição não liga à sexualidade nenhuma idéia malsã, nenhum sentido de pecado. Simplesmente, até aonde sua lembrança alcança, Kumo sempre preferiu as mulheres ocidentais. E quando se deita com elas confirma a sua predileção. As japonesas não são suficientemente barulhentas nem peludas a seu gosto; além disso, cultivam, para comprazer seus clientes habituais, o gosto do pequeno, do gracioso e do dengoso; e nada disso o atrai.

Foi assim que o jovem Akira Kumo se tornou um dos raros japoneses a viver perfeitamente bem a ocupação americana, ao perceber que esse exército, como os outros, trouxe consigo, através de todo o oceano Pacífico, um longo cortejo de mulheres atraídas pelos dólares do novo império. Assim que pode, Akira Kumo paga com entusiasmo e generosidade os serviços de todas essas mulheres: há as negras, que são para ele novidades inesgotáveis; há também as manchurianas, as européias de colônias holandesas, francesas ou britânicas. Ele gosta de ter relações com as mulheres pequenas porque é fácil segurá-las solidamente, gosta de ter relações com as mulheres grandes e gordas e se perder nelas, gosta das tagarelas e daquelas que se calam. Mais tarde, já rico, quando poderá enfim pagar bem caro para obter favores de tratamento, passará horas deliciosas, a cabeça entre pernas abertas, a nuca dolorida. Por enquanto, o jovem Akira

Kumo é bem malpago e, no meio toquiano da confecção, logo se torna célebre por nunca recusar um trabalho, por fazê-lo rápido e bem. Sorri e se curva bem baixo quando um patrão o felicita por seu zelo estendendo-lhe um envelope, no fim da semana. E o dinheiro ganho se evapora nas ruas do bairro dos prazeres, a partir de sexta à noite. No domingo de manhã cedo, Akira Kumo entra em silêncio no quarto que ocupa, numa residência de jovens trabalhadores pobres, e se afunda no colchão. Esforça-se para dormir o dia todo, bebe chá escaldante para enganar a fome, pois não tem nem mais um centavo. Na segunda-feira bem cedo, desce para o aposento coletivo da residência. Nunca espera mais que uma hora: um rapaz vem sempre lhe trazer uma proposta de trabalho. Ao final de dois anos desse regime, Akira Kumo domina todas as técnicas da sua profissão.

Ao chegar a Paris em setembro de 1966, Akira Kumo estuda um mapa da cidade, para localizar as estações de trem. Assinala duas lado a lado, na margem direita do rio que atravessa Paris. Aluga um quarto num pequeno hotel da rua Montorgueil. Em seguida, dirige-se a pé para a gare du Nord e a gare de l'Est,* e seu método rende frutos imediatamente: na primeira rua onde entra, prostitutas aguardam de pé. Ele sobe em direção a uma espécie de pequeno arco do triunfo sujo, que acredita ser o dos Champs-Élysées; um pouco antes de desembocar no bulevar, vira à direita, numa ruazinha bem escura. A rua Blondel está ladeada de minissaias e corpetes decotados; o jovem japonês está de olho numa morena de pé na esquina de um bulevar sinistro, barulhento e obstruído. Akira Kumo pratica seu francês. Um japonês residente em Paris, nos anos 1960, é uma atração. As mo-

---

* Nomes de duas estações de trem em Paris, que se localizam bem próximas uma à outra. (*N. da T.*)

ças falam dele entre si, trocam impressões. Ele logo as conhece, todas, as da passagem do Ponceau e as da rua Saint-Denis, as da rua Blondel e as da rua Quincampoix. Sabe quem só trabalha de manhã, quem só oficia à noite.

Submetida ao regime de vida um pouco particular de Akira Kumo, a bolsa de estudos concedida pelo sindicato japonês da indústria têxtil dura 17 dias. No final do mês de setembro, ele precisa trabalhar: o bairro de Saint-Denis conta nessa época, ao menos, com o mesmo número de prostitutas e alfaiates, e Kumo paga àquelas com o dinheiro destes. Para ele, Paris é essa zona ladeada a leste pelo bulevar de Sébastopol, ao norte pela porta Saint-Denis, ao sul pela rua de Turbigo. Ele trabalha para fabricantes de roupas ordinárias, mas isso pouco lhe importa.

Num dia de dezembro de 1966, Akira desce de um quarto na passagem Sainte-Foy, e se dirige à rua Saint-Denis. A passagem Sainte-Foy é uma viela leprosa, tão fétida e sórdida que dá ao japonês a impressão deliciosa de não ser mais um turista na cidade, de conhecer Paris, de ir lá aonde nem um parisiense aguerrido se arriscaria; efetivamente, nenhum parisiense se arrisca. Nessa passagem imunda de pavimento desigual, onde apodrecem detritos inomináveis, prosperam gatos sem pêlo e tinhosos. A passagem está coberta, numa metade de sua extensão, de toldos ondulados; sente-se o cheiro de batatas fritas recozidas, da miséria dos casebres e de sêmola rançosa. Um barulho surdo chama a atenção de Akira para um recanto obscuro. É um homem de terno; ele segura com uma das mãos a cabeça de uma mulher que se encontra no chão e, inclinado sobre seu corpo numa postura bem desconfortável, bate nela metodicamente; bate em lugares bastante sensíveis, mas nunca no rosto ou na barriga. Trata-se de um profissional que não danifica sua força de trabalho. A prostituta não se mexe; parece resignada, gemendo sob seus golpes, parece esperar que o homem termine seu trabalho de gigolô.

Akira Kumo bate no homem com a vantagem da surpresa, mas nem precisa combatê-lo. O outro foge choramingando, proferindo vagas ameaças. A moça se põe a proferir injúrias terríveis. Como ainda fala mal essa língua que aprendeu sozinho, em Tóquio, Akira demora a entender que as injúrias são para ele: o gigolô talvez vá pensar que eles têm um acordo, e de qualquer maneira ela será punida por causa desse justiceiro cretino de olhos puxados. Até esse dia, Akira Kumo era honradamente conhecido por todo o bairro, e os senhores o cumprimentavam como a um notável. A moça lhe explica claramente as coisas: ele não poderá mais aparecer na região sem correr o risco de ser espancado por um grupo de proxenetas corajosos, munidos de barras de ferro e facas com lâminas retráteis. Para Akira Kumo é o fim do período Saint-Denis. Ele não gosta de Pigalle, já muito turístico para seu gosto; e menos ainda do bairro da Madeleine, com suas moças pretensiosas que sonham ser, um dia, desposadas por um cliente.

Esse incidente também priva Akira de seu ganha-pão do Sentier. É então empregado como terceiro assistente numa casa da avenida Montaigne. Volta a desenhar, mas para si próprio: vestidos, calças, túnicas. E durante semanas permanece casto: poderia tranqüilamente achar, na Paris da moda dos anos 1960, companheiras de uma noite, ou de várias. Mas não suporta a comédia sentimental, todas as pavanas da sedução que é preciso dançar para se introduzir, ainda que brevemente, sob as saias das damas. Akira Kumo se põe ao trabalho.

Durante o verão de 1967, um desfile o leva a Amsterdã como assistente pessoal de um célebre costureiro francês. Akira abandona as recepções assim que pode e corre para o bairro vermelho. Amsterdã, talvez o único lugar do mundo sem gigolôs: Akira Kumo acaba de encontrar a sua cidade. A oeste da estação de trem, em volta de dois canais, e nos dédalos das ruelas vizinhas, trabalha um bom milhar de moças. Depois disso, todos os anos ele vai a Amsterdã, sozinho, durante uma semana, discretamente. Em um dia, visita geralmente uma meia dúzia de prostitutas, a menos que contrate os serviços de uma de suas preferidas por mais tempo. A cada ano, experimenta uma afeição e um respeito crescentes por essas mulheres. Acaba por conhecê-las pessoalmente, acompanha os estudos de seus filhos e as tribulações de sua vida amorosa. Amsterdã é o único lugar no mundo em que Akira Kumo mantém conversas normais. Às vezes, à noite, quando é o último cliente, espera a moça que arruma seu quarto, e eles vão cear num pequeno restaurante indonésio que não fecha nunca. A semana finda, volta a Paris, trabalha incessantemente e, até 1970, sempre para os outros.

É PRECISO SER UM pouco tolo, diz Akira Kumo a Virginie Latour, e sê-lo com uma obstinação disparatada, para se interessar pelas nuvens. Para a maior parte das pessoas de bom senso, as nuvens estão lá. E isso é tudo. O que mais dizer? Fazem parte da decoração. Não há por que considerá-las com mais atenção. Para a maioria, não há nada de espantoso nas nuvens, não há nada a esperar delas; senão água, sob diferentes formas. Os homens só olham as nuvens para vigiar a chuva, seja porque a aguardam com uma impaciência febril, seja porque a temem como uma catástrofe. Os progressos da civilização ocidental os desviaram ainda mais da observação do céu: nessa parte do mundo os homens consultam o rádio ou a televisão para saber como se vestir. Em raras ocasiões, esses homens são tocados pela beleza absoluta das nuvens. Por exemplo, quando o céu está azul e, deitados na grama de um parque, depois de um piquenique, eles se inclinam para trás, observam as nuvens passar, e fugitivamente as admiram, enquanto digerem. Não pensam em nada. E não estão forçosamente sem razão. Uma forma de tolice habita qualquer pensamento; e daí o desejo de compreender as nuvens.

Desde a idade mais tenra, Luke Howard amou as nuvens. Poderíamos perguntar por quê. Nada o predispunha à menor excentricidade, ao menor desvio. Sabemos que nunca na vida assistiu a espetáculos profanos; também não lê prosa nem verso. Pertence a essa Sociedade dos Amigos que num dia já longínquo um juiz sarcástico chamou de quacres, porque eles às vezes tremiam, respeitosamente, com o pensamento da potência de seu Deus. Talvez Luke Howard trema mais particularmente diante das nuvens, talvez esse assombro delicioso o surpreenda, talvez ele se mostre razoável ao se dizer que essas brancuras que ama loucamente são a incessante encarnação da perfeição divina. É com fervor que ele levanta seus olhos puros em direção às nuvens.

Um dia em Londres, um jantar o colocou perto de um desses jornalistas que vivem de cobrir espetáculos de teatro que acontecem na cidade. Esse jovem mundano, acostumado a confundir conversa e confronto, coloca absurdamente na cabeça, assim que descobre que Luke Howard é um desses misteriosos quacres, a idéia de levá-lo ao teatro; Luke Howard recusa educadamente. O outro insiste, e para convencê-lo faz o obséquio de lhe contar longamente a peça que vai abrir a estação, em Londres. Trata-se de um espetáculo admirável, que conta a trágica história de Hamlet, príncipe da Dinamarca. Luke Howard escuta pacientemente seu interlocutor, que se esforça para que se interesse pelo destino de Rosencrantz e Guildernstern, esses cortesãos ingênuos, pelo de Ofélia e seu desvario, pelas tribulações do jovem príncipe melancólico. Julga profundamente inconveniente, e aliás pouco clara, essa história de ferro e sangue, mas por delicadeza não se abre ao vizinho de mesa a respeito de suas sérias reservas. Contenta-se em confiar que, em sua opinião, esse triste príncipe Hamlet deve suscitar nossa piedade, mas em nenhum caso nossa admiração. Que de fato um bom cristão não pega em armas, nem toma para si a tarefa da vingança divina no lugar de deixar a Providência se ocupar dos meios e dos fins dessa vindita. Luke Howard vê ainda menos a necessidade de assistir a uma representação da peça, uma vez que sabe, graças a seu interlocutor, que o jovem príncipe Hamlet foi punido por seu orgulho; e, graças a Deus, Fortinbras restabeleceu a ordem no reino da Dinamarca. O jovem crítico, assustado, renuncia a desencaminhar seu vizinho de mesa. Luke Howard não irá ao teatro. Luke Howard não fica ocioso nas horas em que a exigente farmácia não o suga. Os quacres são pacifistas, mas são pacifistas ativos, pacientes, corajosos. Em 1816 — é ainda essa mesma viagem do lado de Weimar que faz Akira Kumo sonhar —, ele é enviado em missão para o continente europeu devastado pelas guerras napoleônicas. É encarregado de difundir a Bíblia, como deve fazer todo membro da Sociedade dos Amigos em viagem, e levar subsídios às vítimas dos combates, seja qual for a sua nacionalidade. Permitiu-se no total, e por tudo, duas pequenas fantasias: a excursão às cachoeiras de Schaffhausen, e a visita a Paris, pela qual lhe encheram os ouvidos no dia em que anunciou que seguiria para o continente. No sábado 24 de agosto de 1816, Howard chega a Paris; instala-se no hotel de Rastadt, na rua Neuve-des-Augustins. Contrata um guia por 3 francos. Os guias parisienses — todos os viajantes desses tempos o sabem — exercem também a função de delatores da polícia; Luke Howard o ignora, e responde tranqüilamente a todas as perguntas do seu. No domingo, visita o Jardim das Plantas, que se chama novamente o Jardim do Rei. O guia se impacienta com esse estranho visitante que não quer beber nem se abandalhar, e que não se pode denunciar; por volta das 10 horas da manhã Luke Howard o envia de volta a casa, com uma boa gorjeta. No domingo 25 de agosto, é a Festa do Rei; à exceção de duas horas pela manhã, as da missa, os parisienses vivem esse dia como outro qualquer: sentam-se nos gabinetes de leitura, nos cafés, nos restaurantes; passeiam fumando, olham os espetáculos de rua. Luke Howard observa com tristeza esses parisienses indiferentes, sua tranqüila impiedade; conclui com melancolia que nunca serão quacres, e agradece a Deus por não ter nascido parisiense. Encurta a sua estada e volta a Londres, de onde não sairá nunca mais.

LOGO VIRGINIE LATOUR ESTARÁ habituada. Atravessará o pórtico lajeado de pedras cinza onde sempre faz um pouco de frio; à direita, grandes portas abertas para escritórios barulhentos, reuniões estudiosas. Numa espécie de vestíbulo no final do pórtico, uma escada gira preguiçosamente em direção a andares desconhecidos; mas é por um minúsculo elevador cinza, que dá diretamente na biblioteca, que a jovem mulher sobe ao último andar. Essa biblioteca ocupa o sótão do palacete da rua Lamarck. Os móveis são raros: a poltrona do proprietário está acompanhada de uma simples mesinha; diante da vidraça construída do lado norte, foram instaladas uma grande mesa, para a consulta de obras volumosas, e uma estante moderna, em aço escovado. Por fim, uma cadeira de escritório, que não se harmoniza com o resto e que se revela admiravelmente confortável, está reservada a Srta. Latour.

A biblioteca é um aposento especial, construído conforme as indicações de seu proprietário: uma espécie de represa o separa do resto do palacete, protegendo o silêncio e a higrometria do local. Cada vez que entra, Virginie Latour se dirige à enorme vidraça, que está sempre tão limpa, tão diáfana, que chega a parecer inexistente. Ela se aproximará até tocá-la: o arquiteto escolheu curiosamente orientar a vidraça para o norte, dar as costas ao cemitério Montmartre, a Paris inteira; nesse lugar da rua Lamarck os imóveis, que datam do início do século passado, têm apenas dois ou três andares, e o palacete os desapruma de longe; a linha do céu está assim desimpedida, para além do cemitério de Saint-Ouen; subúrbios, abjetos e escuros, parecem minúsculos na paisagem; do lado direito, uma nave imaculada sob o sol parece ter sido colocada no mesmo instante: o Stade de France. Às vezes um avião desenha no horizonte um delicado traço branco, levemente oblíquo, em direção a um destino desconhecido.

No primeiro dia, Virginie Latour percebeu bruscamente que um homem se mantinha à sua direita. Virou-se para ele e lhe sorriu. Um homem pequeno, muito seco, quase descarnado, que se move com uma elegância tranqüila e uma lentidão de iguana. Quase sem rodeios, ele se pôs a falar. Disse que, para arrumar a sua biblioteca, convinha entender a quê exatamente ela se consagra. As paixões à primeira vista existem em amizade com mais freqüência, com mais certeza do que no amor. Virginie Latour gosta imediatamente dessa voz doce e arborizada, levemente hesitante; Akira Kumo não parou de falar, de Londres e das nuvens, de um certo Luke Howard.

Na semana seguinte, Akira Kumo a esperava no andar de cima. Virginie Latour se pergunta se eles não deveriam começar a classificação. Mas parece que o velho não está com pressa. Ele pensou sobre a pergunta de Virginie Latour. Deseja voltar a ela, e completar sua resposta. Volta, então, a essa questão: Goethe e Howard se conheceram? No sentido que compreendemos geralmente, não. Mas comungaram no amor pelas nuvens, e é o suficiente. Senão, naturalmente, estão sozinhos, como todo o mundo, e sem dúvida menos do que todo o mundo, porque seus desertos são povoados do trabalho de seus dias.

Akira Kumo continua a falar; diz que para entender como Howard inventou as nuvens convém voltar à primavera de 1794. Nessa época, ele trabalha há alguns anos como preparador numa farmácia de Londres. Fabrica, essencialmente, xaropes e curativos nesse odor úmido e açucarado onde domina a cânfora, e do qual acabou gostando. Um pote de arsênico se encontra, fora do alcance dos profanos, na mais alta prateleira dos fundos da loja. É no momento preciso em que apanha esse pote que Luke Howard cai, quase do alto da escada, cujos pés, bambos, deslizaram na serradura. O pote alcança o chão antes de Howard, e infelizmente ele sucumbe sobre os cacos, que lhe perfuram a coxa direita, até a artéria; a dor é tal que ele desmaia. Ficará inconsciente por dois dias. De início, acredita-se não se poder salvá-lo, pois as feridas, inflamadas pelo arsênico, apresentam enormes purulências. Entretanto, ao contrário do esperado, os abscessos terminam por rebentar por si mesmos numa fetidez abominável e, cuidadosamente drenada e lavada, a coxa cicatriza. Durante esses dois dias Luke Howard ficou mergulhado em delírios aprazíveis: estava morto, e os anjos do Paraíso, apiedando-se de seu sofrimento, levavam-no diretamente para o Céu. Durante seis semanas não poderá trabalhar; é enviado para o campo, em sua província natal de Yorkshire.

Luke Howard não revê seu vilarejo há dez anos, desde que encontrou lugar para morar em Londres, na farmácia do número 2 da Plough Court. O pai Howard recebe o filho com frieza; seu rancor data do dia em que compreendeu que Luke não assumiria a granja familiar. Aos 70 anos, o pai continua dedicando dez horas por dia aos trabalhos da terra e do estábulo. Luke Howard ainda está muito fraco, e o tempo cada dia mais clemente: instalam-no em um canto do jardim da casa paterna, numa grande cadeira de vime. Está fraco demais para ler; uma jovem e caridosa vizinha se oferece para ler para ele as Sagradas Escrituras. Mariabella tinha 5 anos quando ele partiu para a capital. É a filha de um certo John Eliot, homem de poucos bens e pouca reputação, caçador furtivo nas horas vagas, que educa sozinho essa criança, cujo nascimento levou sua mulher à morte, mas que ele adora. Luke Howard escuta Mariabella; a palavra divina lhe parece sempre tão bela; as nuvens que passam, sempre variáveis e no entanto imutáveis, parecem entoar cânticos luminosos e mudos. Às vezes lhe parece que são as nuvens que observam passar os homens. Agradece à Providência por lhe ter fornecido, ao feri-lo, a oportunidade de escutar assim o livro dos livros; quando está cansado demais, fecha os olhos. Quando dorme, Mariabella Eliot se inclina sobre ele; Luke Howard tem 22 anos; quando reabre os olhos, vê seu rosto, flutuando sobre o azul do céu. Passarão ainda 12 anos antes que John Eliot, cansado de sua teimosia, deixe enfim Luke Howard desposar Mariabella.

Luke Howard se restabelece lentamente, mas ainda não pode escrever. Para exercer suas faculdades e justificar as horas que passam juntos, ensina a Mariabella o que sabe de botânica e francês, de química e geologia. Depois que ele voltar a Londres, eles passarão 12 anos castos e ardentes escrevendo-se, vendo-se apenas uma semana por ano. Quando a melancolia da separação fica grande demais, Mariabella e Luke se entregam a um ritual secreto: olhando as nuvens, lembram que um mesmo céu os envolve.

Akira Kumo está contente com a sua funcionária. Ela não perguntou nada sobre o Japão. Nem sobre a alta-costura. Nem sobre a alta-costura no Japão. Nem sobre seu passado no Japão. Quando alguém lhe faz alguma pergunta sobre a sua juventude no Japão, Akira Kumo geralmente oferece um silêncio educado. Para não responder a tais perguntas, elaborou com o tempo uma expressão tão simples quanto eficaz: com o olhar francamente plantado no do seu interlocutor, finge entreabrir a boca para responder e fecha-a bruscamente, sem ter pronunciado nenhuma palavra. Akira Kumo não pensa mais no Japão; em compensação, uma questão derrisória, ridiculamente obcecante, apresenta-se com muita freqüência ao seu espírito: por que um dia se apaixonou pelas nuvens? Não o sabe. Sua profissão de costureiro lhe ensinou, aliás, que normalmente é melhor não analisar as coisas, e deixá-las trabalhar na escuridão. Mas às vezes sente que a resposta a essa pergunta o aguarda, escondida como uma fera desconhecida na selva opaca da sua memória; então Akira Kumo teme que ela salte e venha aniquilá-lo, num rompante.

COMO QUALQUER COISA MUITO simples e bela, as nuvens são um perigo para o homem, diz num outro dia Akira Kumo à sua bibliotecária, debruçada sobre um escabelo. Os homens morrem ou se matam por coisas muito simples, como o dinheiro ou o ódio. Um quebra-cabeça engenhoso demais não leva ninguém ao suicídio: há quem renuncie rápido; e quem encontre a solução. As nuvens são um quebra-cabeça perigosamente simples: se tirarmos uma fotografia de uma nuvem flocosa e aumentarmos uma parte dela, perceberemos que a borda irregular de uma nuvem se parece, ela mesma, com uma nuvem. E isso, ao infinito: qualquer detalhe de uma nuvem se parece com a sua estrutura geral. Assim, cada nuvem pode ser tida como infinita, porque cada anfractuosidade da sua superfície, considerada numa escala maior, contém outras anfractuosidades, que elas mesmas... Alguns homens gostam de se debruçar sobre tais precipícios; os mais frágeis caem nele rodopiando, na noite eterna da vertigem. Virginie Latour pede um exemplo. Levando para a grande mesa os volumes que ela lhe estende, Akira Kumo explica que os pintores, em particular, são atormentados pelas nuvens. Não os artistas tradicionalmente considerados pintores de nuvens, tais como o italiano Tiepolo, ou o inglês Constable, ou mesmo os holandeses. Estes compreenderam o perigo: não pintam os céus tais como são; resumindo, disfarçam, e saemse bem. Outros pintores não desconfiaram: achavam as nuvens interessantes, fascinantes mesmo: milagres constantes, aéreos, infatigáveis. Estes não viam que no final se dobrariam sob o peso assustador das nuvens. Virginie Latour se impacienta. Akira Kumo termina por dar um exemplo, o mais conhecido de todos, mas que não é nada conhecido, como todos os exemplos de especialistas: o pintor inglês Carmichael. Ignora-se seu primeiro nome. De toda a sua coleção, as cadernetas de Carmichael são as peças preferidas de Akira Kumo. Não lhe custaram quase nada, visto que esse artista desconhecido destruiu quase toda a sua obra.

Durante o verão de 1812, um pintor inglês chamado Carmichael pintou as nuvens, e somente as nuvens. Na mesma época, manteve em pequenas cadernetas de croqui um diário dessa experiência; é o único manuscrito feito por ele que chegou ao século XXI. Akira Kumo financiou pesquisas sobre o personagem, mas não deram em quase nada. Carmichael é citado por alguns memorialistas e cronistas do início do século XIX como um jovem pintor promissor, mas parece que não cumpriu suas promessas, pois a partir de 1804 não é mais evocado em lugar algum como pintor inglês ativo. Em compensação, é possível encontrá-lo, depois dessa data, como professor de desenho; até a sua morte, ele coloca nos grandes jornais londrinos anúncios publicitários: propõe-se a ensinar às crianças e às moças o carvão, a aquarela. Para se ter uma idéia de quem foi o pintor Carmichael, apenas suas cadernetas de 1812 merecem crédito. Nenhum museu possui o menor desses estudos de céu, como são chamados; os únicos dois Carmichael sobreviventes são ensaios de juventude, visíveis no Victoria and Albert Museum de Londres. Akira Kumo foi vê-los: duas paisagens insignificantes, à maneira de Gainsborough. Carmichael anota, contudo, ter pintado uma centena de *sky studies*; os primeiros datam de junho de 1811, o último de 2 de agosto de 1812. Traçados nas bordas de seu diário, um pequeno número de croquis, de rascunhos, deixa muito desgosto: deles, emana uma impressão indelével; sem dúvida, ninguém nunca pintou tão magistralmente as nuvens.

Depois de 2 de agosto de 1812, Carmichael parece recuperado dessa loucura, dessa vertigem das nuvens que ele descreve tão febrilmente em suas cadernetas. Ao que parece, nunca falou a ninguém desses anos nebulosos, desse período tão curto, em suma. Aliás, no começo, não é pelas nuvens que ele se interessa, mas pelo vento. Evidentemente, não se pode pintar o vento, a não ser que se seja chinês; mas se pode pintar o efeito dos ventos: Carmichael observa obstinadamente as ondulações do trigo amadurecendo nas planícies; os arabescos que essas rajadas de vento desenham sobre a água de um lago; o inchaço das velas e as inclinações das enxárcias nos oceanos; observa na terra os turbilhões da poeira e as curvas sábias das dunas. Mas, no final da primavera do ano de 1811, Carmichael acaba por escutar o chamado mudo das nuvens. Põe-se em busca do observatório ideal, e encontra-o a dois passos de Londres. É o lugar dos sonhos, esse lugar por onde Luke Howard, na mesma época, gosta tanto de passear: a charneca de Hampstead. Trata-se de uma charneca e não de um parque, nem do campo, e menos ainda da natureza, que 2 mil anos de civilização praticamente extinguiram da Inglaterra. A charneca de Hampstead, com seus lagos e colinas, suas linhas de árvores centenárias ao longo das alamedas, e os horizontes repentinamente desimpedidos, no desvio de um caminho escarpado, na cidade de Londres. A charneca de Hampstead começa a ser o que será durante os dois séculos por vir: o paraíso de passeadores que não se encantam nada pela plana e seca rigidez de um Hyde Park. Akira Kumo vai se sentar para respirar um pouco. Afunda-se na poltrona. Virginie sabe o que isso significa: senta-se nos degraus de seu escabelo; a classificação dos livros continuará mais tarde.

Carmichael se instala, então, em Hampstead, numa casa que ele de início aluga, e depois compra, a dois passos do mais alto ponto da charneca, a colina do Parlamento, que culmina a pouco mais de 100 metros. É tudo uma questão de pintar as nuvens. Carmichael julga suas primeiras tentativas lamentáveis. É preciso, primeiro, encontrar o bom suporte: folhas suficientemente espessas para receber a quantidade de camadas que ele acumula na esperança de dar o modelado das massas. Ele mesmo recorta as folhas, segundo formatos variáveis, pois compreende rapidamente que não se pode incluir qualquer tipo de nebulosidade em qualquer formato; e é por esse viés que descobre, por conta própria, o que os meteorologistas começam apenas a entender: que existem nuvens de desenvolvimento vertical e outras que se prolongam indefinidamente, paralelamente ao horizonte. Para dizer a verdade, Carmichael, em sua infância e juventude, foi à sua maneira um especialista em nuvens, num contexto estranho a toda forma de arte; mas não gosta de se reportar a essa época, tendo rompido com a sua família.

Todos os dias, Carmichael sobe a charneca de Hampstead, o cavalete nos ombros. Freqüentemente, escolhe a parte baixa de uma colina, com uma abertura para o horizonte de Londres, a distância, encontra poucos personagens; alguns banhistas, quando se instala perto de um dos lagos; alguns animais de granja, duas vacas, um cavalo atrelado a uma carroça de duas rodas, caso pinte mais ao norte, lá onde Hampstead, abandonando toda pretensão ao status de parque, acaba por se fundir ao venerável campo inglês. Sobretudo, é claro, uma vasta extensão de céus que às vezes parece devorar a tela inteira. Ele deixa a casinha branca, de dois andares, de manhã cedo, ou pouco antes do poente. Leva a sua caixa; a tampa desempenha as funções de cavalete; a paleta é reduzida ao mínimo: o pó azul da Prússia, o branco e o preto de carvão, carmim e cinabre para esquentar as cores. E de início ele não pinta. Não basta olhar esse objeto, o céu, como outro qualquer. O céu não é um objeto, é um meio, e um meio selvagem. Esconde-se se o atacamos imediatamente se procuramos apanhá-lo com prontidão, o resultado pode ser brilhante como, por exemplo, uma tempestade de Turner; mas se esperamos tempo demais, o resultado é frio, infiel: um céu de academia. Ele precisa se manter de pé no local escolhido, de frente para a paisagem, e aguardar.

Durante horas, Carmichael aguarda. É claro que não aguarda, tolamente, a inspiração; tampouco uma bela disposição das nuvens, pois todas as suas disposições, para quem sabe contemplá-las, são igualmente interessantes. Aguarda simplesmente que a pintura desperte nele como uma turbulência, que se forme imperceptivelmente, justamente como fazem as nuvens, aguarda que ela se agregue a todo o seu corpo, para que enfim a beleza do céu impregne o papel. Carmichael aguarda, como se ele mesmo fosse uma nuvem. Só então pinta.

Trata-se apenas, mesmo do ponto de vista prático, de pintar as nuvens. É preciso fazê-lo rápido, porque tudo seca no sol, em pleno vento das alturas de Hampstead. Carmichael levou dois cavaletes. De início, prega no primeiro uma de suas folhas e pinta um fundo. É uma tarefa irrisória, que alguns reservam a seu aprendiz, mas Carmichael não tem nenhum discípulo, e gosta do irrisório: com seu pincel mais grosso, espalha uma fina camada de branco de chumbo misturado ao azul da Prússia, que será a base do céu. Então, espera que esse fundo seque, impregnando-se da paisagem, do céu sempre mutante, mas sem forçar demais a atenção. Escolhe meticulosamente onde se posicionar, no eixo dos ventos dominantes; deixa as nuvens virem a ele. Enquanto o primeiro seca, prepara um segundo fundo conforme o mesmo princípio, mas de um ângulo ligeiramente diferente. Quando enfim os fundos estão prontos, ataca as nuvens: rápida e pacientemente, aplica, camada após camada, cinza semi-opacos, azuis e rosa; pouco a pouco, sob a sua mão nasce o relevo dos céus. O estudo está quase concluído. É esse o momento perigoso, que o exalta e o consome ao mesmo tempo: é possível saber quando um céu está pronto? É aqui que a maioria dos pintores perde seus céus. Ou param cedo demais e é a pintura, com suas demãos e pinceladas, que se torna evidente; ou cedem à tentação de acrescentar ainda aqui, raspar um pouco lá, retocar e, recuando um passo, constatam o desastre: o conjunto se perdeu nos rabiscos, irreversivelmente.

E é porque entendeu que o problema está aqui, no acabamento e na velocidade, que Carmichael pratica sem descanso. Encontra-se então numa posição estranha para nós. Para nós que o vemos em função da história ulterior da pintura, não há dúvida de que os problemas que Carmichael encontra — a questão do acabamento, da série, da expressão vigorosa do atmosférico — são os mesmos dos pintores impressionistas, ou de seus herdeiros do início do século XX. Mas, para Carmichael, é uma tragédia que se enreda: seu isolamento terrível o levou de uma vez a problemas que não são da sua época. Carmichael julga severamente seus dois primeiros desenhos desse tipo, e os rasga; sem desanimar, prepara duas outras folhas, e o dia corre assim, até cerca das 5 horas da tarde. O trabalho sobre as nuvens terminou. Ele retoca suas obras uma a uma e ressalta os diferentes elementos com branco. De volta ao ateliê, quando tudo está seco, Carmichael acrescenta com minúcia o custoso pigmento azul, a base de lápis-lazúli, o único capaz de aprofundar a cor de um céu.

No final de algumas semanas, Carmichael entende que não basta contemplar as nuvens; é preciso também, ao menos um pouco, compreendê-las. Procurando se informar sobre o assunto, depara-se enfim com a obra meteorológica de um honesto vulgarizador sem genialidade, Forster, que reconhece em cada página, honestamente, dever tudo aos trabalhos de um certo Luke Howard. Para Carmichael, é o esclarecimento decisivo, e como que a confirmação de suas intuições mais loucas. Howard lhe fornece o que lhe faltava: nomes para todas essas formas que o desafiam dia após dia em Hampstead. Ele aprende de cor os termos inventados pelo quacre. A partir de agora, Carmichael não pinta mais nuvens, mas cirrus, nimbus e, mais raramente (pois o desafio lhe parece menor), stratus. Utiliza esses termos novos até no título de seus estudos. Mas continua a considerar cada nuvem, cada configuração do céu, como absolutamente única. Até meados do verão de 1811, tudo é uma euforia; as cadernetas ganham um tom que diríamos místico, se Carmichael não manifestasse um ateísmo tranqüilo, constante. Da sua maneira, Carmichael dá graças ao céu, a esse céu vazio de qualquer deus, que lhe fornece tão belas matérias e de tão grandes prazeres. Entende então que para ele não se trata tanto de uma determinada forma de pintar as nuvens com exatidão, mas de lhes ser extremamente fiel, saudá-las respeitosamente, na solidão das colinas de Hampstead.

NÃO SE PINTA PARA fazer pintura, nem mesmo para ser pintor: apenas os amadores fazem isso. Pinta-se por razões mais profundas e que não têm nada a ver com a carreira; o essencial para um pintor é a relação entre sua arte e tudo o que não é pintura, esse desejo de captar as cores e os sabores do mundo. Aos 15 anos de idade, Carmichael passa a maior parte do tempo na plataforma do mais imponente moinho construído por seu pai, na saída de um pequeno vilarejo de Yorkshire que se chama East Bergholt. Permanece de pé, olha o céu, escruta o horizonte, incansavelmente. É a sua profissão. Ainda não é pintor. Desenha admiravelmente, desde sempre. Mas é pago para vigiar o céu. Muitas horas antes de chegar a East Bergholt, um viajante pode ver, se o tempo estiver claro e calmo, os cinco moinhos do pai de Carmichael girarem lentamente seus braços nos céus instáveis de Yorkshire. O maior de todos fica no centro, flanqueado de cada lado por um par de moinhos menores e mais baixos. Carmichael é o melhor observador da época: seu pai o colocou no centro, na mais alta plataforma. Nos vilarejos da região, é conhecido desde sempre por um nome ridículo: o Belo Moageiro. Carmichael trabalha nos moinhos paternos. É bonito e arisco; as mulheres o perseguem, mas ele é orgulhoso, e não cede. Quando, no ofício aonde seu pai o leva por preocupação com as conveniências, escuta o pastor explicar de que maneira o primeiro dos homens e a primeira das mulheres foram expulsos do paraíso terrestre, ruboriza de cólera: por que é preciso escutar tamanhas asneiras? Todas as mulheres do condado em traje de domingo olham para ele com um ar idiota; os homens o odeiam espontaneamente, e Carmichael não entende por que, já que não toca em suas mulheres. Seu pai é rico e poderoso, pois é ser rico e poderoso nesses tempos possuir moinhos.

Todos os anos, na mesma época, por volta do final de setembro, o pai recruta os filhos como observadores do tempo: coloca o melhor no ponto mais alto da faixa de moinhos. Carmichael, como primogênito da casa, deve dar continuidade ao comércio paterno. Mas gosta tanto de observar o tempo, quanto odeia os livros de contas e as reverências dos comerciantes. Também sabe que só gosta de pintura. Diz a si próprio que obedecerá ao pai, assumirá o negócio, pintará fora da estação. Acredita que está tudo decidido. Agora permanece de pé sobre a plataforma, esforça-se para não pensar em nada, para acolher os sinais delicados que sobem no horizonte, lá longe. Toda a riqueza da região repousa na justeza de tais observações: o Yorkshire vive do trigo, esse trigo que se vende em Londres em forma de farinha; entre o trigo e a farinha se mantêm os moinhos do pai de Carmichael. Assim é o jogo, exultante e brutal, do comércio dos grãos: a primeira região a encaminhar sua farinha a Londres é a que se beneficia do preço mais elevado. Os moinhos têm o vento por melhor amigo e pior inimigo. Um vento moderado e constante é evidentemente o ideal; mas no Yorkshire o fenômeno é raro. O moageiro deve, então, velar o grão. Pois um vento poderoso demais, uma rajada brusca demais podem destruir o velame, ou mesmo os braços do moinho, e é então uma catástrofe econômica: para aqueles que fabricam os sacos, para os que transportam a farinha a Londres, para os que a vendem em atacado, para os que a debitam a varejo. Também o moageiro passa seu tempo rezando para que o vento levante ou caia; e a função do observador é temivelmente simples: ao primeiro sinal de um vento suficiente para fazer girar as mós, ele deve iniciar a operação; deve interrompê-la assim que o vento, ameaçando enfraquecer, compromete a trituração do grão. Sem vento, as abas do moinho não giram; com muito vento, quebram. Por isso, o observador deve antecipar a vinda de um vento excessivo e, assim que ele ameaça surgir, posicionar as abas no alinhamento do vento, ou mesmo, caso uma tempestade se aproxime, arrear os panos que os cobrem, salvando assim as abas e o velame.

Desde os 10 anos, Carmichael se sobressai no exercício dessa arte do tempo; seus irmãos de um segundo casamento — a mãe morreu no seu nascimento —, Golding e James, nunca brilharam nesse ofício, e fogem dessa corvéia; quando o pai os envia ao moinho, fingem obedecer, mas vão colher amoras, ou pescar enguia e cadoz. O meio-irmão fica sozinho em seu posto. Gosta que a energia do céu passe para as densas pedras das mós, gosta de ser o fiel e humilde guardião dessa potência. Quando vê se aproximarem as nuvens, Carmichael pensa freqüentemente em pintá-las. Mas ainda não ousa fazê-lo. Suas nuvens prediletas são as que os marinheiros e moageiros chamam de mensageiras. São pequenas nuvens que deslizam sob as carregadas, anunciadoras de tempestades, como arauto das intempéries. Desde que entendeu que é bonito, Carmichael se afastou da idéia de pintar o rosto humano; cansou de ouvir falar do seu rosto, e de que lhe pedissem retratos. Então, voltou-se para o céu, mas a beleza surpreendente das nuvens em movimento o superou; teve de renunciar imediatamente a desenhá-lo. Voltou-se para a terra. Com o amigo John Dunthorne, encanador de profissão, parte aos domingos para os campos e os bosques. Lado a lado, eles desenham, sem falar.

Nessa época, existe em East Bergholt apenas um homem capaz de iniciar Carmichael na pintura. Sir George Beaumont vive em Londres a maior parte do tempo, mas passa um quarto do verão no castelo dos seus antepassados. Durante o verão de 1804, ele vê por acaso, na casa do boticário de East Bergholt, o croqui de uma clareira mergulhada pela metade numa bruma, executado com carvão; o desenho está repleto de mil erros técnicos, mas o talento se evidencia. Sir George Beaumont pede para conhecer o autor. Carmichael tem 17 anos.

Estamos no final de setembro: os moinhos foram desmastreados, as capas enroladas em seus recipientes alcatroados; a estação terminou. Na casa dos Carmichael, Sir Beaumont encontra toda a família em volta da lareira, com exceção daquele que ele quer ver. Golding Carmichael se oferece cortesmente para levá-lo até seu irmão. Numa clareira varrida por um vento seco, encontra-se um jovem muito bonito, debruçado sobre uma caderneta. Sir George Beaumont cai para trás diante dele. Lamenta o tempo dos gregos; sabe de cor páginas inteiras do *Banquete* de Platão; ira recitá-las mais tarde a Carmichael; também lhe mostrará uma reprodução de *A Sagrada Família*, de Michelangelo. Diz com freqüência que a bondade divina não se exprime em nenhum lugar melhor do que na perfeição de um corpo adolescente, orgulhoso e másculo. Sir George Beaumont é um cristão fervoroso. Pensou algumas vezes em se tornar pastor, mas é ligado demais à castidade e ao celibato. Ficaria absolutamente horrorizado se lhe emprestassem os pensamentos impuros que dificilmente perdoa a seu querido Sócrates; no entanto, em Londres, há muitas fofocas a seu respeito; os cochichos aumentam quando ele volta do campo com um adônis. Mas Sir

George Beaumont é a própria inocência. Parece-lhe fazer parte da ordem das coisas que um rapaz tão talentoso também seja tão bonito. Na clareira, Golding faz as apresentações. O aristocrata é autorizado no caminho de volta a folhear a caderneta do rapaz, e o que vê enche-o de entusiasmo. Põe na cabeça a idéia de convencer o pai de que o filho tem talento. O pai o sabe perfeitamente, mas finge o contrário e alcança seu objetivo: Beaumont propõe comprar a preço de ouro todos os desenhos do jovem. É dinheiro suficiente para refazer as abas de três moinhos. O pai pede para refletir. Beaumont volta às suas terras vizinhas, depois de conceder dois dias de reflexão para a família.

Esses dois dias, pai e filho passam a se queixar. O pai finge recusar, absolutamente, seu consentimento; nunca gostou desse filho suscetível e obstinado, e espera secretamente conseguir aumentar as apostas. Eles travam uma dessas longas brigas sem volta: o filho ameaça o pai de lançar prognósticos falsos para arruiná-lo, na estação seguinte. É então que o pai chama o filho de bastardo. Carmichael acredita de início que se trata apenas de uma injúria; mas o pai não pára em tão bons lençóis, e solta de uma vez aquilo que tem no coração há 15 anos: Carmichael não é seu filho. O moageiro se casara com a mãe, por quem era louco e que não o amava, quando ela já estava grávida de um outro cujo nome jamais quisera revelar, mas para seu grande desespero a infeliz morrera no parto. O sofrimento ininterrupto de ver a beleza da mãe reencarnada nesse menino esgotou a paciência do viúvo, e ele acabou por detestá-lo, casando-se novamente para ter, enfim, a sua própria descendência. Na manhã do segundo dia, o velho moageiro deixa Carmichael partir para a casa desse nobre ridiculamente enfitado e empoado, não sem lhe fazer assinar, diante do notário, uma promessa de nunca trabalhar para um concorrente. A partir desse dia, Carmichael decide usar o nome de solteira da mãe. Instala-se em Londres, na casa de Beaumont. E lá, durante longas semanas, recusa-se a tocar num lápis, num pincel, humilhado pela vergonha de ter ousado desenhar na ignorância de seus predecessores. Na realidade, Beaumont o levou cortesmente para visitar toda a capital: Carmichael descobre, então, as obras-primas de Claude, Cozens, Girtin, de todos os mestres da época e do passado das quais seus proprietários falam com paixão a esse jovem tão pouco loquaz; e que, freqüentemente, precisa ser arrancado da contemplação de uma tela para ser levado ao grande salão onde o jantar será servido.

Numa noite, arrebatado pelo calor de uma discussão com seu protegido, Sir George Beaumont exagera no xerez. Leva Carmichael para o quarto para lhe mostrar uma gravura que acaba de comprar, e desliza bruscamente a mão nas entrepernas do jovem, proferindo obscenidades tão terríveis e elogios tão piegas que Carmichael, refugiado em seu próprio quarto, acreditará por um momento ter sonhado. Eles nunca falarão sobre isso. Rebaixado pela vergonha, o benfeitor de Carmichael deixa de abrigá-lo; propõe-lhe uma renda modesta e lhe dá uma soma considerável, de forma que ele possa adquirir uma residência cujo endereço ele, Sir George Beaumont, não conhecerá. Carmichael tem 20 anos. Eles não se verão mais. Sir George Beaumont morrerá sete anos após essa separação, em seu castelo de Yorkshire, enfraquecido pelas constantes mortificações e penitências que se impõe.

Privado de seu protetor, Carmichael não tem mais contatos com o meio dos apreciadores de arte. Pouco importa: o período de estudo acabou para ele; sente-se pronto para pintar. Algumas semanas após a ruptura, no início de 1811, casa-se e instala-se nos arredores de Londres, no vilarejo de Hampstead, numa casinha branca perdida no final de uma rua isolada, número 2, da Lower Terrace: sua mulher Mary sofre dos pulmões, e o ar de Londres é muito ruim para ela. A primavera termina. O verão das nuvens começa.

Depois da excitação do meio do verão, Carmichael supera um outro limite. Entra na pintura pura: vai pintar *skyscapes*, paisagens de céu sem nenhum elemento de cenário terrestre; nem mesmo, num canto da tela, o galho mais elevado de uma árvore para lembrar o solo. Todos os dias o céu o aguarda, sempre o mesmo e sempre outro. A charneca de Hampstead está aqui, tão próxima; basta sair da casinha branca de dois andares, atravessar o jardinzinho, empurrar uma portinha de ferro adornada. Depois, é preciso entrar à esquerda, e novamente à esquerda, na pequena senda que sobe; em seguida, já é a charneca: no primeiro cume, a seus pés, Carmichael descobre um parque imenso; caminha em direção aos lagos de Highgate, que dormem aos pés da colina do Parlamento. Prefere subir e descer essa colina a contorná-la, pois, inclinado no topo, a 300 metros acima do nível do mar, pode ver o porto de Londres, a catedral de St. Paul, e toda a cidade, com suas dores e seus prazeres, durante toda a semana e no domingo dos homens que não pintam. Cinco *skyscapes* por dia, no máximo; materialmente, é claro, nada se oporia a que pintasse dez, ou mesmo vinte. Mas esses cinco o esgotam, literalmente, e ele volta para a casa titubeando de cansaço, e tremendo de raiva. Sua mulher Mary o olha com medo; cada dia parece exauri-lo ainda mais; como alguns alcoólatras, ele se consome por dentro.

A idéia das paisagens de céu, é claro, não lhe veio de uma vez. Em primeiro lugar, entendeu que os objetos que faz figurar nas telas as saturam. Começou por se desembaraçar da maioria das figuras humanas. Sempre as colocou em segundo ou terceiro plano, lá onde esses rostos que o irritam serão apenas, no melhor dos casos, uma pincelada de um rosa cremoso, realçados com alguns traços de preto. A charneca de Hampstead oferece seu lote de amas a passeio, de camponeses voltando do mercado da cidade. Pouco a pouco, Carmichael os faz desaparecer, como fantasmas, em gramas altas, aos pés de grandes árvores, na sombra ou na luz; depois, renuncia completamente a essas figuras. A última delas é uma mulher, que não se pode perceber de saída, pois ele a colocou na margem esquerda da paisagem, na contraluz de um sol intenso; ela está quase dissolvida na luz; segura uma sombrinha de seda furta-cor, cujo forro reverbera o verde-claro de um prado sem flores. Se recuamos três passos, percebemos que a figura inteira se esfuma no cenário: o vestido verde-água se dilui no gramado; e todas as nuances do corpete azul-pálido inundado de luz condizem com o céu e as nuvens. Ao concluir essa obra, Carmichael sabe que acabou com a figura humana, que não a pintará nunca mais; vive esse apagamento como uma vitória, e de fato o é, uma vitória imensa e irrisória: uma vitória de pintor.

    A partir de então, na pintura de Carmichael, de humano só ficam os edifícios. Com freqüência, ele se instala aos pés de uma morada chamada Saleiro, por causa da forma de suas torrezinhas; no canto direito, desenha apenas a cumeeira do teto de telhas, o esboço de um muro de tijolo vermelho-carmim. Acima, exibem-se enormes colunas de nuvens, infinitamente móveis; às vezes, os raios de sol perfuram irregularmente essas massas. Por fim Carmichael supera uma última etapa, no início do mês de agosto de 1822: num pequeno desenho quase quadrado, deixa apenas um galho relativamente curvo, no canto inferior direito, agitado pelo vento. E, depois, mais nada: paisagens de nuvens puras. É aqui que a vertigem vem tomá-lo de surpresa. Carmichael tem o hábito de pregar seus trabalhos em cima do fogão, na cozinha. Numa manhã em que se apressa para sair, seu olho é atraído por uma pintura pendurada no muro, uma pintura que ele nunca viu e que no entanto lhe parece familiar: aproxima-se, apodera-se da folha: por inadvertência, suspende-a de cabeça para baixo. Gira a folha em 90 graus, e é ainda um outro quadro que surge. A diversão que lhe provoca esse exercício é de curta duração; a caminho da charneca, o significado do incidente lhe surge aos poucos e quando chega ao topo da colina do Parlamento, esgotado por semanas de luta, cego pela solidão, acredita ter compreendido: sua pintura deve se libertar de todo modelo. Sem hesitar, volta para trás, desce uma última vez em direção à casinha branca do número 2, da Lower Terrace. E, como Akira Kumo parece muito cansado de ter falado tão longamente, Virginie finge educadamente ter um compromisso e se despede.

AS SEMANAS CORREM, COMO as nuvens de verão no céu de Paris, precedendo as tempestades. Virginie Latour referencia meticulosamente, prateleira após prateleira, a coleção de Akira Kumo. De fato, não se trata de uma coleção de bibliófilo; quase nenhuma edição rara, a não ser quando a obra não estava disponível numa versão corrente; em compensação, não falta a essa coleção nenhuma obra importante consagrada às nuvens, e de forma mais geral à meteorologia, nos últimos três séculos, e nas línguas que seu proprietário conhece ou decifra: japonês, alemão, inglês e francês. Desde a segunda semana de trabalho, eles inverteram o modo de funcionamento: Virginie vem de manhã, bem cedo, e deixa o costureiro após o almoço, que é servido com maior freqüência na própria biblioteca; à tarde, Akira Kumo se dedica a seus negócios, quando seus assistentes precisam dele.

Akira Kumo não parece ter pressa. Conta histórias. Há algum tempo, ela enfim entendeu: não se pode dizer que sejam falsas, não se pode dizer que ele as invente; mas é evidente que as adapta, que acrescenta alguns elementos. Freqüentemente, a improvisação lhe prega peças: ele descreveu longamente as obras de Carmichael, depois de ter dito, na véspera, que nenhuma tinha alcançado nossos dias. Virginie Latour refletiu sobre isso tudo; concluiu que não tinha importância. Escutou, então, com prazer puro todas as histórias de Akira Kumo: a história daquele sábio e piedoso árabe a quem seu deus enviou uma pequena nuvem para levá-lo seguro e são para fora do deserto; a história dos Templários perdidos nas estepes, do lado de Tachkent, cujos cavalos congelaram ao atravessar um lago aparentemente inofensivo; e ainda muitas outras. Virginie Latour também se perguntou, um dia, se não estava apaixonada. Mas ela faz parte dessas pessoas para quem os orientais são totalmente assexuados. Além disso, Akira Kumo nunca a olha com a menor concupiscência. Virginie gosta dessa palavra. Concupiscência. Fica um pouco vexada, apesar de tudo, com essa falta de concupiscência; mas apenas pelo princípio.

Durante muito tempo, diz um outro dia Akira Kumo à sua funcionária Virginie Latour, os cientistas nem pensavam no fato de o céu ser azul; a cor, é claro, se espalhava como hoje, aparentemente maciça, quase infinita na variedade de tons. Milhares de poetas a tinham cantado, mas nenhum cientista se preocupara em explicá-la. Além disso, os poetas não valiam mais do que os sábios, porque não se interessavam de verdade pelo azul do céu; faziam dele um grande símbolo abaulado, a cor do infinito, a cor de seu deus mesmo, no fundo não suportavam que o azul estivesse simplesmente aqui, sublime. No entanto, os séculos passavam e a corporação dos sábios se confundia cada vez menos com a dos padres; e quanto mais os céus se despovoavam de seus anjos, mais perdiam seus prodígios e seus deuses, mais se enchiam de homens em barquinhas ou aeroplanos. Então, começa-se a pensar que o céu apenas parece ser azul. Compreende-se, explica-se de onde nasce a impressão de azul do céu. Pois o Sol ignora essa cor, a luz que ele emana não a possui, ou possui todas. O Sol se contenta em bombardear a atmosfera da Terra com todos os seus comprimentos de onda, todas as forças de Sol, que vão de um quase vermelho para um além do violeta. O Sol envia, assim, em desordem, o vermelho e o laranja, o amarelo, o verde e o azul, o índigo, e mesmo o violeta. Mas essas cores nunca nos alcançam; chocam-se com as minúsculas moléculas de ar assim que atingem as camadas superiores da atmosfera. Em seguida, as moléculas de ar das camadas superiores da atmosfera difratam essas pequenas quantidades de luz, mas não o fazem de maneira homogênea: difundem melhor os pequenos comprimentos de onda do que os grandes; assim o ar do céu não deixa passar o vermelho, o laranja e o amarelo; em compensação, difunde bem o azul, mas também e principalmente o violeta. E é assim que a maior parte das cores emitidas pelo Sol não alcançam jamais a retina dos homens. E é assim que os cientistas demonstram que o céu é violeta. Entretanto, o azul do céu cuja inexistência acabava de ser comprovada tinha a bela insolência de não levar em conta as explicações dos sábios: os olhos dos homens, mesmo os olhos dos homens de ciência, inábeis em distinguir o violeta, continuavam a ver o céu azul; da mesma forma que sentiam a terra quase plana, sob seus pés; e que viam a cada dia o Sol nascer e se pôr.

    Paralelamente, em toda a Europa, são cada vez mais numerosos aqueles que, simples cidadãos, amadores esclarecidos, fazendeiros afortunados, mantêm um diário do tempo, como se diz na época: quer dizer que anotam, dia após dia, a direção dos ventos, o estado do céu de manhã e à noite, a quantidade de água caída, se for o caso. Quanto mais os homens sabem se proteger do tempo, mais falam do tempo; talvez para passar o tempo. Os meteorologistas estão convencidos de estarem prestes a arrancar da chuva e do vento todos os seus segredos. Pois há agora meteorologistas, sociedades de meteorologia, congressos, boletins.

    E esses homens de ciência progridem; é tudo o que sabem fazer, mas é bastante, e o fazem muito bem. Na Europa, os meteorologistas aprendem pouco a pouco a entender como as nuvens se formam; várias hipóteses do venerável Luke Howard são abandonadas. As pesquisas desses homens encontram financiamento sem dificuldade, já que suscitam a partir de então uma infinidade de interesses econômicos. Navios com casco de aço, no geral britânicos e cada vez mais numerosos, cobrem todos os mares do globo; constroem-se grandes escritórios modernos em Genebra e Nova York, onde pequenos funcionários pegam suas réguas e traçam à tinta as fronteiras retilíneas em belos planisférios. Assim crescem impérios construídos para durar mil anos, e que desmoronarão em um pouco mais de cem; para lutar e morrer os povos da Europa vão cada vez mais longe, a cidades com nomes estranhos cuja existência eles ignoravam seis meses antes, em Sébastopol ou em Fachoda. O destino do mundo se joga em todos os mares, tanto na guerra comercial quanto na guerra propriamente dita. A Inglaterra conhece aqui a sua idade de ouro, vende especiarias e essências raras, acumula diamantes e opalas, constrói na capital imensos escritórios de comércio de pedra branca.

Agora que uma ilha povoada de marinheiros reina sobre o Universo, o tempo se torna em todos os lugares um negócio muito sério. O *Times* publica em 5 de setembro de 1860 seu primeiro boletim meteorológico. Cinco anos mais tarde, em 30 de abril de 1865, o almirante Fitzroy, diretor do departamento meteorológico da Câmara Nacional do Comércio, se suicida porque seus serviços efetuaram um prognóstico particularmente ruim, e a imprensa se enfureceu contra ele. Como as pessoas dão a volta ao mundo cada vez com mais freqüência, cada vez mais rápido, terminam por entender que os fenômenos climáticos fazem o mesmo. E, simultaneamente, aprendem com sacrifício o que pode custar não conhecer o céu e seus movimentos. Nos escritórios do Ministério da Agricultura, engenheiros entregam seus veredictos: se o valor anual da produção agrícola mundial, inclusive da horticultura e da silvicultura, é de cerca de 100 milhões de libras esterlinas, e se é possível estimar em cinco por cento o aumento da produtividade que resultaria de previsões meteorológicas precisas e suas aplicações por todos os trabalhadores implicados, camponeses e outros, então uma previsão meteorológica confiável possui um valor potencial de 20 milhões de libras esterlinas. Reconhecer as nuvens já não é suficiente; será preciso agora prever sua aparição, seus movimentos, seu comportamento. Em 1879, os habitantes de Dundee e de toda a região vêem seus esforços enfim recompensados: uma ponte de metal transpõe a partir de então a baía de Tay, que outrora era preciso contornar ao preço de três horas de estrada para se chegar a Edimburgo. Os melhores engenheiros britânicos conceberam essa ponte. Muitas vezes por dia pesadas caravanas ferroviárias atravessam a toda velocidade a ponte da baía de Tay sem fazê-la tremer, a ponto de alguns jornalistas se inquietarem com a perturbação da visão que as velocidades extremas, com picos de 50 quilômetros por hora, provocam inevitavelmente. Na primavera de 1879, após cinco meses de serviços fiéis, a magnífica ponte nova da baía de Tay se precipita nas águas do rio, junto com o trem que passa por ela e todos os seus passageiros, devido a uma série de extraordinárias rajadas de vento que nenhum engenheiro do império teve a curiosidade de medir por precaução. Os jornais se emocionam. A opinião pública rosna. Alguns eleitos se demitem, e um, como sempre nesses casos, até põe fim a seus dias. Diversos meteorologistas amadores escrevem memórias provando que o arquiteto não levou em conta a força dos ventos nessa região. Uma ponte será reconstruída no mesmo local; ela não cairá. Apesar de suas guinadas, a tecnologia britânica é a melhor do mundo: no início desse mesmo ano, permitiu ao exército de Sua Majestade matar 8 mil zulus em algumas semanas, em algum canto da África austral, e de forma tão simples: os zulus atacam em planícies, a pé, com a zagaia nas mãos, protegidos atrás pelos escudos de madeira cobertos de pele de zebra; lançam-se contra os soldados profissionais, equipados com os melhores fuzis do mundo. Em 29 de março de 1879 enfim, na batalha de Rorke's Drift, um regimento resiste a um cerco de vários dias e mata mil de negros a mais; os sobreviventes são cobertos de medalhas.

Na Europa, os poderosos do mundo procuram saber quando virão as tempestades. É claro, sempre houve tempestades na Europa ocidental, e camponeses para se preocupar com elas. Mas nunca antes essas tempestades tiveram tantas fábricas para assoprar, telhados de casa para levar, gado e homens para afogar. Nunca antes os poderosos do mundo tiveram tanto a perder. Em 14 de novembro de 1854, durante a guerra da Criméia, navios de guerra e de comércio, no total 38 construções com a bandeira francesa, afundam ao largo de Balaclava, no mar Negro. Também há, além disso, quatrocentos mortos. Napoleão III convoca o ministro da Guerra para saber como perdeu quatrocentos homens e uma frota inteira, da qual fazia parte o mais poderoso de seus navios de guerra de três mastros, o *Henri-IV*. O ministro convoca o diretor do Observatório de Paris para dissimular o aborrecimento. O diretor do Observatório se chama Urbain Le Verrier. Não tem nenhuma dificuldade em demonstrar a seu interlocutor que a tempestade em questão se encontrava, na véspera, em cima do Mediterrâneo; e que dois dias antes fazia tremer os habitantes do nordeste da Europa: teria bastado uma simples comunicação telegráfica para evitar a catástrofe. Le Verrier logo obtém uma audiência com o imperador, que quer saber como realizar tais prodígios. Urbain Le Verrier simplesmente escreve a todos os astrônomos e meteorologistas amadores que pôde recensear em toda a Europa; coisa das mais fáceis, numa época em que os sábios passam seu tempo a se escrever para comunicar informações e descobertas. Seu requerimento é simples: pede a seus honrados confrades que lhe passem as observações sobre o tempo que fazia em suas terras entre 12 e 16 de novembro. O francês recebe 256 respostas, que reporta num mapa da Europa. Dispõe assim da trajetória da tempestade. Naturalmente, o sistema possui um inimigo jurado: a cronologia. De que adianta prever o tempo da véspera? Urbain Le Verrier obtém, então, o dinheiro necessário para a criação de estações meteorológicas em todo o território francês. Assim termina o tempo dos homens, assim começa o das redes. Em breve, outros países — a Holanda, a Inglaterra, a Suécia, a Rússia — irão se inspirar no exemplo francês.

EM AGOSTO DE 1996, bem antes de conhecer Virginie Latour, Akira Kumo atinge a idade de 50 anos. Alguns meses depois desse aniversário, faz uma descoberta estranha: na verdade, não tem 50 anos. Ignora que idade possa ter. Tudo o que sabe, num primeiro momento, é que a sua data de nascimento não está correta. Descobre-o por um acaso idiota: em dezembro de 1996, um conselheiro jurídico de sua empresa obstina-se, por razões fiscais, em conseguir a cidadania suíça para o patrão. Akira Kumo consente essa manobra: em seu espírito, a Suíça não é nada, mas ele pensa numa propriedade nas alturas, onde poderá passear todas as manhãs, acima das nuvens. Seus assistentes se põem, então, a estudar a questão. A Confederação Helvética exige, é claro, entre outros documentos oficiais, uma certidão de nascimento. Os assistentes contatam a administração da sua cidade natal, e a resposta chega com uma rapidez surpreendente: a municipalidade de Hiroshïma lamenta não poder atender ao pedido de Akira Kumo, pois os arquivos da cidade foram destruídos em agosto de 1945 pela explosão da bomba atômica. Como a destruição dos arquivos de 1945 pode ter relação com um homem nascido um ano depois? O incidente, embora benigno, atormenta o costureiro. Ele informa seus assistentes de que cuidará, por conta própria dessa questão. As semanas passam e, lentamente, como um céu que se cobre, uma angústia difusa o invade. Akira Kumo acaba escrevendo à prefeitura, para pedir um suplemento de informação, mas o faz com o acabrunhamento de um homem que caminha em direção a uma tristeza que pressente, mas não pode conjurar. Ele mesmo leva sua correspondência ao correio central da rua do Louvre, que fica sempre aberto. Já são quase 6h da tarde e está escuro há muito tempo, ele desceu do táxi em frente à grande fachada cinza, entrou para pesar e carimbar a carta. Assim que saiu da agência de correios, a verdade lhe voltou num rasgo de lucidez, irrefutável: não nasceu em 1946, mas no fim do ano de 1933. E, a partir do momento em que puxou esse fio minúsculo, o tecido não vem todo de uma vez, naturalmente; mas logo não sobrará nada.

Naquele instante, a data que o envelhece em 12 anos surgiu em seu espírito como uma intuição. O esquecimento é um fenômeno terrível: evidentemente, ele não pode saber quando apagou da memória um fato tão simples como a sua própria data de nascimento. Pensa, talvez pela primeira vez depois de quarenta anos, em seus pais. Pensa em seu pai. Aquele diplomata imperial de segunda categoria, especialista em questões militares, pode ter tido suas razões para falsificar a data de nascimento do filho; talvez tenha se assustado ao ver que seu país enviava homens cada vez mais jovens ao front, numa guerra que parecia ter começado para durar eternamente. Depois, Akira Kumo se dá conta do ridículo dessa hipótese. Vê-se obrigado, a um passo da velhice, a reunir suas lembranças, e isso é um exercício do qual não gosta nada. Trinta anos de trabalho obstinado, trinta anos de uma carreira apaixonada o separam de sua infância. Não se lembra de nada de antes da sua chegada a Tóquio como aprendiz de designer gráfico, nos anos 1960. Nada lhe ocorre de sua infância além de imagens congeladas, como fotografias: lembra-se da elegância discreta da mãe; de um vago fantasma, sempre entre duas viagens diplomáticas: seu pai. Vem-lhe à memória que esse homem pereceu, como tantos outros, na Alemanha nazista, provavelmente no consulado do Japão em Hamburgo, num bombardeio aliado, em 1945. Da mãe, nada além desse primeiro recolhimento, teimoso mas tênue: lembra-se de sua elegância discreta. Nada além. É de chorar. Akira Kumo não aguarda a segunda resposta do estado civil de Hiroshima; avisa a seus assistentes que não se tornará suíço. Os assistentes do mestre, essa é uma de suas numerosas qualidades, não discutem.

Akira Kumo fica embasbacado. É claro, encadeia mecanicamente as coleções, o tempo passa como o vento, seguem-se as vendas da coleção primavera-verão, ele prepara a outono-inverno, como todos os anos. Mas interiormente continua paralisado diante dessa zona cinza de 13 anos, diante da própria possibilidade dessa zona, desse espaço liso, sombrio e cinza, como uma planície de inverno. Contrata um detetive particular. No fim da primavera de 1997, a agência entrega um relatório claro e preciso, que não lhe esclarece nada. A administração nipônica do imediato pós-guerra, sob a palmatória desconfiada das tropas americanas de ocupação, mostrou-se de uma meticulosidade perfeita: nenhum nascimento foi deixado sem dossiê numerado. O homem que se chama Akira Kumo efetivamente não nasceu em 1946. Quanto à data exata de seu nascimento, ela se perde em Hiroshima na catástrofe do fim da guerra. No início do verão de 1997, o costureiro procura quem examine seu corpo, particularmente seus dentes, e os melhores especialistas de Paris terminam lhe dando uma estimativa: ele tem mais de 60 anos. A ciência torna ainda mais plausível sua absurda certeza de ter nascido em 1933; mas isso não explica nada. Contudo, o fio que ele puxou continua se desenrolando, em silêncio, no labirinto da sua memória.

Em 31 de julho de 1997, aconteceu o desfile da coleção outono-inverno. A apresentação e os ensaios foram insuportáveis, pois nesse ano todas as modelos se sentem obrigadas a ter uma crise de nervos, depois de ler em diferentes revistas especializadas que as mais célebres de suas colegas também a têm. Mas os clientes se agitam, o caderno de encomendas da casa Kumo está cheio. Segundo a opinião dos especialistas, trata-se da sua coleção mais bem-sucedida. Akira Kumo atinge esse limite último no qual sente enfim que seu trabalho se tornou absolutamente imperceptível: a elegância.

O mês de agosto chega, e com ele o medo do ócio, do tédio, que toma conta de Akira a cada ano, quando a sua equipe o força a tirar férias. Ele passa, então, duas semanas em Amsterdã. Dessa vez, gasta mais de 10 mil francos por dia: passa de uma jovem à outra sem vê-las, fica esgotado, estafado; quer alcançar esse ponto de cansaço em que não pensará em mais nada, para além do próprio esquecimento. Mas, pela primeira vez, todo o balé da prostituição lhe surge como aquilo que também é: um comércio sórdido. No caminho de volta, sente-se insuportavelmente triste. No trem que o leva a Paris, enquanto procura o sono, outros detalhes do seu passado lhe voltam à memória.

Akira Kumo se lembra bruscamente que foi ele mesmo, e apenas ele, quem procedeu, conscientemente, à falsificação do seu passado. Depois da explosão da bomba em Hiroshima, as tropas de ocupação dos Estados Unidos da América exigiram, desde a sua chegada às proximidades do local, que todos os sobreviventes que tivessem perdido seus documentos viessem buscar uma carteira de identidade provisória; como subordinaram toda a distribuição alimentar à detenção desse documento, aqueles que podem vão a esses edifícios da administração provisória, instalada a 10 quilômetros do ponto de impacto em longos hangares desmontáveis de metal ondulado. Akira Kumo faz parte desses sobreviventes. É uma curiosidade médica que não apresenta nenhum dos sintomas habituais. Embora tenha sido encontrado, desfalecido, na zona 2 da explosão, a da morte em curto prazo (a zona 1 é a das mortes imediatas, a 3 a das patologias mortais em menos de um ano), Akira não morre de diarréias, seus cabelos não caem, seus dedos não incham, ele não é atacado em algumas semanas por diferentes tipos de câncer. Apresenta-se, num primeiro momento, a todos os exames: em troca, é alimentado. Os médicos americanos lhe propõem transferi-lo para a Califórnia, para melhor estudá-lo. Akira Kumo finge aceitar, mas foge e desaparece. Com a carteira de identidade provisória no bolso, uma bolsa militar repleta de ração que colocou de lado pacientemente, prevendo dias menos prósperos, ele vai, a pé, rumo a Tóquio. Durante dez anos viverá nas ruas, de furtos, de comprinhas para as prostitutas do bairro dos prazeres.

Quando descobre em 1959 que as autoridades vão regularizar todas as identidades provisórias e inconstantes que a guerra e o pós-guerra não pararam de engendrar, Akira Kumo tem atrás de si anos de malandragem, de astúcia, de vigarices benignas e truques elaborados. Nunca aparentou a sua idade. Pode parecer ter 15 anos; mas tem, na verdade, 26. Há muito tempo, zombam dele por isso. Entende imediatamente que essa juventude aparente é sua única chance de sair da rua, de tomar um novo rumo na vida. Prepara cuidadosamente seu negócio. Depois vai, na periferia de Tóquio, aos escritórios que o governo alugou especialmente para abrigar os funcionários encarregados de cuidar desse assunto fora do comum. Ele se apresentou, de propósito, por volta das 16 horas; tem de esperar durante horas num corredor anônimo, onde estão alinhadas cadeiras dobráveis. Nessas cadeiras, toda a escória do Japão, tudo o que o império jogou nas lixeiras da sua história: camponeses deslocados que vieram a pé dos campos de prisioneiros russos de onde foram libertos; antigos combatentes da guerra do Pacífico, mutilados, que relêem pela milésima vez os certificados de suas condecorações militares, e viúvas inumeráveis, de todo o arquipélago. As horas passam, as cadeiras se esvaziam; ele é o penúltimo a ser atendido. Como imaginava, a funcionária que o recebe está exaurida pelo dia de trabalho. Trata-se de uma jovem zelosa, mas abatida pelo desfile das misérias que parece não se esgotar nunca. Ela cumprimenta educadamente Akira e faz sinal, mecanicamente, para que se sente. A jovem lhe pergunta se ele trouxe testemunhos certificados da sua identidade. Ele responde que não pode fazê-lo, que estava em Hiroshima em 6 de agosto. A jovem levanta a cabeça; e Akira apresenta então alguns relatórios médicos, que selecionou com cuidado: nenhum menciona uma data de nascimento precisa. A mentira está feita: um mentiroso hábil nunca propõe uma verdade monolítica, que parecerá sempre confecção; em vez disso, compõe um conjunto de pequenos detalhes que, isoladamente, não provam nada; mas que, por sua própria disseminação, provoca uma sensação de verossimilhança.

Por fim, a funcionária termina por perguntar a sua idade. É o momento fatídico, aquele para o qual todos os esforços das últimas semanas convergem, aquele para o qual ele se preparou, como o herói de uma conspiração. Veste roupas de adolescente, cortou os cabelos em forma de cuia, como uma criança; seu rosto, que ele massageou com óleo duas vezes por dia durante um mês, está liso; além disso, ensaiou durante horas, na frente de um espelho, até encontrar o gestual, o olhar, a dicção do jovem que ele já não é; foi verificar seus progressos apresentando-se à entrada de um cinema para adultos. Descobriu que estava pronto. Agora responde à funcionária que tem 16 anos; ela não levanta a cabeça: ele conseguiu.

Em seguida, tudo se passou ainda mais facilmente do que o previsto: falou do escritório de seus pais mortos durante a guerra, na Europa; da sua sobrevivência nas ruas. A jovem agora lhe fala quase maternalmente. Explica-lhe onde retirar a sua futura carteira de identidade. Ele volta à vida anterior por alguns meses. Reflete sobre seu próximo passo. Quando atinge a idade fictícia de 18 anos, entra como aprendiz numa escola de grafismo. Então, começa enfim para ele uma vida nova, tão conforme a seus desejos que a antiga se apaga, como um desenho de criança na praia levado pelas ondas.

O trem de Amsterdã para Paris entra na Gare du Nord. O motorista de Akira Kumo o aguarda diante da estação, no lugar de sempre e, não o vendo descer, avança sobre a plataforma, quase vazia agora, sobe na cabine reservada para o patrão, encontra-o chorando. O motorista está acostumado, e conhece as instruções da equipe. Estamos no mês de agosto: ele o leva à clínica médica. No caminho, Akira Kumo ainda chora. Não chora por ter sido órfão, não chora por ter sobrevivido a Hiroshima, nem mesmo por ter falsificado a sua vida: chora por ter esquecido tudo, chora por ter sido esse bruto capaz, porque era preciso, de dar as costas a tudo isso, chora por ter sobrevivido ao invés de morrer como os outros. Compreende agora em que esterco cresceu.

Quando sai da clínica em setembro, Akira Kumo consulta um psicanalista. Geralmente, Akira não diz nada; o outro também não. O costureiro entende bem por que se cala; eles não estão lá para conversar. A sala onde o analista o recebe é calma e clara. Às vezes Akira diz que não pode dizer nada; com mais freqüência, não diz nada durante vinte ou trinta minutos, três vezes por semana. Mas são esses silêncios que lhe salvam a vida. Três vezes por semana, o psicanalista o faz entrar em seu consultório, senta-se em sua poltrona, e Akira se estira numa espécie de canapé liso, repousa a cabeça numa almofada quase dura. Não há nada nas paredes que possa distrair o paciente: algumas litografias medíocres, um papel de parede cremoso. O dia entra por uma janela alta que não deixa ver o pátio interior; freqüentemente, Akira Kumo se põe a observar as nuvens. Deveria continuar assim, obstinar-se em voltar, ganhar paciência. Diz a si mesmo que é preciso sair dessa depressão, como se isso pudesse ser objeto de uma decisão. Não há nada no consultório, exceto a presença do analista, às suas costas, e a das nuvens, do outro lado da janela. Um dia, Akira fala com o psicoterapeuta da sua intenção de colecionar livros sobre um tema que ignora completamente, mas que o atrai; você está vendo, diz o outro, finalmente você quer continuar a fazer uma coleção. Akira Kumo fica furioso, e o diz a seu psicoterapeuta. Diz que lhe paga bem caro, tendo em vista a insignificância de seus trocadilhos. Sai para nunca mais voltar. Na sessão seguinte, aparece pontualmente, não diz nada mais uma vez. Ainda algumas sessões de silêncio, e depois não volta mais, nunca mais.

Akira Kumo tem agora, oficialmente, 64 anos; a estação de 1997 é a última da sua carreira de costureiro ativo; ele se torna uma assinatura; a casa Kumo preparou a sucessão durante muitos anos. A vitrine alta-costura é confiada a dois jovens criadores formados pelo patrão. Há muito tempo, o grosso da renda da sociedade provém dos perfumes e dos acessórios, bolsas, cinturas e broches. Em sua semi-aposentadoria, Akira se dedica ao estudo das nuvens; começa a freqüentar os livreiros do Sena, as salas de venda de Londres e de Paris. No último andar do seu palacete, passa horas alegres a contemplar o céu; nas prateleiras, começam a se alinhar, familiares e barrocos, tratados de meteorologia, atlas do céu, fascículos de vulgarização e tratados em dez volumes. Akira Kumo ainda não está morto.

EM 26 DE AGOSTO de 1883 explodiu, diz Akira Kumo a Virginie Latour, a mais poderosa bomba natural que o mundo conheceu nos últimos milhares de anos. O cataclismo se produz na Indonésia, em Krakatoa, que é ao mesmo tempo uma ilha e um vulcão, um desses vulcões que hoje em dia chamamos de peleano.* Peleano significa, esquematicamente, que no topo é formado um tipo de tampa enorme que impede a lava de sair, e que endurece com os anos, resistindo a fortes pressões. No fim do mês de agosto de 1883 faz anos que a pressão aumenta sob essa tampa. O vulcão de tipo peleano, como se sabe, normalmente acaba explodindo. Às vezes, só a tampa salta, e uma chuva de bombas vulcânicas se abate nas redondezas, num raio que pode atingir vários quilômetros. Mas essa não é a pior hipótese. Às vezes, ao contrário, a tampa resiste, e o cone inteiro se dispersa ao seu redor, esmagando, queimando e asfixiando milhares de seres, na terra, nas águas, nos ares. O Krakatoa é uma versão ainda mais assassina deste último tipo, o único exemplo recenseado até esse dia em sua categoria. Pois durante anos a gigantesca tampa que o cobre não cedeu. O cone do vulcão também se manteve bem. Por volta do final do mês de agosto de

---

* Em referência à erupção vulcânica da Montanha Pelée, na Martinica, em 1902. (*N. da T.*)

1883, as pressões são tais que a lava encontra um outro caminho de saída: vai liberar-se nas profundezas. Na verdade, a ilha, que culmina a 2 mil metros acima do mar, é apenas a parte emergida de uma montanha em formação, de uma altura total de 5 mil metros. É nas profundezas do oceano que o drama acontece: na base da montanha, separada das águas glaciais das profundezas por enormes paredes de pedra, estremece um monstruoso cone de lava em fusão. No dia 26 de agosto de 1883 a lava abre bruscamente uma brecha no aposento onde ferve; imediatamente, um flanco inteiro da montanha se rompe. E é então num golpe brusco que milhões de toneladas de água fria e salgada entram em contato com milhões de toneladas de minerais liquefeitos e escaldantes.

A ilha-vulcão explode inteiramente sob o choque. A massa de suas rochas retalhadas se eleva na atmosfera, forma a maior das nuvens jamais vista em toda a história dos homens. Em algumas dezenas de segundos uma ilha desapareceu. Projetando na atmosfera uma massa complexa de gás, poeiras e rochas, o Krakatoa acaba de começar a sua segunda vida, *post mortem*, que será bem longa. Anunciado por um estrondo terrível que se propaga a algumas centenas de quilômetros nos arredores, o exército de catástrofes erguido pelo vulcão defunto se lança, em todas as direções, ao assalto da terra inteira.

Desde o instante de sua explosão, o Krakatoa começa a matar os homens. No entanto, há algumas semanas, os índios desertaram essa ilha afogada em fumarolas, assim como o pequeno rosário das ilhas vizinhas. Mas o vulcão vai alcançá-los e matá-los. Por muito tempo é só o que vai fazer, matar mais e mais, sem intenção maligna e sem outra causa que não o desencadeamento das energias que ficaram incubadas nele durante tempo demais. De início, é claro, o Krakatoa mata todos aqueles que se encontram em suas paragens; alguns morrem do barulho que ele produziu, uma onda furiosa que avança como um muro, à velocidade de 300 metros por segundo, que faz sangrar os tímpanos; outros morrem de medo simplesmente; outros esmagados pela queda dos diversos objetos que o vulcão alcançou nos mares e nas terras, esmagados por barcos, por árvores; outros mais raros morrem asfixiados e queimados por camadas de gases tóxicos. Simultaneamente, a explosão cavou um precipício gigantesco no lugar da ilha, pois a lava, tendo consumido até o oxigênio do ar, criou uma zona de aspiração de um raio de várias centenas de metros; inicialmente, o mar parece suspenso em torno da zona, fendido; havia lá uma ilha, e de repente mais nada. Houve o tempo da terra e do fogo; chega o do mar: as águas se precipitam no vazio deixado pela ilha, de todos os lados ao mesmo tempo, e, por um instante, um cone de água vem tomar o lugar do antigo cone de terra e fogo, e de novo há um momento de equilíbrio, terrível e fugaz; e o cone de água começa a desmoronar. A dezenas de quilômetros do impacto, os mais velhos aborígines compreenderam; não procuram fugir. Rezam aos deuses subterrâneos, mas os próprios deuses subterrâneos parecem não ter sobrevivido. Em torno do que foi o Krakatoa, enormes ondas se elevam, mais imperiosas do que as de tempestades. Varrem as dezenas de ilhotas vizinhas, afogam absolutamente tudo e arrastam todos os navios a centenas de quilômetros ao redor. Em duas horas, não sobram senão alguns sobreviventes, no meio de peixes que sobem à superfície, enquanto as carcaças dos navios descem em direção à noite das profundezas. A mais poderosa dessas ondas partiu em direção ao oeste, é uma muralha de água que poderíamos ver do alto do céu; tão vivaz que ainda a reconheceremos, extenuada, entre a Inglaterra e a França, deslizando para o seu fim na entrada do mar do Norte, várias semanas após a explosão.

O tempo da terra e do fogo acabou, o tempo da água acabou. Mas o vulcão continua matando pela via dos ares. A massa quente e úmida de pedra pulverizada pela explosão não desaparece assim tão facilmente, e a nuvem que se forma sobrevive durante anos. Protegida por seu tamanho, essa nuvem que foi um vulcão não é dispersada pelos ventos: ela mesma é uma tempestade de areia, água e vento. De início, estende-se e arqueia-se como um tigre, numa altura de 20 quilômetros; e num primeiro momento parece imóvel; ao final de muitas horas, alonga-se, como um predador preguiçoso, sobre quilômetros de atmosfera, esmagando sob a sua massa milhares de toneladas de ar frio e, apoiada sobre elas, parte lentamente para rodopiar por todo o hemisfério Norte, para modificar o clima, indiferente a tudo. Em todos os lugares por onde passa, o Krakatoa, irreconhecível, transformado em gigante de água, de terra e de fogo, faz baixar a temperatura média em vários graus: e assim provoca inundações, apressa a chegada do inverno em diversas regiões, durante vários anos consecutivos, e perturba todas as estações. No verão de 1884, chove granizo em Paris em agosto. Algumas pessoas vêem nisso um sinal do Céu; outras sonham com engenheiros do tempo que fariam chover nos desertos para criar jardins. O vulcão defunto compromete as colheitas e as vindimas, o crescimento de alguns champignons, a reprodução dos animais, a saúde das crianças e dos velhos. Leva muitos homens para a ruína, para a fome, para a morte. São os pobres pescadores de anchova, nas costas ocidentais da América, que não encontram mais suas presas, cardumes inquietos, a algumas centenas de metros da beira-mar: a partir de então a corrente fria que eles seguem passa bem mais longe, fora do alcance das pequenas embarcações azuis e brancas que permanecem no porto. São os viticultores que o gelo constrange a vindimas magras e tardias no norte de Portugal; e, por todos os lugares da América, indigentes que sobreviviam respigando os campos colhidos raspam solos duros amaldiçoando seu destino e vivem de raízes.

Muitos anos se passam assim. Chegou o momento de o vulcão se apagar do céu. Então, se o momento de morrer se lembrasse do seu glorioso passado terrestre, o defunto Krakatoa se dispersa a uma velocidade crescente por todas as camadas da atmosfera, provocando difrações inéditas da luz do sol, inventando auroras resplandecentes, magníficos pores-do-sol, que parecem um oceano de metal líquido, pespontado de verde-esmeralda e nuances de ocre sutis, pores-do-sol como jamais vistos antes na história do homem; e o céu se enfeita, à noite, com azuis ultramarinos. Em Londres, em Paris, em Washington, os apreciadores de intempéries notam escrupulosamente essas nuances; as cabeças científicas arquitetam engenhosas hipóteses; as cabeças poéticas fazem versos. Os ocidentais entenderam bem que a explosão terrível desse vulcão, lá longe, do outro lado do Universo, perturbou as suas estações, mas não sabem muito bem como; essa ignorância não durará: eles estão a ponto de desvendar muitos mistérios, os da circulação atmosférica, os das frentes quentes e frias, e vários outros ainda. Não sobra nada mais de reconhecível da ilha-vulcão: as águas do Pacífico se fecharam sobre o que foi Krakatoa; o céu se mexeu e dispersou suas cinzas pelos quatro cantos do mundo; no coração da Terra a matéria em fusão brame e procura outras passagens para a superfície do globo. O Krakatoa fez dezenas de milhares de vítimas. Mas já é tarde. A espécie humana é numerosa demais, poderosa demais: não se extinguirá mais, não se extinguirá, ou então se autodestruirá; e para a natureza é o começo do fim.

A PARTIR DE AGORA, cada vez com mais freqüência, Akira Kumo procura ganhar tempo, adiar o fim do inventário da sua biblioteca. Virginie Latour sabe disso muito bem. Quando um ou outro não quer trabalhar, uma timidez lhes vem, e a conversa retorna, como uma espécie de tácita comemoração do seu primeiro encontro, ao herói preferido do costureiro e da sua bibliotecária. Luke Howard, explica Akira Kumo à funcionária, não gostava da guerra, num tempo em que muitos homens gostavam; num tempo em que ser um homem implicava, profundamente, gostar da guerra. Além do mais, Luke Howard é um quacre. Seu desgosto pela guerra se exprime em atos, com coragem. A tristeza dos tempos faz dele um contemporâneo de Napoleão Bonaparte, o maior estrategista e o maior criminoso do século XIX, e das guerras mais prestigiosas e terríveis da Europa. No ano de 1815, por exemplo, e pela enésima vez nos últimos trinta anos, os talentos militares desse general, herói da Revolução Francesa e traidor dessa República, ainda deixaram por toda a Europa milhares de órfãos, inválidos e viúvas. No ano de 1815, uma coligação gigantesca pôs fim, provisoriamente, às atividades do general corso. Uma poça de sangue e de lama começa a secar lentamente na planície de Waterloo. Parou de chover. O fedor dos cavalos mortos e dos soldados gangrenados sobe aos poucos para o céu radioso. Esses miasmas não indispõem o imperador francês, em fuga para Paris; esse açougueiro está muito ocupado, ruminando a sua grandeza perdida.

A derrota dos franceses é também a revanche da meteorologia contra a asneira imperial de Bonaparte. Em 1802, Napoleão I se divertiu em ridicularizar publicamente um sábio cavaleiro, que viera à corte para apresentar ao mais ilustre de seus concidadãos a primeira classificação das nuvens. O conjunto desagradou ao soberano, que não entendeu que um espírito eminente pudesse se comprazer com trabalhos tão fúteis. O mestre até zombou, troçou do cavaleiro e das suas denominações barrocas: nuvens em forma de vela, nuvens reunidas, nuvens malhadas, em varredura ou agrupadas; os lacaios da corte riram com o imperador, sem compreender o interesse de todos esses novos nomes atrelados à vã perseguição das nuvens; quando o sábio foi embora, eles fizeram ainda pior. O cavaleiro acaba de descobrir que o mundo que se anuncia não convém às pessoas sérias: ele não aparece mais na corte.

No mês de junho de 1812, Napoleão ainda despreza essa ciência nova que se chama meteorologia; o jovem oficial da Revolução não teria cometido tal erro. O imperador envia 600 mil homens em direção a Moscou. Corso perdido numa França temperada, Napoleão pode fingir ignorar, com soberba, o tempo; seu adversário, o general Koutouzov, é um russo muito velho; sabe o que custam as estações. Em setembro de 1812, na batalha de Borodine, Koutouzov recua, abandonando Moscou, que incendeia. Sabe que um aliado poderoso, incansável, atacando dia e noite, e à noite ainda mais ferozmente do que de dia, virá em seu socorro: o frio. O inverno russo se aproxima. O pequeno corso inculto e limitado se obstina em desprezar a lição das coisas e as ameaças dos céus russos. Demora-se nas ruínas de Moscou até 12 de outubro e, de repente, o inverno está lá, impiedoso. De início, mata cavalos esfomeados, que quebram suas patas nos trilhos congelados, rolam em valas escondidas pela neve, onde agonizam, interminavelmente, tomados por longos calafrios; os soldados os comem e, à noite, se abrigam em carcaças de animais, de onde, com freqüência, não se levantam na manhã seguinte. O inverno escurece o nariz e os dedos dos soldados, que caem em silêncio na neve, sob um céu vazio. Os homens caminham, mas o inverno caminha mais rápido do que eles. Os mais sortudos caem de uma vez, mortos nas estradas, num barulho de fagote. Dos 800 mil homens que arrastou para lá, o homenzinho envelhecido só traz intacto um quinto. E quando, em 18 de junho de 1815, começa a chover na planície de Waterloo, Napoleão ainda não compreendeu, não aprendeu nada em Moscou, e joga a culpa na fatalidade. É o fim, ele se atola e ainda precipita, uma última vez, milhares de homens na lama e na morte. O bramido das batalhas se dissipa e o cheiro dos cadáveres sobe às narinas, em toda a Europa. Para todos os quacres, é o momento de agir, eles aguardaram esse momento rezando, coletando fundos. Assim que as ligações civis são restabelecidas entre a Inglaterra e o continente, Luke Howard é um desses que se lançam em direção ao continente, para socorrer os irmãos martirizados pela guerra.

Em julho de 1815, Luke Howard cavalga pelas longas planícies da Bélgica. Um dia percebe no horizonte uma nuvem insólita, baixa, negra e pesada, a única da sua espécie num céu limpo pelo crepúsculo nascente. Seu itinerário felizmente o aproxima desse estranho fenômeno, e ele vai poder satisfazer a sua curiosidade. A mil metros da nuvem, termina por compreender: os gases exalados pela decomposição de centenas de cadáveres se levantam lentamente acima do lugarejo de Waterloo e suas redondezas. Milhões de moscas rodopiam, feito bêbadas, no ar da noite; os pássaros que as caçam se regalam. Luke Howard se lembra de que o Livro Sagrado ressalta que um dos nomes do Maligno é o Senhor das Moscas. E é verdade: o diabo está aqui, sente-se em casa na planície de Waterloo. Afastando os guias que já se oferecem para uma visita ao campo de batalha, Luke Howard empurra seu cavalo descontrolado por um terreno lavrado por boletos, coberto de corpos desnudos pelos rapinantes, e que fermentam no sol há seis dias. Cavalga tarde na noite, em direção às cidades do norte para onde se sabe que infelizes sobreviventes são levados, tão lamentáveis que ninguém ousará se vingar neles pelo passado do império. Nessa noite, antes de se deitar nas ruínas de uma granja, único a velar tão tarde por esses mortos esquecidos por todos, Luke Howard reza. Reza e encomenda as almas das vítimas ao Senhor de todas as coisas.

No fim do mês de agosto, Luke Howard se encontra na Holanda. Em Haia, distribui socorro aos indigentes arruinados pelo fim da guerra. Visita em Haarlem uma casa de reabilitação destinada às jovens pecadoras. Acertando os detalhes da sua viagem, lá, no conforto tranqüilo de Londres, Luke Howard não pôde se impedir de incluir em seu périplo um pequeno desvio: os Alpes, região cujas curiosidades meteorológicas lhe foram vangloriadas; deseja particularmente verificar se é verdade que na montanha algumas nuvens permanecem imóveis, inclinadas sobre um cume. Agora que distribuiu todos os seus fundos, agora que ofereceu todas as Bíblias que carregava seu pobre mulo a seus irmãos e suas irmãs mais desprovidos, Luke Howard acha que pode se entregar ao seu pecado venial: vai subir para ver as nuvens de perto. No fim do mês de setembro chega embaixo dos Alpes, e apronta-se para entrar na Suíça. Na difícil subida em direção à passagem de Saint-Amond, seguindo os conselhos do camponês do Jura que o guia, põe os pés no chão para não atolar seu cavalo holandês. Avança durante uma hora num nevoeiro espesso, num caminho desigual, seguindo os tacões do camponês que sobe a passos prudentes. Submetidas a tensões incomuns, suas coxas queimam. Na última curva o pequeno cortejo emerge do nevoeiro, e desemboca enfim num pequeno planalto de terreno ensolarado. Enquanto o guia tira a cela de sua cavalgadura e a leva para beber, Luke Howard, assim que seus olhos se acostumam com a luz, volta-se em direção ao vale. É só então que entende, com espanto, onde está. Pela primeira vez na vida, e como poucos homens de seu tempo na Europa, Luke Howard subiu acima das nuvens que tanto escrutou, e no início é com dificuldade que as reconhece, pois o céu nebuloso se tornou mar: a seus pés, vagueia tranqüilamente, como ondas, a espuma das nuvens; o monte que os desapruma ainda em mais de mil metros lhe parece a partir de então uma ilha paradisíaca, flutuando acima de toda agitação humana. O vento caiu; o ar é um cristal puro. Lágrimas correm dos olhos de Luke Howard; ele se ajoelha na beira do céu e agradece ao Criador. Em seguida, pensa novamente em Waterloo, pensa em todas as criaturas humanas que se agitam, esquecidas das graças do mundo, a milhares de metros sob seus pés. O oceano nebuloso amortece tão bem o estrondo de seus infortúnios, seus gritos de dor e de alegria, que ele poderia querer ficar lá, para sempre, acima das nuvens e acima dos homens. Luke Howard se levanta e monta novamente o cavalo. Precedido do guia, atravessa a passagem e desce de volta aos homens.

SEGUNDA PARTE

Em direção a outras latitudes

> *A cloud is a visible aggregate of minute particles of water or ice, or both, in the free air. This aggregate may include larger particles of water or ice and non-aqueous liquid or solid particles, such as those present in fumes, smoke or dust.**
>
> International Cloud Atlas

---

* Nuvem é um conjunto visível de partículas minúsculas de água líquida ou de gelo, ou de ambas ao mesmo tempo, em suspensão na atmosfera. Este conjunto pode também conter partículas de água líquida ou de gelo em maiores dimensões, e partículas procedentes, por exemplo, de vapores industriais, de fumaças ou de poeiras.

QUANDO ELA CHEGA NO dia seguinte, ele faz tudo lentamente. Está contente de revê-la; ela lhe sorri sem desconfiança, na alegria de não ser dispensada. Juntos, eles terminam de inventariar as obras da coleção, mostrando tábuas ilustradas um ao outro, multiplicando as observações sobre o estado de uma edição ou o autor de um prefácio. Enfim Virginie levanta uma questão a respeito do pintor Carmichael: qual foi, pergunta Virginie Latour a Akira Kumo, o fim desse pintor?

Para evocar o fim de Carmichael, é preciso falar do seu casamento com Mary Bickford. Algumas alusões no seu diário nos fazem pensar que, como Newton, ele tinha se conservado, até essa união em 1809, puro dos trabalhos da carne, a fim de preservar a integridade de seu gênio. Encontra Mary Bickford três anos antes de poder desposá-la. Ela não é bonita, é outra coisa que o comove. De qualquer maneira, a beleza das mulheres não apresenta nenhum interesse para Carmichael. Mas quando Mary Bickford entra num lugar público é preciso fazer um esforço para não olhá-la; ela faz pensar em coisas doces e belas, e também suscita uma vaga tristeza. Em 1806, Carmichael está na Cornualha com Sir George, no vilarejo de Rosemerryn. Num domingo, aceita ir à missa para agradar a seu protetor que contraria seu ateísmo alegre. Carmichael olha os fiéis, para passar o tempo. Vê essa mulher de perfil, sem procurar distinguir seus traços. Na saída do templo, fala com ela, sem saber o que diz. Seu nome é Mary Bickford. Não tem dinheiro e, como seus pais e irmão, é devota e está corroída pela tuberculose. Gosta imediatamente desse homem. Ele os segue de longe, até à pequena granja que ocupam na orla do vilarejo. Três dias mais tarde, enquanto Sir George negocia na casa de um pastor de Rosemerryn a compra de uma olaria que acredita romana, Carmichael sai sorrateiramente, e corre para a casa dos Bickford para fazer seu pedido. De início, eles são simpáticos com o protegido de Sir George. Os Bickford interrogam em seguida sobre a sua fé, e Carmichael, que jurou não mentir mais desde que escapou da autoridade paterna, diz claramente como é: não acredita nem em deus nem no diabo. O pai logo põe fim à conversa. Mary é autorizada a acompanhar o jovem. Eles caminham sem dizer nada, juntos, e tudo lhes parece simples, evidente. Ele diz que deve voltar a Londres e que vai esperá-la. Ela diz que irá para lá, um dia. Três anos mais tarde, Mary Bickford está em Londres, e Carmichael a desposa sem hesitação, na igreja da sua paróquia. Eles nem estão surpresos. A tuberculose levou toda a sua família. Mary não conhece nada de pintura. Nem um nem outro conhece as coisas do amor. Ela só sabe que a união da carne é abençoada no sacramento do casamento e, quando goza, agarra-se ao marido como uma afogada. Senão, fica tranqüila, feliz como uma paisagem. Aos domingos, vai à igreja, e reza pela salvação de Carmichael, sem duvidar nem por um instante que pode salvar esse descrente. Às vezes, o pastor faz alusões à ovelha desgarrada; ela nem as escuta. Não precisa de nada, não precisa de ninguém. Carmichael encontrou a sua mulher. Ela nunca diz nada sobre a sua pintura; quando uma tela está pronta, acolhe-a como um visitante novo, com educação e confiança.

O tempo passa, e Akira Kumo se dá conta. Deve deixar para amanhã a continuação dessa história. Quanto ao trabalho, eles irão terminá-lo ao longo da semana, sem dúvida. Só falta inventariar algumas caixas de papelão ocre ou verde, de todos os tamanhos: a coleção de manuscritos, cartas e documentos aparentados; essas são as peças preferidas de Akira. Guardou-as para o fim, e esse conjunto parece ainda mais heteróclito do que o resto. Nele, encontra-se um exemplar raro da luxuosa *Meteorologia do Universo* editada pelo mecenas da meteorologia francesa do século XIX, Teisserenc de Bort; o exemplar está enriquecido com anotações manuscritas, em francês, de William Svensson Williamsson, o maior dos meteorologistas suecos. Também se encontram — e Akira se deleita como uma criança com a idéia de fazer essa surpresa — os raros manuscritos conservados de Luke Howard. Esses foram os mais difíceis de se obter; a Sociedade dos Amigos, que os herdou, recusava-se educada mas secamente a se desfazer deles. Entretanto, um conselheiro americano de Akira Kumo, familiar ao modo de pensar dos quacres, teve a idéia necessária: trocar esse maço de papéis por uma doação consistente a uma fundação pela Paz na Irlanda, apoiada pelos quacres. Kumo possui igualmente uma cópia autógrafa de uma pequena carta de Goethe a Luke Howard, adquirida em Nova York, assim como o manuscrito original da conferência de 1803, com as correções marginais do autor, arrancada nas bandas de Alicante de um bibliófilo espanhol meio louco, apaixonado por esoterismo, e que pretendia mostrar que Howard era franco-maçom. Há ainda uma dezena de peças menos interessantes adquiridas, por assim dizer, pelo princípio. Na manhã do dia seguinte, Virginie Latour está lá, de novo. Akira Kumo desvela seus tesouros; admira-os, como convém; eles se põem alegremente ao trabalho, sem levantar a cabeça um para o outro, entregues a esse doce prazer de estar juntos. Por volta do meio da manhã, Akira Kumo toma a palavra. Virginie lhe sorri, ainda que lhe vire as costas. Senta-se em seu canto predileto, em frente à vidraça. Escuta a narrativa dos últimos anos de Carmichael.

No início do mês de setembro de 1812, um mês depois de ter realizado o último de seus estudos de céu, ele acredita ter compreendido: era preciso, para retratar a sua exata beleza, poder efetuar em uma hora milhares de desenhos, e mostrá-los um após o outro, o mais rapidamente possível, ao espectador. Mas como? Carmichael está nesse ponto; não se dá conta de que insiste em questões absurdas, como um idiota que bate a cabeça contra a parede, metodicamente, para abrir uma passagem. No fim de setembro, parou de pintar, a pintura deu o que tinha que dar. Está convencido de estar prestes a desvendar o segredo das nuvens. Enlouqueceu um pouco; apenas Mary o prende à terra dos homens; ele fica o dia inteiro na charneca de Hampstead, observando os movimentos de contração e expansão dessas massas chamadas agora de nuvens adiabáticas. Percebeu que as maiores nuvens não param de crescer, aparentemente em razão do calor do dia, e depois encolhem no final da tarde. Então, nota que só uma máquina poderia produzir séries, que intitularia mecanicamente em função da hora, do estado geral da atmosfera, e que, por um procedimento especial, esse autômato conseguiria reproduzir, numa superfície plana, os movimentos de maré das nuvens, com uma exatidão científica.

Como Carmichael poderia sair dessa situação? O pobre Sir George, conduzindo a educação de seu protegido, julgou que a filosofia poderia dessecar seu gênio. E sem dúvida bastaria mesmo uma pessoa, um amigo, ou, na falta de um amigo, um confrade benevolente, para dissuadi-lo de descer essa escada rolante, sombria e fria. Mas ele está sozinho. Após um mês rasgando esboços de sua máquina-tempo, assustando-se diante da complexidade crescente dos céus de outubro em Hampstead, é tomado por uma nova iluminação: sabe, então, com uma certeza absoluta, que o tempo cronológico e o tempo climático são uma e a mesma coisa. Essas contrações de nuvens adiabáticas são a expressão dessa periodicidade, desse ciclismo do tempo, como o são as estações. Tudo volta. Tudo volta e, no entanto, nada muda. Uma imensa euforia o invade: aquilo a que chamamos de tempo não passa, trata-se apenas de diferentes estados do espaço; aquilo a que chamamos de morte não existe, é a passagem de um estado da matéria a outro. Ele está tão exaltado que explica sua descoberta a Mary. Nem ela nem ele devem temer a morte; pois as partículas que os compõem não desaparecem; ao contrário, a pretendida morte abre novas possibilidades de vida; é absolutamente inevitável que um dia as partículas que os compõem, Mary e ele, se reúnam; certamente, porém, em formas bem diferentes; e sem dúvida, nesse futuro particular, eles se reencontrarão, mas talvez sem se reconhecer. Enfim, nunca ficarão separados, nesse universo fundamentalmente um. Em seguida, inexoravelmente, um outro pintor virá, provavelmente muito parecido com ele, Carmichael, mas que desvendará os segredos do céu. Mary não diz nada, e sorri.

No fim do ano de 1812, Carmichael volta da charneca de Hampstead mais cedo do que de costume, traga o resto do barbital que acaba de dar a Mary, dizendo-lhe que é uma poção. Há dez dias amontoa produtos inflamáveis na casinha. Acende um pavio lento e se deita ao lado da esposa. Provavelmente já está morto quando uma rajada de vento empurra a janela da cozinha da Lower Terrace, 2 e apaga o pavio: a casa não incendiará. É o cheiro dos cadáveres que acaba incomodando os vizinhos.

Não existe herdeiro conhecido. A mulher do pastor vende todos os seus bens para dar esmolas aos pobres do vilarejo; Sir George resgata um cofre de marinheiro onde Carmichael jogou todos os seus documentos e diários de bordo; mas o confessor do velho esteta é impiedoso: ele deve se separar do cofre, por penitência. Contra a sua vontade, Sir George decide dá-lo a um de seus amigos sábios que lhe agradece com efusão, e esquece o objeto em seu sótão durante os trinta anos que lhe restam de vida. O cofre viaja, com seu conteúdo, de sucessão em sucessão, e aparece em 1997 numa venda em Madri; como contém um exemplar da edição original das *Pesquisas meteorológicas*, de Forster, Akira Kumo o compra. É tudo o que resta de Carmichael.

DURANTE O VERÃO DE 2005, as histórias de Akira Kumo se tornam cada vez mais curtas, cada vez mais descosidas. Suas histórias também estão mais tristes, mas não é culpa sua: para ajudar sua auditora a compreender melhor, conformou-se, na medida do possível, a uma ordem cronológica; aproxima-se cada vez mais do século XX. Seria esse um século pior do que os outros? Ou assim nos parece por ser o mais recente? Para Virginie Latour, tudo se torna mais sombrio. Mas Akira Kumo não se dá conta; ao contrário, mostra uma espécie de jubilação nervosa, tensa, com a narrativa das anedotas mais desamparadas. Tudo isso é absurdo. Durante a noite, os pesadelos o deixam ofegante, estafado e suado. Sempre os mesmos: ele está mergulhado numa água negra, e quando alcança a superfície continua sem conseguir respirar, pois constata que a própria superfície é uma água negra que o sufoca, e assim continua durante o que lhe parecem longas horas e talvez seja apenas, segundo o relógio maluco de nosso cérebro, um décimo de segundo; ou então sonha ouvir barulhos na sua casa, sabe que homens virão para matá-lo e, no entanto, não pode acordar, eles entram e, embora ele salte da cama, corra para longe do quarto, esses homens o alcançam e calmamente o degolam. Com freqüência, acorda de pé numa sala ou num corredor, embrutecido, humilhado e exausto.

Quando o matemático Lewis Fry Richardson, começa Akira Kumo desempoeirando um fichário que Virginie lhe passa, é nomeado superintendente do observatório Eskdalemuir, no norte da Escócia, ele tem 33 anos; é quacre desde sempre. Nunca na vida pensou seriamente nas nuvens. É um parente distante, por parte de mãe, de Luke Howard, mas o ignora. Richardson aceitou esse cargo pensando que o clima seria propício à mulher que ama. Ela se chama Stella. Estamos em 1911. Nesse ano, Stella sofre seu sétimo aborto espontâneo. Em 1911, não se sabe o que é um grupo sangüíneo. Os de Stella e de Lewis não são compatíveis; todas as noites, Lewis Fry Richardson reza a seu Deus; Stella deixou de ter esperança no quinto aborto espontâneo, mas esconde esse sentimento do homem que ama, para não lhe fazer mal. O observatório de Eskdalemuir está plantado numa charneca desolada. Em todo o Reino Unido, é o lugar que dispõe da mais forte pluviometria, a cada mês e no total acumulado. Às vezes, Lewis Fry Richardson pensa que Deus os esqueceu; depois se retrata. Como matemático, apaixona-se pelas equações diferenciais. O tempo passa, anos como um dia. Em 1914, o verão nunca foi tão bonito em toda a Europa; a ponto mesmo de às vezes não chover em Eskdalemuir durante vários dias. Bem longe, ao sudeste do observatório, uma guerra estoura, como de hábito, na Europa. Lewis é um quacre fervoroso e um súdito leal do Império Britânico. Prepara-se para ser enviado ao front, e para se recusar a carregar uma arma, mas não lhe pedem a sua opinião. O observatório, como todos os serviços públicos considerados como estratégicos, fica sob a autoridade militar. Um coronel educado e discreto vem se instalar no escritório contíguo ao do superintendente. Cientista de alto nível, Lewis Fry Richardson é considerado muito precioso pela Coroa: não irá morrer na lama das trincheiras. Agradece a

Deus por tê-lo colocado no fim do mundo, ao serviço pacífico de seu país. Sua ingenuidade é simpática, mas confunde. Pois ele procura um meio de se tornar útil à paz enquanto milhões de homens na Europa começam a apodrecer, vivos e mortos misturados, nas trincheiras, de Marne a Somme. Para dominar suas equações diferenciais, ele adquiriu o hábito de longos passeios pela charneca desolada de Eskdalemuir, no meio de um céu atormentado. Lewis acredita ter encontrado seu caminho: vai atrelar suas equações preferidas a uma tarefa titanesca: tentar descrever, com elas, o comportamento da atmosfera terrestre. Quase conseguirá fazê-lo.

Como de costume, a invenção se apresenta de forma oblíqua: nenhum matemático razoável imaginaria confrontar a relativa simplicidade das equações diferenciais com a pavorosa complicação dos fenômenos climáticos, e Richardson não mais do que outro qualquer; mas a solução que vai fazer a meteorologia entrar na sua fase propriamente científica é de uma banalidade espantosa, uma vez que a conhecemos. Richardson imagina tolamente fracionar os cálculos complexos que estimaria a previsão numérica do tempo numa série de cálculos simples. É o primeiro a ver o problema dessa maneira, e é exatamente isso que origina uma invenção científica, qualquer invenção: ver, e fazer os outros verem. Lewis Fry Richardson é o primeiro a ver a Terra como uma esfera quadriculada: divide a superfície do solo terrestre em cubos de 200 quilômetros de lado, o que representa 3.200 cubos; apenas 2 mil desses cubos, pensa ele, requerem cálculos, sendo o tempo em volta dos trópicos eminentemente previsível. É preciso agora atribuir a cada cubo o número suficiente de calculadores para que o meteorologista possa dispor de um avanço significativo, um avanço de 24 horas, por exemplo, sobre o tempo. Lewis Fry Richardson estima o número desses calculadores em 32; bastaria, então, reunir 64 pessoas formadas em cálculo rápido, e o projeto Organon poderia ver o dia. Construiremos, explica Lewis a Stella, que ainda não está grávida, enquanto eles passeiam embaixo da chuva, um edifício cuja parede interna seja esférica; nessa parede, o mapa do mundo: no teto, o Pólo Norte, no soalho, o Antártico; numa torre central, em frente ao cubo de cálculo representado na parede do edifício, grupos de calculadores. E, em algumas horas, o subdiretor poderá vir colocar o primeiro boletim de previsão numérica do tempo na escrivaninha do diretor, uma meia-esfera inteiramente envidraçada, construída sobre o telhado do Organon. Daqui, partirão mil mensagens telegráficas, primeiro para os quatro cantos da Inglaterra, em seguida para toda a Europa, para o mundo. Mensagens que salvarão vidas anunciando inundações, tempestades, geadas súbitas, aquecimentos bruscos demais.

Quando Richardson publica o artigo visionário que descreve o Organon Eskdalemuir, o silêncio que o acolhe é educado, mas ensurdecedor. Seu projeto, sem sombra de dúvida, é tido por idiota; ele demora seis semanas para entender que o vêem assim, pelo silêncio constrangedor de alguns de seus colegas do observatório, pela secura de confrades londrinos que lhe agradecem a edição separada. Termina, porém, de assentar o princípio do cálculo dos mapas meteorológicos que será o de muitas gerações de computadores. O único problema é que o primeiro computador operacional não será construído antes de uma boa vintena de anos. Inventar alguma coisa antes que esteja aberta a sua possibilidade técnica se chama, no reino das ciências, um fracasso doloroso, e Lewis Fry Richardson o sabe bem. Renuncia a essa pesquisa, confuso e decepcionado. Felizmente, seu Deus terminou por ouvir a sua prece: Stella Richardson está grávida. Sua beleza clássica sempre lhe valeu uma coorte de apaixonados.

Stella escolheu ceder ao coronel porque ele é um *gentleman* e o único homem, em Eskdalemuir, que se parece vagamente com o seu marido. Teve de se sujeitar várias vezes a seu assédio, mas o que importa: Lewis está radiante. É um menino. Reanimado por esse nascimento inesperado, e preocupado em restaurar a sua imagem de cientista solidamente ancorado nas realidades mais utilitárias, Lewis Fry Richardson aperfeiçoa um aparelho de medida simultânea à velocidade e à higrometria do vento, que só poderá facilitar a navegação e a aviação nascente. Recebe as mais vivas felicitações das autoridades civis e militares. Mas é apenas seis meses após o fim da guerra, por um acaso inacreditável, que Richardson enfim compreende. Conhece numa manifestação pacifista em Londres o capitão O'Hara, recentemente admitido na Sociedade dos Amigos e antigo chefe demissionário da primeira esquadrilha inglesa de reconhecimento aéreo do Reino Unido. Richardson não conhece O'Hara, mas O'Hara conhece bem Richardson. E acaba lhe dizendo por quê: durante os dois últimos anos da guerra, o anemo-higrômetro Richardson fez os belos dias da aviação britânica. Esse aparelho permitiu resolver a questão, extremamente delicada, do uso eficaz dos gases tóxicos. O exército utilizou sua invenção para a propagação desses gases, pois depende muito da direção dos ventos e do nível de umidade do ar; liberado no ambiente ideal, o gás tóxico se difunde de forma homogênea, numa zona de uma altura de zero a seis metros que não deixa nenhuma chance ao soldado inimigo. O anemo-higrômetro Richardson, fornecido a batedores no chão, foi certamente um elemento decisivo da vitória. Essa será a última invenção de Lewis Fry Richardson.

Em 1946, o primeiro computador vem à luz; são necessários ainda seis anos para que uma dessas novas máquinas, um aparelho de tipo Eniac, seja destinada pela primeira vez em toda a história ao cálculo de uma previsão meteorológica. A operação se desenrola nos Estados Unidos da América, no estado de Maryland. Sem amargor, Lewis Fry Richardson escreve imediatamente a seu estimado colega John von Neumann para felicitá-lo. Mas não recebe nenhuma resposta.

Nos anos 1920, Richardson, que se demitiu de todas as suas funções de pesquisador, aceita, contudo, o convite do King's College de Londres para uma conferência de um dos pais da física moderna, Erwin Schrödinger. Schrödinger desenvolve brilhantemente uma abordagem generalista, estranhamente abstrata aos olhos de Richardson. Chama essa abordagem de holística, e lança idéias barrocas; diz assim que é preciso considerar uma nuvem como uma caixa preta, absolutamente impenetrável, mas suscetível de ser compreendida como o que se passa entre um estado A dado no tempo T, e um estado B no tempo T+1. Richardson acaba por reconhecer aqui algumas de suas antigas preocupações; mas constata com tristeza que não entende nada das propostas propriamente matemáticas de seu benjamim; sente-se velho. Tem 60 anos. No coquetel que segue a sua atuação, no bar de um grande hotel do Strand, Schrödinger fica sabendo que Richardson assistiu à sua conferência, e pede para apertar a mão daquele que abriu o caminho que ele segue agora. Ninguém consegue achar Lewis Fry Richardson. Ele vai dedicar o resto da vida a tentar modelar matematicamente as tendências dos grupos humanos em fazer a guerra. Morre, cercado do carinho da mulher e dos três filhos. Seus trabalhos não encontraram o menor eco.

AKIRA KUMO VÊ CHEGAR o fim: em breve, não terá mais nada para contar. Mas o acaso vem ao seu socorro oportunamente. Akira Kumo recebe um chamado de Londres: dizem-lhe que Abigail Abercrombie vai morrer.

Parece que qualquer coleção gravita em torno de uma peça faltante, espécie de roda central em volta da qual pode girar, indefinidamente, a loucura de seu proprietário. Seja porque a peça em questão passa por irremediavelmente perdida há lustros; seja porque o proprietário guarda violentamente seu usufruto. Na coleção de Akira Kumo, esse documento faltante tem um nome célebre nos meios especializados: o Protocolo Abercrombie. Esse protocolo é propriedade da filha do seu autor, Abigail. É ela quem vai morrer em breve, em Londres. O Protocolo Abercrombie só existe, é claro, em apenas um exemplar; melhor: ninguém ou quase ninguém foi autorizado a consultá-lo desde a sua redação. Pois aqui está uma outra originalidade dessa peça: é célebre sem que ninguém nunca a tenha lido ou mesmo visto. Como todos os apreciadores, o costureiro conhece a única descrição oficial do Protocolo que nunca foi publicada. Data de 1941, e refere-se apenas aos aspectos físicos do documento. Sabe-se, então, que o Protocolo Abercrombie é um grande volume de 40 por 50 centímetros; que sua capa, constituída de papelão espesso verde-garrafa, não tem nada de excepcional; que a encadernação consiste numa mandíbula de seis anéis de aço inoxidável. O Protocolo compreende 732 páginas, numeradas em algarismos árabes com tinta violeta; um número elevado mas não determinado de ilustrações e de textos manuscritos de todos os tamanhos cobrem 517 páginas desse conjunto; o resto do volume está intacto. O Protocolo está em perfeito estado de conservação, com a exceção de duas minúsculas manchas de umidade nas costas do volume. E isso é tudo.

Mas, no mês de agosto de 2005, o Protocolo Abercrombie continua sendo a mais imponente das serpentes de mar meteobibliográficas, a obra mais célebre e menos lida do gênero. Só teve um leitor: o finado Richard Abercrombie (se é que se pode ler verdadeiramente seu próprio trabalho); e talvez uma leitora, sua filha adotiva Abigail, que sempre recusou evocar seu teor. Sobre Richard Abercrombie Jr., o filho da herdeira, não se sabe grande coisa. Richard Abercrombie morreu em 1917. O *Times* assinalou esse acontecimento, numa notícia necrológica de meia página, prova de que Richard Abercrombie foi alguém em seu tempo, por um tempo; diversas sociedades científicas enviaram, de todo o Commonwealth, da Europa, dos Estados Unidos da América, coroas mortuárias e mensagens de condolências, longas e vagas. E agora encontra-se em Londres, no início do mês de agosto de 2005, no sexto andar do hospital Whittington, na única cama do quarto 64, uma senhora moribunda que é a filha desse homem: Abigail Abercrombie. Ninguém nunca conseguiu entabular mais do que preliminares de negociações com a velha dama. Akira Kumo não pensa nem por um segundo que essa peste notoriamente excêntrica e rabugenta aceitará vender o Protocolo sob o pretexto trivial e ridículo de que se encontra à beira da morte. De qualquer maneira, Akira Kumo vê nisso uma maneira de ganhar tempo.

Trata-se, ele explica pacientemente a Virginie Latour, de convencer uma senhora a vender sua posse conhecida com o nome de Protocolo Abercrombie. Durante anos, Abigail Abercrombie se recusou até a receber os representantes dos compradores potenciais, particulares, ou institucionais, desse documento. Essa recusa é ainda mais curiosa pelo fato de a avidez de Abigail Abercrombie ser conhecida por todos os especialistas: é ela própria quem, desde o ano da morte do seu pai adotivo, negocia com os especialistas para começar a vender tudo o que pode ser vendido: o *Diário meteorológico*, a correspondência com todos os grandes nomes da meteorologia, sua coleção de aquarelas de céus, dentre as quais várias peças importantes de Boudin e de Constable, tudo isso foi disperso há muito tempo pelos quatro cantos do mundo dos negócios, apesar das ofertas de resgates honráveis vindas das autoridades culturais inglesas. Abigail nunca quis discutir a venda do Protocolo Abercrombie. A equipe de Akira Kumo sabe alguma coisa a esse respeito. O costureiro nunca se apresentou explicitamente diante de Abigail Abercrombie com o seu nome: entre outras idéias de um tempo findo, Abigail Abercrombie tem a de considerar os amarelos e os negros como seres inferiores ao cavalo e ao cachorro, que podemos adestrar. A missão de Virginie Latour, se ela a aceitar, consistirá em se apresentar como uma inocente admiradora de Richard Abercrombie, e ver como as coisas se desenrolam.

A agência de informações encarregada por Akira Kumo de vigiar Abigail Abercrombie fez honra à sua excelente reputação: o pequeno dossiê azul confiado a Virginie na estação é bem completo. No trem para Londres, Virginie se pergunta o que podemos dizer a uma moribunda que não conhecemos para comprar um manuscrito do seu pai. No relatório da agência, há uma fotografia, a mais recente que se pôde conseguir de Abigail Abercrombie; nesse retrato, tirado com uma teleobjetiva, diríamos que ela olha o fotógrafo. Parece ter 70 anos, pelo menos. Assemelha-se exatamente à idéia que os seres sem imaginação formam de uma bruxa. Virginie não se aflige muito; disseram-lhe que suas chances de êxito são mínimas; ela gosta tanto de falar inglês que teria ido a Londres por nada.

Highgate é uma bela colina residencial, povoada por cirurgiões sobrecarregados, vedetes em ascensão da indústria musical, comerciantes de antiguidades indonésias envelhecidas de seis meses, e de forma geral de todos os tipos de ricos que fingem ser simples, que fingem viver com pessoas reais. Mas, talvez por preocupação econômica, Abigail Abercrombie preferiu ser internada no hospital público de Whittington. Virginie chega ao hospital bastante contente consigo mesma, pois entendeu perfeitamente a conversa do motorista de táxi, originário do norte do país de Gales; reedita essa façanha na recepção do serviço de gerontologia, com um enfermeiro nascido no East End da imigração paquistanesa. Num tempo recorde, chega ao sexto andar, quarto 64. Bate na porta, e entra: o cômodo é limpo e claro, mas naturalmente medonho e, além disso vazio. Sai novamente. Uma maca de ambulância está encostada na parede, bem à esquerda, coberta com um lençol plastificado que suaviza sem dificuldade os contornos de um corpo minúsculo como o de uma criança. Virginie levanta o lençol, num impulso de curiosidade. A senhora está reconhecível, mas não parece nem um pouco malvada; aparentemente ninguém fechou seus olhos que fixam, dessecados e velados, as placas do teto-falso. O corpo começa a feder ligeiramente. Virginie se sobressalta, porque alguém, às suas costas, acaba de lhe cumprimentar, calmamente, para não assustá-la.

AGORA, AKIRA KUMO ESTÁ exausto; não apenas cansado. Se estivesse cansado, bastaria fazer uma sonoterapia, tomar vitaminas, ou passar uma hora por dia numa caixa de oxigênio. Mas está exausto; e, como uma camada de água que passou do ponto em que pode se renovar, com o tempo, Akira Kumo seca, segura e lentamente. Nunca teve grande coisa a dizer a ninguém, e os jornalistas, depois de terem reclamado, outrora, de seu laconismo, terminaram por achar isso maravilhoso, genuinamente japonês. Ao lado de Virginie, ganhou vários dias. Mas e depois? Akira Kumo está exausto demais para se elevar até o pensamento do depois. Naturalmente, tudo poderia ser simples: ele poderia dizer a Virginie Latour que só quer tê-la ao seu lado, um pouco todos os dias; e Virginie Latour aceitaria imediatamente. Tudo poderia ser bem mais simples. Tudo poderia ser bem mais simples sempre, mas raros são os seres que sabem se elevar à altura de uma tal simplicidade. Em vez de telefonar para a sua emissária em Londres pelo prazer de lhe falar, instala-se na escrivaninha. Não escreve uma única carta há trinta anos; com 67, Akira Kumo, pela primeira vez em toda a sua existência, se apronta para escrever a uma amiga. Até aqui, nunca teve — mas a palavra e a coisa são, para ele, extremamente ricas em todos os aspectos — senão colaboradores; ou amantes. Não sabe muito bem por onde começar.

Uma senhora bem velha acaba de morrer no quarto 64 do hospital Whittington, no coração do bairro de Highgate em Londres; seu cadáver foi imediatamente recolhido no corredor, para desocupar o quarto, que agora está sendo limpo. O homem gordo que fez Virginie Latour se sobressaltar lhe sorri, inclinado sobre ela. Faz parte desses seres que não podemos imaginar já terem sido magros, ou pequenos, e que por isso parecem sempre ter a mesma idade. Pode ter 50 anos, dez a mais, ou a menos. Repete educadamente a sua primeira pergunta, já que a moça parece não a ter ouvido. Ela conhecia a sua mãe? Não pode responder não, não pode responder sim. Prefere explicar o que faz lá. O homem gordo diz que o Protocolo não está à venda. Impossível saber se enuncia uma evidência, ou se emite um pesar. Ele ainda sorri. Virginie não tem mais nada a fazer lá. O enfermeiro indiano que há pouco lhe ajudou avança agora na direção do filho Abercrombie com uma expressão circunspecta; começa a evocar os últimos instantes da paciente do 64, e omite caridosamente os insultos com que essa megera o cobriu, até seu último suspiro. Virginie aproveita e se dirige para a escada, no fim do corredor. No hall do hospital, escuta novamente a voz do homem gordo. Ele pegou o elevador, faz questão de precisar que não está zangado, que simplesmente sua mãe vendeu tantos objetos pertencentes a Richard Abercrombie que ele bem pode não vender esse. Diz que o enterro será em dois dias, às 8h30. E como Virginie se sente vagamente culpada de ter irrompido na morte dessa senhora, diz que estará lá; anota o endereço e se despede.

Em seu quarto de hotel, Virginie assiste à televisão de meio-dia às cinco da tarde, porque nunca teve a oportunidade de assistir à televisão a cabo. Depois, informa ao palacete da rua Lamarck sobre a situação Abercrombie. Akira Kumo está num encontro profissional no exterior e não pode ser incomodado. O melhor é que ela continue um pouco lá, para ver. Virginie Latour está completamente de acordo. Durante dois dias, está na cidade que mais ama no mundo. Caminha sem rumo pelas ruazinhas chinesas do Soho. Visita um museu novo, que nunca tinha visto. À noite, acaricia-se na banheira, por medo de encharcar o colchão, e depois dorme na frente da televisão. Na manhã do enterro, uma sexta-feira, sai bem cedo, para não chegar atrasada.

O enterro de Abigail Abercrombie acontece nas alturas de Highgate, bem atrás do hospital de Whittington; o cemitério é dividido ao meio por uma rua estreita, absolutamente deserta nesse horário, e ladeada de grandes muros de residências privadas, fantasiadas de arame farpado e câmeras panorâmicas. O táxi a deixa e vai embora. A parte ocidental do cemitério parece abandonada; mas o guardião da parte moderna lhe indica o outro lado da rua. Ela atravessa e passa sob um pórtico hediondo, algo como a idéia que um arquiteto gagá, e louco por Walter Scott, faria da entrada de um castelo medieval. Anuncia-se perante um guardião que parece o gêmeo do outro, e que se oferece para lhe mostrar o caminho. Eles sobem a alameda principal. O cemitério é bastante velho. Serviu de cenário a tantos filmes de horror, a tantos clipes deliberadamente góticos, a tantas publicidades de xampu de inspiração pré-rafaelita, que se tem a impressão ilógica de conhecer o lugar, seja-se de Melbourne ou de Helsinki. O cemitério ocidental de Highgate teve seu momento de glória no fim do século XIX, numa época em que morrer fazia parte da vida social e mundana. O cemitério ocidental de Highgate é absolutamente chique e encarna um fantasma profundamente inglês: a possibilidade de ser enterrado na natureza, em pleno coração da cidade. De fato, o lugar mantém aspectos de parque abandonado e bosque cerrado, e a impressão desagradável de artificialidade se desfaz pouco a pouco quando penetramos nele, ao passo que sobe da vegetação rasteira coberta de tumbas esse forte cheiro de húmus que é o hálito da terra. Percebem-se de todos os lados, nas alamedas ervosas, nas passagens de matagal, baldios de túmulos românticos onde anjinhos imundos se aproximam de cervos e madonas corroídos pelo musgo. A beleza absoluta do lugar envolve enfim Virginie Latour. Ela se diz que seria bom ser sepultada lá, apodrecer lentamente nesse ambiente, sob as folhas mortas e as ervas loucas. A alameda é estreita, ela caminha atrás do guardião que assobia; eles não dizem mais nada, pois a subida é dura e o solo esburacado. O dia promete ser muito quente, mas por enquanto a temperatura está perfeita, e o ar calmo como uma noite.

 O guardião pára numa espécie de pequeno planalto de onde partem três caminhos e, retraindo-se, designa o da direita à visitante. Ela o toma e chega a uma espécie de clareira atapetada com uma grama curta. De costas para um pequeno caixão colocado na sombra sobre cavaletes, o homem gordo da véspera, com as mãos nos bolsos, em pleno sol matinal, olha ao longe, para o sul. Está com um traje apropriado para a ocasião, que o envelhece um pouco; pode ter 60 anos. Ofegante, temendo estar adiantada, Virginie prepara frases, mas Richard Abercrombie a vê chegar, sorri, detém-na e, empurrando-a ligeiramente para a sua frente, faz um gesto largo com o braço: ela descobre, então, acima da folhagem do cemitério, toda a cidade de Londres estendida aos seus pés, no ar seco da manhã. Eles ficam lá por muito tempo, sem dizer nada. Virginie não procura nem reconhecer os monumentos, descrever para si mesma o que vê; deixa a paisagem penetrar em si, toda essa potência estendida a enche de alegria. São 8h30. Quatro funcionários do cemitério estão lá, postos em ordem com prudência na beira da clareira, falando baixo. Por precaução, decide-se esperar meia hora. Richard Abercrombie não sabe se outras pessoas virão para o enterro; não recebeu nenhuma confirmação, apesar dos anúncios que publicou nos grandes jornais nacionais. Esperando, propõe caminharem um pouco. Põe-se a falar, sorrindo, e explica que só as famílias que dispõem de uma concessão perpétua anterior a 1895 ainda podem ser cremadas e enterradas aqui. É evidentemente o caso do ramo respeitável do clã Abercrombie, que se vangloriava de estar na moda; esses aristocratas, no entanto, nunca devem ter pensado seriamente em ser enterrados em outro lugar que não as suas terras escocesas, e a concessão continuou vazia: ela seria perfeita para Abigail, se essa cabeça-dura não tivesse expressado sua recusa formal em repousar lá.

Abigail Abercrombie quis ser cremada, e os quatro carregadores do pequeno caixão, seguidos de um cortejo de duas pessoas, sobem em direção a uma espécie de mausoléu egípcio neoclássico em cimento armado que abriga o crematório e centenas de urnas; o edifício aspira ao status de pirâmide truncada, mas, encovado pela metade no chão, lembra mais as casamatas alemãs da costa atlântica. Desce-se a uma espécie de cripta. Richard Abercrombie e Virginie Latour se sentam em frente à porta aberta do forno crematório, enquanto os funcionários cumprem suas tarefas. Virginie Latour se diz que seria tempo de apresentar suas condolências. Suas condolências têm o mérito de fazer rir seu vizinho, sem que essa bizarrice espante os funcionários, que já viram outras parecidas. Virginie Latour está muito constrangida, porque acredita ter se expressado mal em inglês. Os funcionários fecham a porta do forno, pela qual se distingue vagamente o pequeno caixão de madeira branca. Richard Abercrombie é convidado a acender essa espécie de fogueira. Depois, senta-se novamente. Pergunta à sua vizinha se ela sabe como funciona a cremação. Ela diz que não. Vai durar duas horas; ele sente muito por a ter constrangido. Mas, também, se Virginie Latour tivesse conhecido a sua mãe, não teria apresentado condolências. Abigail Abercrombie não é desses seres pelos quais se pode lamentar. E, aliás, se Virginie Latour a tivesse conhecido, certamente não teria vindo a seu enterro. O melhor, para fazer passar o tempo e agradecer-lhe por ter se deslocado, é que Richard Abercrombie fale um pouco de sua mãe, se isso lhe interessa. Isso lhe interessa.

Em seu país, os Abercrombie são muito mais do que uma família: são um nome. O clã Abercrombie fez a história da Escócia e a glória do império britânico, fornecendo regularmente generais heróicos, pesquisadores desinteressados, arcebispos sublimes e mulheres excepcionais. Richard Abercrombie, até 1889, parecia estar a caminho de se ilustrar na categoria de sábios admiráveis. Em seguida, tudo se decompôs em torno dele; mas foram seus últimos anos que fizeram a vergonha da família. Nunca se casou, nunca teve filhos; morreu em 1917, aos 75 anos; mas adotou, em 1912, prejudicando também os criados que trabalhavam a seu serviço há longo tempo e farejavam a sua herança alegando dedicação, uma menina de 6 anos, uma órfã da qual não se conhece nem os pais, e que ele cria com o nome de Abigail, dando até seu sobrenome. Por um momento, a família se agarrou à esperança da bastardia, mas é ainda pior: não há nem mesmo uma gota de sangue Abercrombie nas veias de Abigail Abercrombie.

A adoção dessa plebéia fica no centro das atenções mundanas de Londres; fala-se disso nos corredores da Câmara dos Lordes, da qual faz parte o irmão mais velho de Richard Abercrombie. Mas o renegado, que não se digna nem a se zangar com a família, não cede; além disso, antecipou bastante o ataque de seu próprio sangue, consultando os melhores advogados da ordem de Londres. Abigail Abercrombie não poderá ser deserdada. À ocasião da morte de Richard Abercrombie, um doméstico corrompido pelo irmão do falecido queima discretamente dois testamentos antes da chegada do médico-legista. Entretanto, a alegria do clã dura pouco. Um notário estabelecido em Dublin se manifesta assim que recebe a notícia da morte de seu cliente pelo *Times*; ele possui um testamento, assim como vários de seus confrades, em Dundee, em Liverpool, em Lincoln. Todas essas cópias autógrafas repetem a mesma coisa. O desejo de Richard Abercrombie é simples, claro, legalmente inatacável: Abigail Abercrombie se torna herdeira aos 11 anos, sob a tutela da velha criada incorruptível do mestre. O clã Abercrombie anuncia que entrará com um processo, como pró-forma, para salvar as aparências e ganhar tempo, mas evita fazê-lo, a fim de não sustentar o escândalo. O clã Abercrombie espera para ver. Deixa os anos passarem.

Quando Abigail se aproxima da maioridade, seus costumes dissolutos fortalecem para esses aristocratas a estúpida presunção de seu sangue. Abigail Abercrombie não é apenas uma plebéia; é também de uma inteligência abaixo da medíocre, e ainda por cima se revela de uma vulgaridade quase notável se pensarmos na excelente educação que tentaram lhe administrar a fim de contra-atacar o fogo de um sangue inferior. E agora a família compreende que não se trata nem mesmo de apagar a mancha que constitui essa adoção contra a natureza, mas de velar, a qualquer preço, para que essa mancha não se estenda. Graças a Deus, a criatura leva para bem longe a sua baixeza, como todas as pessoas de má conduta: interessa-se por dinheiro.

Muito rápido, em 1934, é a jovem Abigail Abercrombie quem contata essa família que ela nunca viu, e quem ameaça fazer rolar o nome que carrega na lama, cuja existência os Abercrombie ignoram; o clã se converte à negociação ainda mais energicamente porque Abigail se ligou a um cavalariço que ela instala na residência herdada do pai adotivo, no bairro chique de Kensington. Então começam os pagamentos incessantes: o clã paga para que Abigail viaje para o continente, com a condição expressa de que leve consigo o cavalariço, longe de Londres e de seus colunistas sociais; o clã paga o cavalariço quando ele larga a amante e ameaça divulgar nos jornais a torpeza dos ricos; o clã paga o substituto desse rapaz, um antigo marinheiro desempregado determinado, bêbado até o último grau, por quem ela se apaixonou, a fim de que reprima seus excessos. Esses aristocratas, cegos pela moral de uma outra época, precisam de quase vinte anos para tomar consciência de sua ingenuidade: Abigail nunca renunciará ao nome que carrega.

Eles estão nesse ponto quando um acontecimento imprevisto os desespera: aos 39 anos, Abigail Abercrombie está grávida. Ela se acreditava, contudo, estéril; e sempre se deleitou com isso, toda contente de poder sofrer os assaltos de seus amantes sem a menor inquietação. Os médicos lhe aconselham em meias palavras o aborto: a futura mãe tem 40 anos, uma saúde frágil, um passado agitado. Prometem-lhe um filho imbecil e pervertido; ele nasce em 1946, de pai desconhecido. E, contrariando as expectativas, Abigail Abercrombie ganha juízo. Volta-se vagamente à religião, joga cartas e prevê o destino brilhante do filho; refugia-se no palacete de Kensington. Richard Abercrombie é criado sob os princípios mais severos, pela mãe austera que não lhe esconde seu passado caótico, e por um exército de preceptores pagos generosamente.

Um dos responsáveis pela cremação se aproxima para dizer que a operação terminou. Richard Abercrombie deixa um endereço para a entrega das cinzas, que evidentemente não podem ser levadas logo, pois os cadáveres têm fôlego de gato: é preciso deixar esfriar os restos; mas também, com freqüência, recolocá-los no forno, depois de tê-los triturado, pois alguns resistem bastante; de qualquer maneira, termina-se por reduzi-los a um pó que corresponde à idéia que cada um faz das cinzas de um defunto. Sozinhos e leves, Virginie e Richard voltam à clareira; contemplam por um longo tempo a cidade, sem pronunciar uma palavra; depois, descem novamente para Londres, pela alameda principal do cemitério, agora sufocada pelo sol.

Richard Abercrombie fala sorrindo, à sombra do pórtico pseudo medieval. Faz parte desses homens que falam sem realmente esperar por respostas. Depois que a conheceu, colocou na cabeça a idéia de levar para a cama essa francesinha que nem é muito bonita, mas que o excita bastante. Será a primeira amante da sua liberdade recente. Aos 59 anos, Richard Abercrombie acaba de se livrar enfim da mulher com quem se casou aos 30, e que traiu desde o começo. Durante quase trinta anos, ela ficou lá, se lamentando, reclamando do seu egoísmo vertiginoso, mas sem nunca ir embora, sem nunca fazer nada, em sofrimentos terríveis mas preferíveis, para ela, a uma solidão mesmo que transitória, pois seria preciso, então, aceitar-se, viver a própria vida, amar e trabalhar. Mas dessa vez ela partiu, e para valer. Richard Abercrombie sorri. Virginie Latour o acha charmoso. Ela se pergunta se está apaixonada. Lamenta ter se perguntado tão cedo, pois agora é tarde demais para deixar as coisas acontecerem. Apesar disso, diz-se estar; não é verdade, mas é agradável. Richard Abercrombie a convida para jantar em sua casa, na mesma noite, sem nem mesmo fazer de conta que de fato acredita querer essencialmente convidá-la para jantar. E ela aceita, sabendo que ele sabe que ela sabe. Eles descem a rua estreita e ainda sombreada que divide em dois o cemitério de Highgate; ela chama um táxi. Ele volta a pé para casa, para fazer faxina, compras, e descansar.

 De volta ao hotel, Virginie Latour consulta seu mapa de Londres, e constata que Richard Abercrombie mora a dois passos da charneca de Hampstead. Vê nisso um sinal, porque gosta de ver sinais quando gosta de acreditar que está apaixonada, ainda que só um pouco. Prepara-se a tarde toda, sonhando, pegando sol. Já tinha saído do hotel havia 25 minutos quando um entregador deixa na recepção um grosso envelope azul e vermelho, que contém um manuscrito de uma dezena de folhas de papel canson, dobradas ao meio e enumeradas em algarismos arábicos no canto superior direito, preenchido com uma letra grande, um pouco infantil. Por volta das 18 horas, Virginie Latour desce de um táxi no número 22 da Willow Street, limpa, depilada, excitada, perfumada e cuidadosamente vestida. Uma placa indica ao visitante que Richard Abercrombie é psicanalista. A casa, do exterior, não se parece com nada: tijolo sobre três andares, um teto plano, e essas janelas triplas em relevo que são comuns em Londres. O interior, sim, é impressionante. Várias revistas de decoração já fizeram reportagens sobre a sala, a biblioteca, o consultório do doutor Abercrombie. O doutor Abercrombie aceita sem problema a imprensa; geralmente enviam-lhe uma jornalista com um permanente sofisticado, que fala alto e forte, e que termina no terceiro andar, de joelhos sobre um tapete afegão de grande beleza, no quarto de dormir, que é a atração principal da visita, por causa de um conjunto de móveis vitorianos em perfeito estado, e da vista para o parque.

 Normalmente, Richard Abercrombie recebe clientes, das 8 às 20 horas, seis vezes por semana. Para o enterro, tirou dois dias de folga; os primeiros depois de cinco anos, com exceção dos domingos, quando compra antiguidades e procura bons negócios incansavelmente. Além do trabalho, Richard Abercrombie não faz nada, senão amor. Essa ociosidade incomum de algumas horas o mergulhou numa espécie de embriaguez. Quando Virginie Latour toca a campainha, ele se esquece até de lhe mostrar sua bela casa. Eles se beijam imediatamente, no vestíbulo. Estão agora na sala, ela está deitada num sofá, na penumbra. Ele está ajoelhado diante dela. Acaricia-a com os dedos, com a boca, mas são seus dedos que a deixam pasma: ele a masturba exatamente como ela mesma o faz. Ela ainda não voltou da surpresa quando o gozo a toma inesperadamente. Sente a umidade sob a bunda e enrubesce na penumbra. Richard Abercrombie não parece se escandalizar com essa inundação; seca calmamente os dedos numa almofada; de qualquer maneira, queria mudar de sofá. Eles fazem uma pausa, bebem e beliscam. Ela se desculpa pelo sofá. Ele se limita a lhe dizer que eles já viram outros, esse sofá e ele. Vai cozinhar um pouco, depois de tê-la instalado na frente de um computador, na internet: efetivamente, seu gozo é bastante raro, mas ainda assim tem um nome; existem até fitas de vídeo sobre esse tema. Sem ousar dizê-lo, Virginie Latour está um pouco decepcionada; no fundo, tem muito orgulho desses gozos oceânicos, e esse homem tão gentil não parece nem admirá-los; vai ter com ele na cozinha e o empurra contra a bancada, decidida a se vingar; seu esperma é mais salgado do que doce.

O dia seguinte se parece com a noite; eles ficam deitados e se acariciam, brincam e dormem em silêncio. Do lado de fora, o tempo; uma tempestade varre Willow Street, de leste a oeste. Richard foi buscar a urna com as cinzas; por volta das cinco da tarde, eles vão passear, apesar do frio, para relaxar seus corpos doloridos; vão até ao final da rua, na charneca de Hampstead, contentam-se em subir a pequena colina que delimita o parque ao sul, e que se inclina sobre um lago estreito e longo, de água escura. De novo, começa a chover levemente. Richard tira do bolso um pequeno recipiente metálico circular, que se parece com uma caixa de café italiano, e procura um lugar tranqüilo; numa concavidade fora do caminho, abre a caixa e joga delicadamente seu conteúdo sobre a grama: os restos de Abigail Abercrombie caem sob as batidas repetidas das gotas d'água; logo, não formam mais do que um montículo enegrecido, que diminui e desaparece na grisalha do solo. Ela deixou claro ao filho, dois dias antes de morrer, que não queria que seus restos habitassem uma toca de urnas; que ele se virasse. Richard Abercrombie se vira e, para a sua grande surpresa, sente-se invadido por uma enorme tristeza; as lágrimas lhe sobem aos olhos, depois ele se lembra da infância, e sua emoção reflui imediatamente. Richard e Virginie descem novamente, refugiados sob o mesmo guarda-chuva. Ele joga a caixa vazia numa lixeira municipal.

Eles voltam ao número 22 da Willow Street. Richard entra, atravessa a sala, e saca de uma gaveta da sua biblioteca uma caixa metálica. Tira, de dentro dela, um livro grosso, que parece um velho álbum fotográfico. Richard o folheia um pouco, encontra a página que procurava e o coloca aberto sobre os joelhos de Virginie. Na página cartonada, à direita, está colada uma fotografia em preto-e-branco, com cantoneiras em papel cristal. Formalmente, parece-se com qualquer fotografia do século XIX; o fundo está fora de foco; só a imagem de uma mulher, enquadrada acima do joelho, se destaca. Essa mulher olha a objetiva; está inteiramente nua, ainda mais nua porque não tem nenhuma jóia, e porque seus cabelos e pêlos estão raspados. A fotografia é de uma claridade, de uma precisão excepcionais; podemos distinguir pequenos cortes recentes, lá onde a gilete hesitou, perto das zonas delicadas onde a pele se torna uma mucosa. Pelos olhos, pelos seios altos, acreditamos poder reconhecer uma japonesa; sua mão direita afasta as dobras de seu sexo, como que para expor seus detalhes da melhor forma possível. Virginie fica impressionada com a presença espantosa da modelo, com a sua evidência tranqüila. E, curiosa, quase misteriosamente, a fotografia não lhe parece nem vulgar nem obscena. Faz essa observação a Richard, que está sentado à sua direita, e Richard concorda. Mas muito excitante, por outro lado, diz Virginie Latour, incontestavelmente, muito excitante. E Richard Abercrombie Jr. concorda. Virginie coloca o Protocolo Abercrombie sobre uma mesinha e abre a braguilha de Richard, enquanto uma das mãos tira o seu cinto. De prazer, eles fecham os olhos.

ENQUANTO ISSO, UMA CARTA de Akira Kumo aguarda Virginie no hotel. Para falar da minha infância, escreve Akira Kumo para Virginie Latour, podemos começar por quando eu tinha 6 ou 7 anos. O fim da Segunda Guerra Mundial se aproxima um pouco por toda a parte. O fim da Segunda Guerra Mundial acontece, entre outros lugares, na miríade de ilhas que cobre o oceano Pacífico, trata-se justamente do que chamamos de a Batalha do Pacífico. Os fins de guerra são ainda piores, dizemo-nos que não terminarão nunca, que cada dia passado poderia ter sido o primeiro da paz. A Batalha do Pacífico é uma dessas batalhas terríveis que acabarão sempre tarde demais, mesmo para os vencedores. As perdas humanas são consideráveis. É preciso que os americanos garantam o controle de cada ilha, e cada ilha é um pesadelo idêntico ao precedente. É preciso desembarcar antes do alvorecer numa praia ladeada por uma floresta penetrada pela aviação e pela artilharia naval durante toda a noite precedente, e que no entanto continua lá, impenetrável, opaca, obstinada numa resistência inumana; é preciso atravessar a praia correndo, em direção à floresta de onde adversários invisíveis em movimento contínuo tiram, com cuidado, um cartucho de cada vez, as silhuetas que se destacam tão bem na areia. Embora as praias sejam pequenas — é como na Normandia, só que isso se reproduz todos os dias — há todo um arquipélago de pequenos desembarques, corriqueiros e terrivelmente assassinos, sobre toda uma poeira de terras das quais não há o que se fazer, e que com freqüência, em tempos normais, não são nem habitadas nem habitáveis, mas que os imperativos da estratégia transformaram em possessões preciosas, vitais. Quando a tropa consegue se abrigar atrás das primeiras árvores, não há mais ninguém: os japoneses recuaram para o interior da ilha. Então, recomeça o bombardeio intensivo, às cegas; da praia retumbam os morteiros, enquanto granadas vindas do mar assobiam e explodem, bem adiante; os Estados Unidos da América avançam, essa é a sua característica mais importante, e acabam sempre alcançando seus alvos, os americanos caem como pequenos insetos pretos, por toda a parte, na Alemanha e aqui, mas os Estados Unidos da América avançam sempre.

Trata-se de uma guerra inédita na história do mundo, americanos contra japoneses, mesmo em Pearl Harbour eles não tinham se visto de tão perto. Pensando bem, há algo de louco nesse enfrentamento de países não vizinhos, algo de não natural. Mas esse fim de guerra não se parece com os outros. Por exemplo, os japoneses, aparentemente curvaram-se como teria feito qualquer exército, em qualquer conflito, em caso de inferioridade quantitativa e qualitativa. Mas os japoneses não se curvam, ou não se curvam mais, na idéia de se reunir, de reagrupar as forças para lançar um contra-ataque; tampouco se curvam para salvar a pele. Perderam de vista, há muito tempo, a própria idéia da finalidade dessa luta. Os japoneses sabem desde o início que vão perder; que perderam. Então, curvam-se para perder por mais tempo, para atrair para a morte um pouco mais desses soldados bem alimentados, vindos de tão longe. Querem que o número de vítimas seja tal que os próprios vencedores, depois da batalha, se sintam vencidos, destruídos.

Os japoneses do Pacífico não procuram salvar suas vidas; acham que seu país vai desaparecer: quem gostaria de sobreviver a isso? E se não se pode mais impedir sua vitória, pode-se ainda privar o adversário de seus vencidos. Pois, de todas as civilizações, a dos Estados Unidos da América tem a particularidade de precisar de seus vencidos. Precisa desses japoneses desesperados, precisa de alemães e italianos miseráveis e martirizados, precisa de franceses e belgas envergonhados, precisa deles como um filho carinhoso e demente sonha que seus pais fiquem senis, para poder alimentá-los, ajudá-los a se reconstruir, emprestar-lhes dinheiro, vender e comprar deles. No mesmo instante, tudo se vai muito bem, desse ponto de vista, na velha Europa; os negócios recomeçam. E em breve, nas grandes ilhas que formam o Japão, tudo irá bem para as autoridades de ocupação. Mas aqui, por enquanto, na guerra do Pacífico, o horror não acaba, a morte se obstina. Japoneses feridos escondem uma granada ativada no próprio corpo, para que exploda quando os soldados americanos vierem revistá-los. O estado-maior americano dá instruções para não se tocar mais em nenhum corpo inimigo. No campo de batalha, habitua-se rápido, e de bem longe dá-se cabo de todos os feridos. Por motivos análogos, acostuma-se a abater todos os que se rendem. Nas raras ilhas onde ainda há uma população civil, mulheres japonesas pulam do alto de pequenas falésias, os filhos nos braços, e se esborracham sem um grito, num barulho de trapo molhado, surdo, intolerável, que nenhuma testemunha jamais esquecerá.

No entanto, o exército dos Estados Unidos da América, por toda a parte e sempre, em cada poeira de arquipélago, acaba por cercar os últimos resistentes: às vezes contra um flanco de montanha arborizada, às vezes num vale que os mapas não assinalaram. Mas tropeçam ainda num último obstáculo: os japoneses, prevenidos, construíram abrigos. É difícil penetrá-los, pois os acessos são minados, porque todos os túneis que levam a eles são sinuosos, e porque se paga caro por cada chicana. No melhor dos casos, a unidade combatente dispõe de um especialista equipado com um lança-chamas. Só se pode deixar esse especialista se aproximar de uma posição quando ela está fora de risco, e isso pode levar dias. Está fora de questão arriscar a vida desse especialista: na verdade, o manuseio do lança-chamas não é nada complicado, e um iniciante atento pode aprender a usá-lo ao cabo de uma hora. Mas são raros os homens capazes de se aproximar daqueles que vão matar a menos de cinco metros, capazes de ver seus rostos e seu pavor e, assim mesmo, apertar o gatilho que libera esse calor infernal. Tais homens são preciosos, e na guerra do Pacífico todas as unidades reclamam um.

No fim do mês de julho de 1945, o estado-maior americano faz seus cálculos: 1.200 soldados americanos morrem por dia nas ilhotas do Pacífico. É bem mais do que o previsto. É acima do suportável para a opinião pública americana. Ainda mais quando o front europeu está praticamente em paz. A quantidade de feridos é ainda mais preocupante, militarmente falando: nunca foi tão alta numa operação desse tipo para o exército americano; são os feridos, não os mortos, que aterrorizam um estado-maior. Pois os feridos são muito mais embaraçadores. Um morto mobiliza dois indivíduos vivos, por uma hora ou duas, para ser enterrado ou transportado para a retaguarda. Um ferido imobiliza, direta ou indiretamente, cinco soldados, por um tempo indeterminado, e por um resultado incerto. No fim do mês de julho de 1945, todas as autoridades americanas interessadas apresentaram a mesma opinião: a guerra do Pacífico deve acabar agora.

A milhares de quilômetros do Japão, numa base militar do Novo México, o exército americano está pronto: dá o toque final ao projeto Manhattan. O projeto Manhattan não data de ontem: há anos, reúne os melhores cientistas de seu tempo, não apenas dos Estados Unidos, mas também de toda a Europa: muitos físicos judeus estão lá, engajados num projeto de pesquisa que deve permitir, é o que lhes dizem, a derrota, do outro lado do Atlântico, do ditador que os expulsou da sua pátria, prendeu seus amigos, matou sua família. Os cientistas judeus e os outros trabalham com ardor. Trabalham ainda mais rápido quando o exército começa a lhes falar dos mísseis V1 e V2, que Hitler estaria prestes a lançar, que seria talvez a arma final. Por fim, são eles, que estão do lado certo, que inventam essa arma final; em 1944, ela é operacional; ninguém nunca foi tão rápido numa invenção tão espantosa, tão poderosa. O estado-maior americano agradece a toda a equipe, e põe-se a estudar as possibilidades de lançá-la na União das Repúblicas Socialistas Soviéticas. Em nenhum momento, o estado-maior pensou seriamente em utilizá-la na Alemanha. Os cientistas, judeus e não judeus, estão extremamente decepcionados. Ainda não entenderam.

Em julho de 1945, faz muito tempo que um novo tipo de bomba está pronto. Até os alvos foram escolhidos há bastante tempo. A decisão obedeceu a todas as configurações requeridas por uma democracia moderna. Num primeiro momento, um comitê consultivo formado por políticos e militares selecionou diversas cidades, as de Kyoto, Nagasaki e Niigata, as de Kokura e Hiroshima. A respeito de Kyoto, um especialista civil protestou, por causa dos monumentos históricos; descarta-se Kyoto. As outras quatro cidades foram levadas numa lista transmitida à força aérea; a escolha final surgirá o mais tarde possível, segundo critérios logísticos. No último instante, as equipes técnicas encarregadas da avaliação dos efeitos da primeira bomba atômica num espaço urbano real apresentam ao estado-maior da força aérea um requerimento especial: almejando poder medir com precisão o estrago, desejam que os alvos sejam cidades intactas, que nenhum bombardeio clássico tenha danificado. Durante alguns meses, até o início do mês de agosto de 1945, as populações das cidades de Nagasaki e de Hiroshima se consideram afortunadas, já que nenhum bombardeiro americano as sobrevoa. As equipes técnicas encarregadas da avaliação emitem na mesma ocasião um desejo: preferem cidades situadas em depressões, que tornarão mais visível o efeito da explosão, mais fácil de se modelar, de se estudar. O estado-maior da força aérea não vê nenhuma objeção.

Você nunca se perguntou, escreve Akira Kumo a Virginie Latour, por que foram lançadas duas bombas atômicas no Japão, em 1945? Por que Hiroshima, e depois Nagasaki? Por que uma bomba em 5 de agosto, e uma segunda no dia 6? Por que não apenas uma? É uma pergunta que ninguém faz, exceto as crianças, quando lhes explicamos pela primeira vez o que foram esses bombardeios, e são as crianças que têm razão. Mas não lhes respondemos, geralmente por ignorância, porque é preciso realmente refletir muito tempo para encontrar a resposta a essa pergunta: os Estados Unidos da América tinham inventado dois tipos de bomba atômica e precisavam, portanto, de dois lugares para testá-los.

Em 5 de agosto de 1945, por volta das 7 horas da manhã, um avião americano de reconhecimento sobrevoa as cidades de Kokura, Niigata e Hiroshima. Das duas primeiras, não se pode nem vê-lo nem ouvi-lo, porque o teto nebuloso está bem baixo; o pequeno avião não assusta ninguém; quando sobrevoa Hiroshima às 7h15 da manhã, o céu está limpo, sem vento, todos os habitantes que já se levantaram podem vê-lo, mas não se inquietam: não se trata de um bombardeiro. Além disso, é a terceira vez em três dias que esse avião leve vem e vai; nunca esteve acompanhado de um conjunto de bombardeiros pesados, como alguns militares temiam. Os civis que são matinais o suficiente para vê-lo passar no céu de Hiroshima pensam em seus irmãos que não têm a mesma sorte, lá, a leste, no front do Pacífico. Pensam em todos aqueles que perderam nessa guerra. Aprenderam a não acreditar mais nos comunicados triunfantes da rádio oficial. O aviãozinho parte bem rápido, num zumbido de abelha; a vida continua, o sol já dissipou as brumas matinais, a cidade inteira acorda. Há três dias, esse aparelho de reconhecimento meteorológico de um belo cinza azulado procurava uma cidade sem nuvens. Acaba de encontrar uma. Transmite instantaneamente as informações necessárias a seu posto de comando, depois volta à base, o mais rapidamente possível.

Uma hora depois, um segundo avião vem sobrevoar Hiroshima. Este é um bombardeiro. Volta em altitude bem alta; é possível ouvi-lo, sem vê-lo. Civis levantam os olhos, mas o céu está vazio. Militares se admiram: aviões como esse nunca se deslocam sozinhos. Durante longos minutos, os mais inquietos prendem a respiração, esperando um bombardeio, ou o zumbido de toda uma esquadra. Mas nada acontece; deve ser um piloto perdido, cujo rádio está em pane, e que, provavelmente, o aviãozinho procurava. A segurança civil decide não soar o alerta. E de repente o barulho não está mais lá, como se o avião tivesse desaparecido de uma vez. É que o bombardeiro acaba de girar violentamente sobre a própria asa, e o vento das alturas, desde então, leva para o mar o barulho de suas hélices. Sua missão está terminada: ele acaba de lançar uma única bomba, pensando quatro toneladas. Ela não foi concebida para tocar o chão:

diversos pára-quedas quase rígidos se abrem para desacelerá-la, pois se calculou que convém, para uma eficácia máxima, que sua explosão ocorra 600 metros acima de seu alvo. Logo após o bombardeiro de tipo B52 ter soltado a sua carga, há certamente um instante estranho para aqueles, se eles existem, que notaram esse pontinho brilhante que desce lentamente em direção à cidade, um desses instantes que parecem se estender até durar. Há um momento único em que esses poucos homens e essas poucas mulheres, se eles existem, se encontram numa situação que o homem não conhece mais há séculos; um momento como os índios da América viveram, ao olhar o cano dos fuzis que magníficos centauros apontavam para eles; um momento como vivem os animais caçados que não aprenderam a conhecer o homem. É um instante único num século de ferro e fogo, no silêncio de um céu sem nuvens, que parece ter absorvido o tempo e o espaço, com exceção desse ponto brilhante no céu, que desce. Em seguida, esse instante desaparece no esquecimento absoluto, porque a bomba atômica explode, exatamente na altura prevista pelo estado-maior.

Quando chega a esse ponto da carta, Akira Kumo constata com espanto que já é quase noite; sua mão direita dói terrivelmente. Acaba escrevendo que uma outra carta seguirá e, quando assina com as suas iniciais, ele mesmo está convencido de que recomeçará amanhã, falando diretamente da sua vida lá. Na manhã do dia seguinte, espera vagamente que Virginie telefone. Durante toda a manhã do domingo, senta-se novamente na pequena sala de leitura contígua à biblioteca, onde escreveu a primeira carta. Mas nada lhe vem. Volta para lá à noite; levanta-se ao final de alguns minutos, abre a porta da sacada que dá para uma varandinha, no alto da rua Lamarck, e salta.

Por que é preciso que tudo seja sempre cada vez mais triste? Virginie passa no hotel domingo à noite, por volta das 17 horas; entregam-lhe um envelope azul e vermelho, mas ela não o abre. Contata uma empresa internacional de entrega em domicílio. Em seguida, embala o Protocolo Abercrombie com todas as precauções possíveis e o endereça à rua Lamarck. Desce à recepção, e vinte minutos depois o portador está lá, porque ela pagou para isso. Pergunta-se o que Akira Kumo deve estar fazendo, àquela hora.

Não é tão fácil pular no vazio. Akira Kumo acaba de fazer essa experiência, pois no último momento seu pé se enganchou num rebordo de pedra, e ele balançou até cair de cara para a frente. Seu ombro bateu na varanda do andar inferior, o que claramente desacelerou a queda. Dez metros mais abaixo, seu corpo se precipitou no teto de uma caminhonete de entrega cujo teto metálico, de qualidade medíocre, amorteceu sensivelmente o impacto. Seu corpo rolou, então, sobre o pára-brisa do furgão, e Akira Kumo se deixou cair na calçada. Sua coluna vertebral está fendida em dois lugares. Ele pensou que talvez seu cérebro, esmagando-se no pavimento, pudesse formar um belo desenho de nuvem; mas essa esperança também é perdida. Perdeu a consciência uma vez no chão, mas na ambulância que o leva ainda não está morto. Não morre à noite, no momento em que Virginie pensava nele, tampouco no dia seguinte, nem nos que se seguem. Não morre. Não ainda.

Virginie Latour sobe ao quarto, abre o envelope azul e vermelho; é uma carta de Akira Kumo. Ela sorri de prazer. Está ocupada em lê-la quando a equipe pensa enfim em avisá-la. Pega um táxi para a estação de Waterloo. É domingo, os trens estão cheios até o fim da tarde do dia seguinte. Em sua sala de visitas, Richard Abercrombie, segundo de nome e sobrenome, está muito contente consigo mesmo. Não sabia o que fazer do Protocolo, sempre pensou que o doaria, sem saber a qual instituição tal documento conviria. Ele contou a Virginie, ao oferecê-lo, tudo o que sabia sobre o nascimento do Protocolo do avô.

EM 1889, EXPLICA RICHARD Abercrombie à sua amante Virginie, por conta do aniversário da Revolução Francesa, Paris consegue que lhe seja confiada a organização de uma exposição universal. Cem anos antes, esse pequeno país que se chama França fez estremecer a Europa coroada. O centro do mundo histórico esteve lá, durante longos anos. Depois, simplesmente, o centro do mundo histórico se deslocou, e o pequeno país mergulhou no esquecimento, belo como uma medalha, inútil como uma jóia envelhecida. Em 1889, o Século das Luzes ainda brilha, mas é um astro morto. Para o centenário da Revolução, a França e sua capital vão tentar, pela última vez, fazer as coisas à grande. Mas, pela primeira vez na sua história, a cidade de Paris se torna aquilo que não vai mais deixar de ser: o parque de atrações de todos os curiosos do mundo industrializado. E eles virão em quantidade, em breve com suas próprias máquinas fotográficas, em breve até com suas próprias câmeras, e vão olhar tanto essa cidade, vão fotografá-la tanto, vão utilizar alguns de seus bairros inteiros, bairros que não serão mais apreciáveis de tanto que esses cegos os terão usado, a ponto de que deveríamos nos surpreender que ainda reste algo dessa cidade para ser visto, que ela ainda seja visível, e bela, apesar de tudo.

Em 1889, porém, os parisienses ainda acreditam na existência de Paris, e os franceses ainda acreditam na França una e indivisível. Então, os organizadores da exposição universal do centenário da Revolução Francesa se agitam o dia todo. Ocupam-se. Redigem moções, falam das Luzes e dos milagres da vacinação. Lançam convites e criam subcomissões. Evocam os Progressos da Civilização e seus diversos astros. Os organizadores votam pelos radicais; alegram-se com a idéia de que as trevas suscitadas pelos eclesiásticos não parem de recuar, no mundo inteiro; e logo não haverá mais padres e, por conseguinte, nem discórdias nem guerras. Os mais afortunados desses sonhadores morrerão antes do verão de 1914. Durante esse tempo, os comerciantes esfregam as mãos: a transformação da capital em feira mundial entusiasma os donos de cafés e restaurantes. Os mercadores de elegância, que não fazem política, preparam os estoques. Em breve, Alice Cadolle, a dois passos da casa Chanel, na rua Cambon, inventará o sutiã. Em breve, a liga, obscuramente inspirada, dizem os brincalhões, no andar inferior da torre de Gustave Eiffel, substituirá o espartilho. Em breve, todas as mulheres poderão, se assim o desejarem, vestir-se para sair em menos de uma hora, sem mesmo precisar da ajuda de suas criadas. Sob a torre de aço trabalhado erguida provisoriamente no Champ-de-Mars, e contra a qual escritores desocupados e alguns fracassados peticionam, foi instalada a Fonte do Progresso, obra-prima da arte industrial, que cospe eternamente a mesma espuma, graças a um motor engenhosamente dissimulado sob seu espelho d'água. Os transeuntes admiram essa proeza técnica, e se calam um instante, enquanto os guias lhes explicam a alegoria, e os advertem de que a água não é potável.

Em 1889, a França se toma por um império e murmura como um bazar. Jules Ferry impôs a educação obrigatória; bem longe de Paris, em arrozais, também esmagou camponeses, que são tão diferentes de nossos camponeses que ninguém, ou quase, se ofende. Já são muitos os turistas americanos em Paris, é a primeira vez que eles vêm em massa, sem nostalgia de esteta, sem cultura alguma, é a primeira vez que atravessam, sem verdadeiramente vê-los, os jardins do Louvre, que foram limpos e brilham sob o sol, como brinquedos de verniz, divertidos, obsoletos, insensatos. Felizmente, esses turistas não estão completamente deslocados quando começa a própria Exposição: o centro das atrações parisienses é, no mês de maio, o espetáculo eqüestre que Buffalo Bill consagra ao Oeste selvagem. Essa exposição se pretende verdadeiramente universal, sem exclusão de nações ou raças: um pavilhão mostra que a partir de agora os argelinos sabem cultivar a vinha e produzir esse vinho que não bebem. Um pouco mais longe, à sombra da torre, negros foram colocados numa cerca. A multidão se esmaga contra a rede, em horários determinados: os negros estão adestrados para sair do seu entorpecimento, nos 15 minutos de cada hora, para moer o milho e dar gritos, enquanto os mais dotados dentre eles realizam uma dança de guerra; e mulheres com sombrinhas recuam, quando eles mostram seus dentes. Até uma rua do Cairo foi reconstituída no *septième arrondissement** de Paris e, por toda a parte da cidade, os bordéis mais concorridos, antecipando finamente a demanda, se abasteceram de fêmeas hotentotes e canaques; a anamita também provoca furor, e naquele ano será muito mais vendida do que a judia. Vindos da Holanda para a ocasião, representantes da casa Van Houten, negociantes e torradores de chocolate, propõem gratuitamente a visita de um vilarejo indonésio, inteiramente reconstituído com materiais primitivos. Por fim, em todos os anfiteatros de faculdade, em todas as salas

---

* "Sétimo bairro". Os bairros de Paris são numerados. (*N. da T.*)

de conferência de todos os ministérios, às vezes até embaixo de simples capitéis ou em salas escuras, realizam-se congressos. Congressos da União Racionalista e congressos de metalurgistas europeus. Congressos de mitilicultura e congressos de numismática. Congressos de química orgânica e congressos da Sociedade Teosófica. E é então naturalmente, sob proposição do diretor do observatório meteorológico do parque de Montsouris, com o acordo de todos os presidentes de todas as sociedades científicas interessadas, que se realiza em Paris, no mês de setembro do ano de 1889, o Congresso meteorológico mundial.

Acima de todas essas reuniões científicas, as nuvens passam, como de hábito, indiferentes ao comércio dos homens. Inversamente, os expositores e os visitantes da Exposição não as olham e, se levantam a cabeça, é para decidir se tomarão um aperitivo ao ar livre ou do lado de dentro, no interior do café egípcio ou do pavilhão do Brasil. Entramos na era moderna: só nos interessamos pelas nuvens quando elas são prejudiciais. Na manhã da segunda-feira 20 de setembro de 1889, por volta das 9 horas, uma floresta negra cresce bruscamente em toda a cidade de Paris, de leste a oeste: começou a chover e os guarda-chuvas florescem, e todos vociferam, ou quase. Vinte de setembro é o primeiro dia do Congresso Meteorológico Mundial. A Sociedade Meteorológica da França fez bem as coisas: o congresso se desenrola num vasto anfiteatro do hospital da Salpêtrière, onde há uma grande cúpula de vidro novinha. Tal escolha revela uma delicada atenção da parte da administração do hospital. A chuva começa a cair levemente sobre a cúpula por volta das 9h25 da manhã, quando o ministro da Agricultura acaba de proclamar a abertura dos trabalhos. A chuva é acolhida aqui como amiga, quase como participante. Os congressistas que anunciaram essa precipitação abaixam modestamente os olhos aceitando as felicitações dos colegas; alguns pensam, com os calafrios dos hereges, que não gostam da chuva, mas tomam o cuidado de não mostrá-lo.

Durante toda a manhã, a chuva dá pequenas pancadas amortecidas sobre a cúpula. A meteorologia é uma ciência tão jovem que o congresso está lá para medir a extensão da sua ignorância, para desenhar perspectivas de pesquisas grandiosas. Os oradores se sucedem: falam de suas hipóteses sobre a formação dos ciclones, de suas hipóteses sobre a dissipação das brumas do mar, falam de afinar a medida da umidade do ar, falam bem e alto, e são todos bastante aplaudidos, e no entanto, nenhum deles seria capaz de explicar a chuva que toca, acima de suas cabeças, sua função de baixo contínuo, com ironia e constância. Nenhum desses que estão sentados no anfiteatro é capaz de dizer por que a chuva cai. E o pior é que ninguém desconfia da complexidade desse fenômeno, simples e maciço demais para prender a atenção. Poderíamos, de fato, pensar que basta, para que chova, muito poucas coisas: água flutuando no ar em quantidade suficiente para que as partículas de água se agreguem, entrem num processo de condensação; e, disso, o que chamamos de nuvem; em seguida, assim que a umidade atinge um ponto de saturação, as gotas se desprendem dessa massa: uma chuva. É mais ou menos isso que os mais avançados dos congressistas de Paris diriam, se fossem questionados a esse respeito.

As coisas não são tão simples assim. As nuvens não se formam tão benignamente, dependem de toda uma série de fatores cruzados. Dependem do estado da atmosfera, por exemplo. Desse ar ambiente que pode, conforme a temperatura, suportar mais ou menos água: a 0 grau, o ar só pode carregar

5 gramas por metro cúbico; mas, à temperatura de 20 graus, pode entrar em estado de supersaturação e manter facilmente seus 17 gramas de água por metro cúbico. Contudo, uma quantidade de água importante no ar ainda não basta, nunca basta para formar uma nuvem, para tornar uma chuva possível. É preciso ainda que poeiras se misturem a ela, qualquer que seja sua origem ou natureza: sal marinho, restos de erupção vulcânica, gás de escapamento de aviões ou carros, areia do deserto projetada em altitude por uma tempestade brutal. Além disso, é preciso que essas poeiras se aliem pacientemente às pequenas partículas eletrizadas que passeiam na atmosfera terrestre, e que dessa aliança nasça um núcleo de condensação. É só então que a chuva se torna possível. Mas ainda não chove, porque as gotas de água que compõem as nuvens não têm grande coisa a ver com as que caem sob o nome de chuva.

A água das nuvens se apresenta sob a forma de gotinhas minúsculas, de um raio que varia entre um milésimo e um centésimo de milímetro; um centímetro cúbico de nuvem contém tranqüilamente um milhar, às vezes um milhar e meio dessas gotinhas esféricas. Não se misturam umas às outras no seio da nuvem: pequenos filetes de ar que elas carregam, por causa da lentidão de seu deslocamento, não permitem tais coalescências; as gotas permanecem separadas, impotentes. Naturalmente, objetos tão pequenos caem devagar: as que saem da zona protetora da nuvem desaparecem quase instantaneamente; alhures, em toda a superfície da nuvem, outras gotas, ao contrário, se formam; assim, para o observador humano, a nuvem parece se mover; no fundo, apenas troca água com o meio. Às vezes, porém, algumas gotas se associam, graças aos núcleos de condensação, e formam aglomerados cada vez maiores, cada vez mais pesados, de um raio que varia de

0,5 a 3 milímetros. São essas gotas que caem, e que caindo se reagrupam até compor pesadas gotas de água, atingindo um tamanho de 6 milímetros. E só então, e se essas gotas atingem o chão, pode-se dizer que chove.

NA SEGUNDA-FEIRA 20 DE setembro de 1889, por volta das 11 horas da manhã, não chove mais, de forma que um silêncio absolutamente perfeito reina quando se aproxima da tribuna o maior meteorologista sueco de seu tempo. Sua intervenção é esperada como a principal atração da primeira manhã. William S. Williamsson se prepara para falar nesse inglês correto, mas áspero, que tanto irrita seus confrades franceses. O maior meteorologista sueco de seu tempo ganhou com os anos o físico característico da sua profissão. Trata-se, em primeiro lugar, de uma bela cabeça de cientista visionário, a barba redonda, o cabelo longo e ondulado, como que tecido com fios prateados. E, em segundo lugar, de um tronco poderoso plantado sobre pernas curtas mas largas de alpinista veterano; o braço, comprido, é musculoso. É difícil não pensar num grande macaco ao se observar William S. Williamsson subindo os poucos degraus que o conduzem à tribuna, agarrando o púlpito como se fosse arrancá-lo do estrado. Sua intervenção é uma das mais esperadas do congresso; é também a única que importa para seu autor, que dormiu com os olhos abertos desde às 9h30 da manhã, na segunda fileira. No público, alguns conhecedores que vieram ao congresso sem comunicação para apresentar, e sem suas respectivas mulheres, chamam a atenção de suas vizinhas, com quem pretendem fazer sexo, numa próxima noite, para um indivíduo sentado na extremidade da mesa reservada ao secretariado da sessão, que oferece um contraste impressionante com Williamsson. O indivíduo em questão não oferece estritamente nada de particular à vista; é desses seres que cumprimentamos na rua confundindo-os com alguém que mal conhecemos, porque, não parecendo com nada, parecem com a maioria. Indiferente aos conhecedores que lhe apontam o dedo, indiferente às vizinhas desses conhecedores que, educada, caridosamente, arregalam os olhos sacudindo a cabeça e o espreitam sem discrição, Richard Abercrombie espera, impassível. É um homenzinho bigodudo, cujos cabelos recuam sobre uma testa grande e venosa, que não tem nada de especial. Não olha nada em particular, e parece escutar com a mais profunda atenção o orador cabeludo que agora gesticula habilmente enunciando elogios aos organizadores. Richard Abercrombie pousa sobre o nada seu olhar negro, encovado sob espessas sobrancelhas. Grandes costeletas com reflexos ruivos lhe dão um ar inglês. Embora escocês, encaixa-se perfeitamente no perfil do estereótipo do inglês, tanto física quanto moralmente. Só veio sentar-se à mesa da sessão para a intervenção de seu eminente colega e muito querido amigo Williamsson, que ele detesta apaixonada e sistematicamente, com constância e raiva, como só um sábio pode detestar outro. William S. Williamsson lhe corresponde bem. Há divergências de pontos de vista impossíveis de se conciliar, e os dois homens nunca conseguiram se pôr de acordo sobre o tema principal de suas pesquisas: as nuvens. E, evidentemente, não tendo nesse domínio nenhum igual, perseguindo as mesmas quimeras, separados por diversos mares e temperamentos opostos, reunidos pela mesma ambição, Richard Abercrombie e William S. Williamsson trabalham juntos há dez anos, e fingem ser os melhores amigos do mundo.

Desde a véspera, entretanto, os congressistas veiculam um rumor obstinado, que alguns, com freqüência os mais maldosos, ou seja, os mais bem informados, explicam aos menos bem informados, fazendo-os prometer não espalhar nada. Disse que o presente congresso de Paris, que poderia ter sido o momento de consagração comum de Abercrombie e Williamsson, vai dobrar oficialmente os sinos da sua legendária amizade. Oito anos de rivalidade fecunda fizeram deles os autores de contribuições decisivas nos domínios mais delicados, como os da classificação das nuvens, da previsão das tempestades de alto-mar, da compreensão de um fenômeno complexo como o nevoeiro. O escocês e o sueco, o primeiro paciente e metodicamente, o segundo com um ardor imperioso, conceberam juntos, redigiram e publicaram, dois anos antes do congresso de Paris, uma nova versão da classificação nas nuvens de Luke Howard. Essa nova taxionomia teve a honra de agradar tanto aos amadores mais opostos, aos reacionários mais circunspetos, quanto aos modernistas mais fervorosos. E, mais importante ainda, teve a aprovação do grosso da comunidade meteorológica internacional, que a considerou um progresso decisivo e um aprofundamento, mais do que uma refutação, do trabalho fundador de Howard. Desde o início, os leitores da classificação Williamsson-Abercrombie foram seduzidos por um desses golpes de força luminosos e inspirados que são a marca do gênio, nas ciências como em outros domínios. Os dois homens, de fato, reagruparam audaciosamente as nuvens em duas classes, cada uma comportando cinco tipos: de um lado, as formas nebulosas divididas ou em forma de bola, mais comuns quando o tempo está seco; do outro, as formas nebulosas estendidas, ou em véu, que caracterizam os tempos chuvosos. Mais habilmente ainda, e pela iniciativa de Richard Abercrombie, deram a algumas nuvens, além de sua denominação latina, nomes mais simpáticos, mais pitorescos ou mais falantes: nas nuvens de tipo dividido, vimos assim aparecer os carneiros (*cirrocumulus*), e até grandes carneiros (*altocumulus*); no seio das formas estendidas ou em véu, encontramos as nuvens de chuva, as nuvens amontoadas, as nuvens de aguaceiro; os *stratus* se tornaram os nevoeiros altos. No momento em que a meteorologia se democratiza, tais vulgarizações desencadeiam entusiasmos. Os meteorologistas amadores, cada vez mais numerosos nos últimos vinte anos, agradecem a Williamsson e Abercrombie por esse esclarecimento.

O Congresso Mundial de Paris de 1889 é o primeiro desde a publicação da classificação Howard modificada por Abercrombie-Williamsson; e desde o início do congresso os dois homens receberam de viva voz elogios da parte de todos os seus confrades, sorrisos de mulheres cujos livros de ouro eles assinaram, pedidos de esclarecimentos de neófitos. A classificação Howard modificada por Abercrombie-Williamsson constitui a partir de agora uma autoridade. A fecunda rivalidade de seus autores provoca comentários e sorrisos. No meio, as pessoas se informam sobre eles, e quando não encontram nada fantasiam e fofocam. William Svensson Williamsson é filho de camponeses ambiciosos de Östergötland. Sempre se distinguiu em obter bolsas, subvenções, favores para si mesmo e seus colaboradores; ainda que uma legendária avareza o leve a acumular funções, caso sejam lucrativas, em vez de delegá-las: é titular de duas cadeiras na universidade, é também meteorologista do rei da Suécia, conselheiro especial do secretário de Estado dos Negócios Marítimos, previsor do Sindicato da Pesca de Alto-mar. Sir Richard Abercrombie é o rico herdeiro de uma família prestigiosa: faz séculos que seus ancestrais machos vão morrer pelos quatro cantos do mundo, de doenças raras ou heróicos feitos de armas, para a maior glória da Escócia e da Coroa da Inglaterra. O pai de Richard Abercrombie, por exemplo, foi morrer ao largo do Cairo numa batalha contra os franceses na mais absurda, portanto a mais pura, tradição britânica. Em matéria de nuvens, Abercrombie é um amador esclarecido e afortunado. Se se juntou a Williamsson, foi para um dia iniciar com o sábio sueco uma longa correspondência sobre a questão, das mais delicadas, de saber se o nevoeiro deveria realmente ser considerado uma nuvem de baixa altitude, ou um fenômeno meteorológico à parte. Correspondência essa que se saldou com o primeiro artigo co-assinado pelos dois homens, "Elementos para uma descrição sistemática das brumas, chuviscos e nevoeiros que se formam acima do solo".

ALÉM DISSO, CIRCULA EM todos os congressos de meteorologia uma história pouco lisonjeira sobre o início da carreira de William S. Williamsson. Uma história que fala bastante de suas ambições, uma vez que se passou há vinte anos. Em 1870, por toda a parte na Europa, os armadores enfim compreenderam que a predição do tempo valia ouro: retardar ou precipitar a partida de um navio carregado de madeira preciosa, para evitar uma borrasca severa ou para aproveitar os ventos dominantes, pode significar riqueza ou falência. Pode-se também, a partir de então, fazer fortuna na bolsa, sabendo antes de todo mundo que vai gear nos vinhedos de Aquitaine, ou que choverá cedo demais na Prússia. Pede-se então aos homens do tempo para largar o traje pitoresco de simples conhecedor, de amador esclarecido, e vestir a bata branca do homem de ciência. O jovem William S. Williamsson sentiu vir essa metamorfose, ele a deseja, porque pode implicar, em longo prazo, imensos benefícios financeiros e sociais, para ele e todos os Williamsson, para todos esses camponeses prisioneiros das servidões da terra e dos acasos do céu. William S. Williamsson será o instrumento de sua saída definitiva da lama dos campos: tal é a missão que tacitamente os pais de William lhe atribuíram, como o último e mais brilhante de seus filhos; e essa criança obediente, longe de se rebelar contra o jugo, vai realizá-lo com uma vivacidade prodigiosa. Aos 20, torna-se assistente pessoal do maior meteorologista da Suécia, Jürgen Svensson, que ele admira tanto desde os 10 anos, e cujo patronímico transforma em seu segundo nome.

Aos 65 anos, Jürgen Svensson, diretor do Instituto Meteorológico Real, instalado em Uppsala, é cada vez mais solicitado pelos armadores suecos para fornecer previsões de meteorologia marinha para dez, até mesmo 14 dias. Em 1870, terminou por ceder, com grande amargura; pois Jürgen Svensson é filho do século de Rousseau; esse contemplativo genial desconfia da mecanização excessiva e diz, para falar da observação meteorológica, que herboriza no céu. Esse amigo das nuvens opõe-se a predizer o tempo, exatamente como um químico se irrita cada vez que lhe pedem produtos miraculosos para o crescimento de cabelos ou contra as perturbações gástricas. Jürgen Svensson conserva devotamente em seu peito um bilhete que Luke Howard lhe enviou, na velhice, para encorajá-lo nas pesquisas. Prefere, às modernas e abstratas linhas de frentes climáticas que se começam a desenhar, as velhas aquarelas do tempo tal como o vemos. No entanto, Jürgen Svensson não dispensa os armadores nem os seguradores que vêm solicitar conselhos sobre rotas marítimas, instruções de observação do céu no mar. Sabe de forma consciente que esses mesmos homens pagam, com suas doações, suas pesquisas mais importantes; mas continua sendo um aristocrata, e jamais compreenderá de fato que não seja possível se satisfazer em saber de forma desinteressada.

Foi esse ser charmoso e ultrapassado que Williamsson escolheu como mentor; ele serve o Mestre com uma obediência filial durante quase vinte anos. Depois, julga ter aprendido tudo o que podia com ele. Jürgen Svensson vai fazer 73 anos. Não parece diminuído pelos anos, nem querer se aposentar. O inverno de 1879 na Suécia é particularmente atípico, desconcertante, e não consegue chegar até o fim. De forma geral, no fim do inverno, os boletins semanais do Instituto Uppsala se tornam o alvo de uma atenção particular em toda a Suécia: os pescadores-chefes, os proprietários dos transportes de viajantes esperam com impaciência a possibilidade de retomar suas atividades em regime integral. Toda a Suécia se volta para Svensson. Mas Svensson hesita em dar o sinal verde: para ele, esse inverno não acabou. Então, enquanto os comerciantes choram a cada dia o lucro perdido, termina-se por confundir numa mesma hostilidade, como de costume, o mau tempo e aquele que o anuncia: em certos jornais aparecem artigos escarnecedores sobre o Instituto Meteorológico, seus custos de funcionamento, seus métodos antiquados e a arrogância de seu diretor. Svensson os mostra com desgosto ao jovem discípulo. O jovem discípulo se compadece.

A segunda-feira 16 de março de 1879 é em toda a Suécia um dia mais quente, quase primaveril. O último boletim do Instituto Real de Meteorologia, publicado na sexta-feira precedente, anunciava um agravamento do frio e tempestades violentas. Um poderoso sindicato da pesca cancelou uma campanha de arrastão acreditando nesse boletim, e os próprios viajantes de linhas comerciais, simples turistas ou trabalhadores, estão no limite da sua paciência: exigem poder atravessar para o continente. A diminuição do frio se confirma na terça-feira, e a imprensa tritura o instituto. Um jornalista do maior jornal nacional demonstra nessa ocasião conhecimentos de uma precisão e de uma atualidade assustadoras em matéria de previsão do tempo: recrimina o instituto por não dar conta dos últimos desenvolvimentos da ciência, esquemas e demonstrações de apoio. Svensson compreende ser a vítima de uma malevolência no próprio seio do instituto, e abre-se a esse respeito ao discípulo Williamsson, que promete fazer uma investigação. Felizmente, a temperatura abaixa na quarta e na quinta-feira: a imprensa se acalma. Mas todo o mundo aguarda febrilmente o boletim da sexta-feira 23 de março de 1879. Jürgen Svensson pergunta ao jovem discípulo se não é hora de empregar os métodos que o jornalista de Oslo preconizava; mas Williamsson não tem dificuldade em convencê-lo que um gesto como esse daria razão aos mais obstinados de seus difamadores. Na noite de quinta-feira, Svensson, como de hábito, prepara seu boletim a partir dos dados fornecidos por William S. Williamsson. E é com grande alívio que constata que suas observações o conduzem a predizer um bom tempo seco em toda a Suécia para a semana por vir, abastecido de temperaturas amenas para a estação. Svensson comunica sem atraso esse boletim aos amadores, às câmaras de comércio, às companhias de viagens marítimas.

William S. Williamsson foi naturalmente consultado pela comissão de investigação encarregada de analisar a catástrofe do boletim de 23 de março de 1879, e negou ter comunicado cifras inexatas ao professor Svensson, insinuando que gostaria que isso fosse verdade: pois então a vergonha de um erro teria sido poupada a seu mestre venerado. Aqui, entramos no domínio do inverificável. Os adversários mais indulgentes de Williamsson o acusam de ter coletado mal os dados; os mais ferozes estão persuadidos de que, sentindo que era a sua hora, tornou-se informante do jornalista de Oslo, e falsificou deliberadamente os dados transmitidos a Svensson; que, além do mais, seus próprios cálculos lhe mostravam que a primavera não chegaria à Suécia antes de uma semana; mas Williamsson não era louco a ponto de se expor, ainda jovem, à hostilidade dos poderosos que queriam enriquecer e à do público que queria navegar. Seguindo o boletim da sexta-feira 23 de março de 1879, desde o alvorecer de sábado, dezenas de traineiras se lançam ao mar; as ligações comerciais e de passageiros entre a Suécia e a Frise são restabelecidas. O sábado é notavelmente calmo. Mas entre 25 e 27 de março de 1879, contam-se 1.300 mortos na Suécia e 500 vítimas de outras nacionalidades. A primeira tempestade varre todo o país, de norte a sul, em algumas horas, na tarde de domingo; uma segunda tempestade, mais violenta ainda, estoura na noite de segunda, e segue mais ou menos o mesmo trajeto. É esta que derruba as traineiras pouco antes que alcancem os portos. Quanto a Svensson, leva três dias para morrer. O tiro que deu na boca saiu pela orelha, porque escolheu mal seu calibre. Tem tempo de recomendar seu filho espiritual William S. Williamsson como seu sucessor. Williamsson arranca lágrimas do público ao evocar seus anos de aprendizagem com o grande Jürgen Svensson. Ressalta a urgência em continuar sua obra; ainda é cedo para fazer o balanço; mas já podemos desde agora, aqui mesmo, diante da cova aberta desse apaixonado pelo tempo, traçar o programa de uma modernização do instituto, que devemos a todas as vítimas de um erro trágico. William Svensson Williamsson traça suas perspectivas com brio e concisão. Em julho de 1879, toma a direção do Instituto Meteorológico Real de Uppsala, para não deixá-la mais. Tal é a história pouco lisonjeira que circula sobre o orador que acaba de tomar a palavra no congresso de Paris; ninguém se arriscaria, entretanto, a interrogá-lo a respeito. O homem é poderoso, e lembra-se de tudo.

DEZ ANOS SE PASSARAM então e, em 20 de setembro de 1889, no primeiro dia do congresso, William S. Williamsson discursa diante de seus pares; evoca Paris e seu talento de capital universal; fala da fada Eletricidade e da tempestade; fala das luzes da nefologia — pois propõe esse termo para designar a nova ciência das nuvens —, dessa nefologia que é preciso difundir até às extremidades do mundo conhecido; fala da imperiosa necessidade de universalizar a classificação Howard, modificada em 1887. E é assim, acrescenta Williamsson, para terminar sua oração, que arrancaremos das nuvens seus segredos. O público aplaude. Mas o grande William S. Williamsson retomou o fôlego, projeta-se agora em um salto só, e com ele seu público cativado e vibrante, no futuro: como será o ano 2000, do ponto de vista nefológico? Seria presunçoso afirmá-lo. Pode-se, contudo, prevê-lo racionalmente. Sem excesso de otimismo pode-se desde agora afirmar que nessa época não haverá mais desertos. Saberemos deslocar as nuvens e controlar as chuvas. Os mares de areia não existirão mais. Ou então manteremos um, no Saara provavelmente: um deserto de areia pequeno, para excursões em balão, travessias de lazer no dorso de camelos; onde caçaremos a gazela ou a raposa Fennec e, quando a noite chegar, à margem abrigada de um vádi, encomendaremos às autoridades locais, por um meio de comunicação radioelétrica, uma leve cobertura nebulosa a fim de reaquecer a atmosfera e permitir às mulheres que o desejarem dormir ao ar livre, numa bruma refrescante. Mas isso não será tudo, pois quem diz controle das nuvens diz também e sobretudo controle da agricultura. Teremos terminado com as fomes crônicas dos selvagens de todas as raças; campos de tomate cobrirão o Sahel, oceanos de trigo balançarão nas longas planícies do Kalahari. Não veremos mais na Índia, nem no Extremo Oriente, milhares de camponeses temerem a morte por um simples atraso de monção, por uma tempestade violenta demais, ou parcimoniosa demais. Por todos os lugares onde for necessário, o arroz se tornará uma cultura do ano inteiro. Choverá no antigo deserto do Neguev; e o maná que o Deus de Israel reservava ao povo eleito, o Homem Moderno dispensará a seu irmão. Os habitantes de Londres não terão mais que se esquentar seis meses por ano, e os céus dessa metrópole reencontrarão sua pureza original. Apenas, talvez, a graciosa cidade de Paris, dotada pelos deuses de um clima tão ameno, não deverá ser modificada. Na assistência, embaladas pela voz quente e potente do orador, mulheres semicerram os olhos em visões de primavera perpétua em Madri, Sydney, Cidade do Cabo, perguntando-se como será a moda; homens esquecem que têm fome, de tanto que os lisonjeia essa exaltação de sua potência meteorológica. Williamsson, ele mesmo inflamado por sua verve, lança periodicamente fortes olhares, há dez minutos, sobre uma viúva congressista, gorda e vibrante, na sexta fileira. Enfim, conhecendo a versatilidade das multidões, Williamsson encurta habilmente a peroração de seu discurso. No ano de 2000, da forma que as coisas andam, teremos entendido de onde as nuvens extraem sua energia: domesticaremos sua força ascendente;

nossas aeronaves, silenciosas e graciosas, deslizarão sem esforço de um continente a outro, acima de nativos maravilhados. Não haverá mais distinção entre as regiões férteis e as regiões estéreis; a terra será esse jardim onde viveremos a idade de ouro de que nos falam as mitologias e as religiões, e o homem será bom; nossos netos verão enverdecer e florir as planícies devastadas de Canaã, e o que a fé de nossos antepassados cantava, a ciência de nossos netos realizará na terra.

Era hora de acabar: na sala, alguém havia tossido, sendo logo imitado aqui ou ali; outros espectadores tinham trocado de posição em suas cadeiras, para cobrir seus borborigmos; só a viúva da sexta fileira, vibrante como uma terrina, ficou atenta até o fim a suas palavras, sua barba, seu tronco vigoroso. Williamsson não dormirá sozinho esta noite, e esse pensamento não está longe de distraí-lo do essencial. O público, que ele vigia fingindo arrumar seus papéis, explodiu em aplausos, de pé, tanto porque os fez vibrar quanto porque soube terminar no momento certo. É preciso segurar o instante em que ainda se pode tê-los nas mãos. Esse instante, ei-lo aqui, os aplausos diminuíram, mas continuam sincrônicos: Williamsson deposita seu dossiê no púlpito e levanta um braço cesariano; a multidão, domada, faz silêncio. Os assistentes do professor logo aparecem e circulam nas fileiras do anfiteatro. A assistência senta-se de novo, subitamente reconquistada. Os assistentes dão a cada portador da credencial oficial do congresso um exemplar de uma obra recente, que cheira a papel novo e cola fresca. A obra é de um formato quase quadrado, de cerca de 30 centímetros de comprimento. O título que se expande na capa cinzenta em alemão, francês, inglês e sueco provoca murmúrios apreciativos na assistência: William S. Williamsson enfim realizou o primeiro *Atlas internacional das nuvens*. O orador, na tribuna, deixa seus confrades tomarem conhecimento da obra. Não é um livro grosso, mas, para todos esses especialistas, de uma riqueza inigualável. Trata-se de dez litografias a cores, que naturalmente correspondem, cada uma, a um tipo de nuvem da classificação Howard, modificada por Abercrombie e Williamsson. Vêm acompanhadas de um texto de explicação: foi sob a direção dos cientistas que os artistas as compuseram, sem hesitar, uma vez que o tema o reclamava, em sacrificar a Arte pelo altar da Ciência; cada litografia é fiel ao Verdadeiro.

Na tribuna, Williamsson baixa modestamente os olhos. Depois, agradece a todos que colaboraram com a obra e que são muito numerosos para serem nomeados. Por fim, chega à questão mais importante do debate: essas imagens, certamente imperfeitas, permitirão a seus queridos colegas fazer a nefologia entrar numa nova era. A da Ciência. Nenhuma das formas que são pintadas aqui se encontram na natureza (murmúrios de estupor); é exatamente aqui que reside seu interesse (silêncio; alguns murmúrios aprobatórios). Pois, lança Williamsson a seus queridos colegas, não se deve exigir de um atlas nuvens bonitas, do ponto de vista artístico, o que desviaria o espectador da atenção que deve ao Verdadeiro; da mesma maneira que a paisagem figurada pelo artista, aliás relativamente anônimo, não tem outra utilidade senão a de fornecer referências para o exame do céu. E não será dito que, nesse ano do centenário da Revolução Francesa, a sociedade meteorológica mundial terá sido ordenada nas prerrogativas da reação: amanhã realizaremos outras cromolitografias, se vocês nos derem os meios para tal; os melhores aquarelistas serão colocados à contribuição dos melhores cientistas e, assim, a Arte, unindo-se ao seio da Ciência que ela nunca deveria ter deixado, dará à luz, sob a nossa alçada, o primeiro "Atlas mundial das nuvens" digno desse nome, e nossos descendentes, no fim do século XX, num mundo pacificado e fertilizado, falarão com orgulho deste congresso: eles foram audaciosos, e tiveram razão. Talvez ainda haja uma continuação do discurso; mas o público, de volta a um entusiasmo estudantil, bate nas cadeiras para saudar, numa língua única, o novo mestre da meteorologia mundial. O presidente decreta a sessão encerrada. A sessão ritual das perguntas ao orador fica transferida para a tarde. Todos saem, dispersam-se nos cafés do bulevar do Hospital. Aos pés do domo da Salpêtrière, círculos fechados de congressistas se espremem em torno de Williamsson para felicitá-lo. Convidam-no para almoçar, jantar, cear. Williamsson recusa todas as ofertas: vai voltar ao hotel, perto da Ópera, para descansar; precisa preparar a sessão da manhã do dia seguinte. As pessoas murmuram sua admiração diante de tanta abnegação. Todos se afastam, e ele avança a passos largos sobre o bulevar. Uma mulher gorda e morena está lá, e oferece seu carro: vai justamente na direção da Ópera. Eles partem. Williamsson saúda pela janela seus admiradores. O fiacre mal chegou à praça da Bastilha e ele já derrubou sua acompanhante, que morde o pano de seu encosto para não ser ouvida pelo chofer.

Ninguém lamenta a sessão de perguntas, exceto um participante que todo mundo esqueceu na comoção. Esse homem é evidentemente Richard Abercrombie. Quando um assistente lhe estendeu um exemplar do *Atlas internacional das nuvens*, ele não manifestou a menor emoção; não se ergueu clamando ao público que Williamsson nem mesmo o preveniu dessa publicação. Não revelou que o sueco lhe pediu o favor de não falar sobre o *Atlas* no congresso de Paris, alegando suas divergências crescentes. Abercrombie não disse nada. Por uma feliz coincidência, é justamente o primeiro orador da tarde.

À TARDE, QUANDO ABERCROMBIE se prepara para tomar a palavra, as fileiras do público, ainda que o presidente dessa sessão tenha adiado o início para as 15 horas, estão quase vazias. O professor Williamsson foi vítima de um leve mal-estar e pede que o perdoem por essa ausência. Deitado de barriga para cima, de través, sobre a cama, William Svensson Williamsson se dedica com entusiasmo à gorda mulher que segura pelo quadril, e cujos seios batem no ventre com um barulho molhado. Os conferencistas mais velhos aproveitaram a ocasião do *Atlas* para debandar. De brindes a libações, seu otimismo não cessou de crescer, tão bem que eles estão agora dispersos em diferentes estabelecimentos de luxúria, porque é preciso que os congressos sirvam para alguma coisa. Eles não têm mais ereção, mas isso não os entristece: estão bêbados. Quando enfim a palavra é dada, às 15h30, a Richard Abercrombie, e que ele sobe à tribuna, entende sem surpresa que perdeu a partida. Lembra, então, que foi para atender a um pedido de Williamsson que mudaram a ordem de suas apresentações; mas isso agora só o faz sorrir. Desde o fim da manhã, decidiu, contra todos os hábitos de todos os congressos, falar do que lhe toma o coração; arrumou em sua maleta uma comunicação, bastante técnica, sobre a "metodologia da observação climática em ambiente marinho". Vai fazer o que nunca fez, improvisar. Pela cúpula do anfiteatro, olha rastros de nuvens correrem para o leste.

Abercrombie fala pouco, e mal. Não fala muito habilmente, já que só diz o necessário. Ninguém o escuta, ninguém o ouve, mas ele fala diante dessas fileiras de carrancudos avermelhados pela digestão, dizendo a si mesmo que não sabemos nunca, que sempre deixamos vestígios em algum lugar; como se atirasse a flecha a olho nu, lança suas idéias o mais longe possível, sem saber onde vão cair, sem saber se um dia alguém vai considerá-las interessantes o suficiente para recolhê-las. Diz que, em suma, da mesma maneira que na superfície do planeta a espécie humana oferece um espetáculo de uma diversidade impressionante, a espécie nebulosa não deveria se apresentar idêntica em todas as latitudes. Abercrombie acrescenta que a cromolitografia deixa planar no conjunto do *Atlas* uma incerteza artística de má qualidade. Ressalta que a heliotipia, como se dizia outrora, ou, se preferirmos, a heliogravura, como se dizia recentemente, ou, como chamamos agora, a fotografia, é a única a oferecer a objetividade necessária ao observador sem preconceito. Resumindo, Richard Abercrombie entedia todo mundo. Um murmúrio anuncia que Williamsson invade o anfiteatro, cumprimenta seu confrade com um gesto largo, perguntando a si mesmo se alguém está sentindo o cheiro de cio que perfuma seu rosto. Parece preocupado, mas não está: apenas tenta, com a língua, tirar um pêlo que ficou preso entre dois dentes. Abercrombie teve de interromper sua fala e cumprimentá-lo de volta; retoma o discurso. Aproveita a presença do eminente confrade para falar uma palavra de seu sonho de um mundo nebuloso a serviço do Homem. Richard Abercrombie pede permissão para guardar seu entusiasmo; pois quando soubermos como nascem, vivem e morrem as nuvens, ainda não saberemos o que uma tentativa de domesticá-las produziria. Diz que seria preciso, em primeiro lugar, ir fotografar todas as nuvens do mundo, *para ver*. Diz que bastaria para essa tarefa um homem determinado e apaixonado pela ciência, um homem conhecedor da técnica do daguerreótipo; que bastaria que esse homem desse a volta ao mundo e trouxesse de volta a imagem dos céus de todas as latitudes para que a polêmica se desfaça; e anuncia, enfim, que esse homem é ele, Richard Abercrombie, e que partirá no mês seguinte, e pede a seu estimado colega William Svensson Williamsson para acompanhá-lo, a fim de que publiquem juntos, na volta, o verdadeiro "Atlas universal das nuvens" (aplausos). Williamsson avança na direção de Abercrombie de braços abertos. Sobe a passos largos para a tribuna. Aperta seu adversário nos braços. Lamenta ter de recusar o convite de seu estimado colega, pois está preso a diversos encargos. É apenas um pobre camponês bem-sucedido. Sir Abercrombie tem a sorte de poder colocar sua fortuna pessoal a serviço da ciência: que ele parta, e Williamsson o acompanhará em pensamento, a cada minuto; manter-se-á informado sobre os progressos de seus trabalhos. Que um comunicado oficial do congresso nomeie oficialmente Richard Abercrombie responsável por esse projeto grandioso, digno do país que os acolhe. E é num entusiasmo indescritível que os congressistas de Paris votam a nominação desse novo comissário das nuvens. Em seguida, a sesta recomeça, enquanto dois jovens cientistas iniciam suas carreiras na tribuna. Williamsson saiu de fininho. Richard Abercrombie volta a pé para o hotel, no bulevar Saint-Michel. Dois dias depois, está em Londres. Lá, percebe que não visitou Paris nenhuma vez. Quanto a Williamsson, esquece completamente essa história ridícula; o essencial é que se livrou desse escocês irritante de integridade rígida.

EM ALGUMAS HORAS, QUANDO tiver as idéias mais claras, Akira Kumo constatará com uma curiosidade sombria que ainda não morreu. Ele se encontrará então no hospital, não sentirá grande coisa, apenas não terá morrido, nada além. Dirá a si mesmo que poderia, que deveria ter previsto esse fracasso. Certamente leu em algum lugar, como todo mundo, que o suicídio por defenestração não é, nem de muito longe, o método mais garantido; mas, como todo mundo, sempre considerou informações aceitáveis, mas estatisticamente não pertinentes, todas essas histórias de candidatos ao suicídio levados pelo vento para os imóveis de onde haviam saltado, ou de infelizes milagrosamente salvos, mais abaixo, pela densidade de uma barreira de alfenas, ou pelo conteúdo de um caminhão de lixo que não deveria estar lá. Mas pulou sem pensar. E agora receia ter de suportar o entusiasmo rude das enfermeiras, a piedade desdenhosa do chefe da clínica; e também as perguntas insinuantes do psicólogo do hospital, do residente em psiquiatria ou até do capelão. Mas, sobretudo, será necessário recomeçar a viver, a se arrastar nesse corpo usado, gasto, e sem dúvida não lhe será possível antes de alguns dias, talvez várias semanas, se matar corretamente. Mas por enquanto Akira Kumo ainda está estirado sobre o asfalto da rua Lamarck, acaba de recobrar a consciência, diante do céu que zomba dele e do resto, e pensa tarde demais no desgosto que causará à sua equipe.

Agora Akira Kumo percebe, bem longe, a 10 quilômetros acima dos tetos de Paris, delicados cirrus, essas nuvens tão aéreas, tão leves, que parecem imitar a musselina mais fina, ou lembram arranhões deixados por um animal desconhecido, e que às vezes transformam o céu numa espécie de praia de onde se teriam retirado as ondas. Conhece-os bem. Tem bastante orgulho de saber que os cirrus anunciam no geral, na latitude em que ele se encontra, a chegada do mau tempo. São suas nuvens preferidas. Sempre os tomou por oráculos, ou por sinais misteriosos, constatando, no entanto, ser incapaz de decifrá-los de forma clara, unívoca. Ao vê-los, Akira Kumo pensava, com freqüência, nas formas que o esperma ganha, quando se espalha numa vagina rosa ou quando se estende na água de uma banheira. Desta vez, os cirrus não parecem significar nada de particular; estão lá, acima dele, e isso é tudo. Ele não consegue interpretá-los, o que não diminui em nada, a seu ver, sua inefável e discreta beleza, e, talvez pela primeira vez, gosta deles exatamente pelo que são. Depois, desmaia, porque o efeito salutar do choque passou, e a dor da sua perna esquerda, quebrada, acaba de se manifestar brutalmente.

Privadas de seu único observador atento, as nuvens continuam a existir acima da rua Lamarck, mas para nada e ninguém. A imensa maioria dos habitantes da cidade de Paris não lhes dá a menor atenção: os cirrus flutuam, quase imóveis, acima da linha dos stratus; situados no extremo limite da atmosfera terrestre, são de gelo, não de água. Os transeuntes caminham com a cabeça baixa de um ponto a outro, de um nada a outro, sem se dar conta de sua existência, sem nenhuma idéia do que pode ser uma vida rica e livre, sob o céu impávido.

Alguns transeuntes estão muito ocupados em fazer de conta que não estão vendo esse velho homem inanimado, cujo corpo frágil acaba de se estatelar no asfalto da rua Lamarck. Depois, um jovem pára, e telefona; logo chegam os que se ocupam em Paris de tudo aquilo de que ninguém quer se ocupar: os bombeiros recolhem muito cuidadosamente o velho. Apenas 24 horas depois de ter saltado da pequena varanda, Akira Kumo se encontra no seu ponto de partida, em seu quarto. Consideraram impossível engessá-lo; à noite, amarram-no em sua cama, pois um movimento brusco, vindo de um sonho, poderia danificar definitivamente sua medula óssea; aliás, ele não sente mais as pernas. Passa o dia dormindo sem sono, por causa dos analgésicos. A equipe propõe colocá-lo em seu quarto preferido. Depois, pensam que, deitado de barriga para a cima na biblioteca, ele não verá grande coisa do céu. Mas Akira Kumo declara que isso não tem nenhuma importância, e que acabou com essa história de céu e nuvens. Deixam o ferido no quarto e, a pedido seu, deixam a grande persiana de madeira fechada, com um certo alívio, como se esse velho paralisado pela metade fosse retomar repentinamente o uso das pernas e saltar pela janela.

Na segunda-feira, por volta das 20 horas, Akira Kumo acorda em melhor estado, e recebe o correio. Nota imediatamente a encomenda de Londres. Akira Kumo pergunta onde se encontra Virginie Latour. Alguns minutos mais tarde, ela toca a campainha do palacete da rua Lamarck.

Akira Kumo sorri ao vê-la sorrir. Não falam do seu suicídio, não falam da sua carta. Não dizem nada. Estão tão felizes de se reencontrar que não ousam se olhar de frente por muito tempo. Virginie fala um pouco de Richard Abercrombie, conta o enterro na colina. Depois, abre o pacote de Londres, vira as páginas ao acaso para Kumo, sem uma palavra. Só as duas primeiras páginas do Protocolo Abercrombie comportam fotografias de céus, meticulosamente referenciadas com uma ortografia pequena, cuidadosa, fina. Basta uma olhadela para Kumo compreender o sentido dessas fotografias: elas propõem, para cada uma das duas primeiras categorias da nova classificação Howard modificada por Williamsson-Abercrombie, seis imagens. Então, Akira Kumo e Virginie Latour começam a conversar.

Cada uma dessas imagens foi tirada num lugar diferente da Terra, como indicam as legendas. Richard Abercrombie começou pelos cirrocumulus: em Lisboa, em Malta, no Cairo, no porto de Áden, em Madras, em Sydney, enquadrou cuidadosamente, todas as vezes, um conjunto significativo deles. Ora, essa aula fotográfica é de uma clareza ofuscante: a heterogeneidade das formas nebulosas salta aos olhos. Abercrombie realmente mostrou, no final do século XIX, o que parece evidente a qualquer viajante dos dias de hoje: a existência de uma tal variedade de fenômenos que uma classificação simplista demais só pode traí-la; mas o simples fato, simultaneamente, de ver as seis fotografias na mesma página volta-se contra aquele que as tirou; pois também é evidente que existe ao redor do mundo nuvens que merecem ainda assim a denominação única de cirrocumulus. A segunda página, consagrada aos cumulus, suscita as mesmas observações. Será que foi porque se deu conta disso que Richard Abercrombie interrompeu o trabalho? As páginas seguintes, discriminadas antecipadamente em função dos tipos de nuvem, ficaram sem imagem e sem as pequenas cantoneiras. A sólida e brutal classificação com a qual contribuiu continua perfeitamente operacional; até em razão da sua inexatidão funcional. Mas a estranheza do comportamento de Abercrombie permanece um mistério: um homem da sua índole, universalmente conhecido por uma retidão que se aproxima do puritanismo, não interrompe assim uma pesquisa, sob o pretexto de perder a razão. Imaginamos perfeitamente esse homem se apresentar no congresso mundial seguinte, o de 1893, em Viena, subir na tribuna com suas imagens, chamar seu adversário e reconhecer como um *gentleman* a sua derrota plena e inteira. Em vez disso, rompe com os meios científicos, guarda o segredo do seu protocolo, até o final. Akira vira as páginas com rapidez; num dos lados das folhas virgens desse catálogo interrompido, Richard Abercrombie manteve uma espécie de diário heteróclito, feito de longos textos redigidos numa ortografia minúscula, de croquis, de máximas estranhas; e, mais bizarramente ainda, do outro lado das folhas, dispôs essas imagens especiais, centenas de fotografias de sexos femininos.

Uma página de arquivo compreende apenas quatro imagens, de formato bastante reduzido. Sua natureza basta para explicar as reticências de Abigail, que se tornou ajuizada, em tornar público tal documento; as fotografias não procuram a desculpa de parecer etnográficas, ou mesmo antropológicas. As mulheres que posaram estão inteiramente nuas; não têm nem jóias nem tatuagens visíveis. O Protocolo Abercrombie consiste em centenas de fotografias de sexos femininos, organizadas por séries de quatro, nas páginas esquerdas do álbum. As imagens também não refletem um estilo vaporoso, supostamente sugestivo, da fotografia dita erótica naqueles anos, nem o gracejo pueril da pornografia habitual; simples, frontal e tranqüilamente, o professor Abercrombie, membro da Royal Society, fotografou sexos femininos. Eles são iluminados cuidadosamente para que todos os detalhes fiquem visíveis, e, caso necessário, os pêlos abundantes são penteados, ou bem afastados pela mão da modelo. Embaixo de cada fotografia, Abercrombie anotou um nome, aparentemente o da mulher que posa, depois o da localidade e do país onde foi tirada; numa segunda linha, figura uma data completa. No canto superior direito da página 30, por exemplo, encontra-se a imagem de uma certa Fatia, tirada em Tananarive, na ilha de Madagascar, em 6 de dezembro de 1889: seu tosão de uma negritude profunda é espesso, está erguido no alto e deixa à mostra pequenos lábios trabalhados, quase translúcidos, entreabertos numa carne bem mais clara, de um brilhante quase madrepérola. As páginas da direita estão cobertas de desenhos repetitivos, nos quais Kumo distingue conchas, cabeças de animais, sexos femininos, e nuvens também. Cada uma das entradas é datada. A enfermeira da noite vem começar seu turno, por volta das 23 horas. O costureiro precisa repousar. Nos dias seguintes, Akira Kumo deve se internar por um curto período no hospital; Virginie aceitaria estudar e relatar para ele o Protocolo? Virginie Latour aceita.

QUINZE DIAS MAIS TARDE, Virginie reencontra o costureiro, amarrado numa poltrona médica bárbara, no meio da sua biblioteca. Senta-se perto dele. Para compreender Richard Abercrombie e sua coleção de fotografias, começa Virginie Latour com uma voz segura e orgulhosa, é preciso saber que tudo começou em Dartmouth, no mês de novembro de 1889. Akira Kumo fecha os olhos. Ele escuta. Está feliz.

Como muitos loucos inventivos, Richard Abercrombie é um homem de ordem, um delirante organizado, preciso, metódico. É necessária uma disciplina pessoal estrita para partir pelo mundo e realizar um *Atlas universal das nuvens*. É necessário um método para um projeto tão tranqüilamente demente: Abercrombie é exatamente o homem desse projeto. Naturalmente, seu itinerário é fixado antes da partida, com o maior cuidado, em função não da velocidade de deslocamento (já que Richard Abercrombie não procura bater nenhum recorde), mas em função das estações que quer imortalizar (convém, segundo ele, não perder, por exemplo, os crepúsculos do verão austral), e dos fenômenos surpreendentes que quer observar, como a monção indiana. Richard Abercrombie escolheu uma máquina fotográfica simples e robusta, em três exemplares idênticos: uma câmara quase quadrada, duas objetivas de reserva. Leva poucos produtos de revelação, pois já se pode achá-los do outro lado do planeta; em compensação, embarca um importante estoque de papel, para garantir a homogeneidade de suas tiragens. Testou seus três aparelhos tirando fotos do porto de Dartmouth, onde aguarda a partida, e revelou-os em sua cabine: pequenas caixas de 9 centímetros de comprimento e 8 de altura. Fixa a primeira, com cantoneiras coladas anteriormente, na primeira página de um álbum grosso, com uma capa espessa, recoberta de um tecido impermeável, verde-garrafa. Conta tirar em cada lugar precisamente dez vezes seis fotografias, que corresponderão exatamente à classificação em dez gêneros que ele mesmo elaborou em estreita colaboração com William S. Williamsson: três fotos de dia repetidas duas vezes, três fotos de noite igualmente em dobro, quando possível. Depois, Richard Abercrombie voltará a seu ponto de partida, inalterado, portador de verdades intangíveis. Ele se apresentará no congresso de Viena em 1893; num movimento espontâneo de admiração, os congressistas, um pouco envergonhados de terem duvidado de seu confrade, vão elegê-lo à presidência da Sociedade Meteorológica Mundial. Só então, ele terá conhecido tudo. Partirá, aposentado, à sua fazenda fortificada, nas colinas de Ochill, na Escócia, onde caçará lebre com Scott, seu fiel cão de caça. Jovens cientistas entusiastas e tímidos virão do mundo inteiro lhe pedir conselho, chamando-o de Mestre apesar de seus protestos; uma delegação de colegas virá lhe fazer um brinde, pelo seu septuagésimo aniversário. Depois, morrerá das conseqüências de uma longa doença, rodeado da afeição de seus fiéis servidores; como de uso, uma máscara mortuária será feita, seu cérebro será conservado num banho de formol, para a posteridade. Inconsolável, o cão Scott não sobreviverá; um guarda do cemitério o encontrará no túmulo do dono ainda fresco: seu coraçãozinho terá parado.

Quando Richard Abercrombie, em 28 de novembro de 1889, deixa o porto de Dartmouth, em Devon, alguns minutos depois do meio-dia, para realizar aos 43 anos a volta ao mundo, ainda é virgem. Por superstição, como atesta seu diário, abstém-se até de praticar a masturbação, há muitos anos. Considera a castidade necessária ao desenvolvimento de seu gênio. Quando voltar à Inglaterra, Richard Abercrombie não será mais virgem, e muitas outras coisas terão mudado. No entanto, em novembro de 1889 essa volta ao mundo é para ele apenas mais uma viagem científica, um pouco mais longa, um pouco mais pitoresca do que outras, sem dúvida; mas em nenhum caso diferente. Já visitou o Canadá e a Islândia, a Espanha: voltou mais sábio, só isso.

Richard Abercrombie parte como um homem do seu século, com uma Bíblia e 130 quilos de bagagem. Usa um bigode curvo do qual cuida todos os dias, e longas costeletas bem penteadas, usa botinas de verniz com enlaçamento complicado e chapéus de coco, um relógio de bolso cunhado com seu nome e camisas com monogramas de colarinho rígido. É membro da Sociedade Real de Meteorologia, membro correspondente da Academia das Ciências, membro honorário da Sociedade de Meteorologia das Terras Austrais. É, enfim, e sobretudo, autor de duas obras universalmente respeitadas: seus *Princípios de previsões meteorológicas* provocaram a admiração de todos, com suas 163 páginas e suas 65 ilustrações, dentre as quais seis não enumeradas, em cores; seu tratado, uma hábil síntese sobriamente intitulada: *O Tempo* (472 páginas, 96 ilustrações), permanece uma referência, constantemente reeditada. Quanto à moral, Richard Abercrombie possui essa coragem muito britânica que impressiona os imbecis e irrita os franceses: um dia em que uma discussão o opunha, na sala de fumantes da Sociedade Meteorológica de Edimburgo, a um partidário do determinismo absoluto que sustenta que a vontade humana não é nada, Richard Abercrombie, com um gesto seco, corta a última falange do dedinho esquerdo com o auxílio de um corta-charutos; em seguida, apertando a ferida com um lenço limpo, apresenta brilhantemente a contradição ao adversário espantado. Homens como Richard Abercrombie não são propensos a mudar; como os navios da Sua Majestade a rainha, atravessam o mundo segundo trajetórias impávidas, cortantes como lâminas, precisas como relógios; em seguida, morrem, e outros os substituem.

Se ele empreende essa expedição, é para trazer um livro. Mais curiosamente ainda, parte sabendo como será esse livro. Já conta com ele; ao deixar o porto de Dartmouth, repete o título para si próprio, em voz baixa: "Mares e céus em múltiplas latitudes", e, mais baixo ainda, enuncia o subtítulo do qual se orgulha: "Em busca do tempo." Será, ele o sabe e o sente, uma obra singular, inaudita. É verdade que há três séculos inumeráveis aventureiros, exploradores, sábios e amadores amontoam as bibliotecas com a narrativa de seus périplos. Há três séculos, vende-se a metro coortes de anedotas originais que são sempre as mesmas: refeições insólitas à base de insetos ou répteis, desprezos cômicos ou trágicos com indígenas que é preciso acalmar com pequenos presentes ou com um fuzil. Abercrombie leu relatos de viagem o suficiente para saber que seus autores têm a mania, em suma bem inocente, de copiar seus predecessores sem a menor vergonha. Sabe que em 1889 tudo já foi feito nesse campo, tudo foi descrito, analisado, etiquetado. O mundo é agora conhecido, e bem conhecido. Nas prateleiras da biblioteca do British Museum, em Londres, o leitor paciente pode encontrar as diferentes raças de homens e de animais, toda a variedade de formas da vida vegetal, as montanhas e os rochedos, os moluscos e os fósseis. Richard Abercrombie sabe disso, pois foi lá que se instruiu, que estofou esse estranho esqueleto externo que chamamos de cultura. Mas também sabe que falta um livro, o seu, às necessidades do século. De fato, nenhum homem viajou com a idéia de descrever o céu; quem levantou a cabeça foi por encomenda, para encontrar a Ursa Maior, e seu caminho. Ou por outros motivos igualmente utilitários. Ou ainda, e aos olhos do professor isso era pior, para mostrar, a partir da descrição de um pôr-do-sol, uma alma de poeta sob o uniforme do explorador, e seduzir as mulheres. Nenhum homem partiu para olhar a paisagem infinitamente mutante das nuvens, acima de todos os mares e todos os montes, em todas as latitudes. Abercrombie será esse homem. Um homem assim pode viajar por cem anos que nada nem ninguém parece poder ou dever mudá-lo. E, realmente, Richard Abercrombie, escondido atrás de seu grande bigode, arraigado ao traje de linho branco sob medida, não muda nada, aparentemente, até a sua chegada à Indonésia.

Até a Indonésia, não acontece nada de especial, Richard Abercrombie viaja como todo o mundo, vive histórias de viajantes de longo curso, histórias de todo o mundo. Em Bordeaux, roubam-lhe uma mala, um binóculo. No golfo de Gascogne, passa por uma tempestade, depois da qual percebe com compunção que está doente; faz uma escala de oito horas em Lisboa, onde experimenta vários vinhos; alguns são aceitáveis; ao largo do Cabo Branco, espanta-se com o frio, já que está na África, e deveria fazer calor, já que faz calor na África; busca explicações para esse fenômeno curioso da natureza, encontra-o, e fornece-as ao leitor de "Mares e céus em múltiplas latitudes", mas nada é certo. Passa ao largo da Gorée, sem prestar atenção especial, pois encontra nessa costa uma semelhança com a Espanha, país do qual não gosta nem um pouco. Richard Abercrombie chega logo à vista do Cabo, onde se demora, interessa-se bastante pelos diamantes, observa como se procede ao talho, compra uma pedra bruta de bela dimensão como lembrança, junta fanfarrices de caçadores; em Madagascar e na ilha Maurício, constata o quanto o clima é malsão, os infelizes mortos, numerosos demais para serem enterrados sem atraso, liberam um fedor terrível; compara a vegetação de Maurício à de Fidji. Visita refinarias, acha os trabalhadores sujos e desonestos, mas as bananas saborosas. No oceano Índico exercita-se em prever as modificações do tempo, com algum sucesso. Em janeiro de 1890, penetra na baía de Adelaide, na Austrália; sem consideração pelo patriotismo local, afirma que a baía de Guanabara, no Brasil, se sobrepõe em majestade, sem contestação possível. Sobe em direção ao Ceilão; assiste a uma colheita de chá; continua até Madras; uma expedição pela terra o leva à cadeia dos montes Himalaia; compra um moinho de rezas; compara essas montanhas com os Alpes suíços. Em março, visita o arquipélago da Indonésia, come ninhos de andorinhas, que descobre existir em três qualidades: o ninho preto é de qualidade inferior e é vendido por apenas 5 sulins a libra em Hong Kong; o ninho branco é o mais procurado, pois não contém nem plumas nem detritos, somente a saliva branca e coagulada da andorinha: e custa 10 libras ao amador; o vermelho é um tipo intermediário. Os nativos perguntam se ele não quer experimentar as três variedades, temperadas numa sopa; aceita provar a variedade branca. Em seguida, Richard Abercrombie, em companhia de alguns indígenas, vai pescar pepinos-do-mar, que são como lesmas pretas e compridas. Basta mergulhar e recolhê-los do fundo; depois é preciso abri-los em todo o seu comprimento para limpar o interior; e secá-los ao sol; Abercrombie os come, com finas fatias de carne; acha que o sabor fica entre a crista de galo e a língua de boi; em todo caso, é excelente; repete várias vezes, indiferente às gargalhadas dos indígenas que o servem: o pepino-do-mar é considerado um remédio para as virilidades enfraquecidas.

Enfim, em abril de 1890, Richard Abercrombie chega ao reino de Sarawak, no nordeste da ilha de Bornéu. É a única vez que Abercrombie mantém um diário inteiramente redigido, em seu grande fichário verde-garrafa; ao menos, é o único que conservou. Escreve como em seus livros, seca e precisamente. E é aqui que tudo vai balançar.

NAS DUAS PRIMEIRAS SEMANAS de abril de 1890, Richard Abercrombie quase se hospedou no consulado britânico do reino de Sarawak. O cônsul Jones é um profissional admirável: trinta anos de carreira diplomática no Extremo Oriente, nenhuma gafe com um príncipe local, nenhum passo em falso num plano de mesa, nem o menor erro protocolar. É um homenzinho redondo, elegante e vão como um bibelô, e que, armado de uma bateria de cinqüenta citações literárias bem escolhidas, adaptadas a todas as circunstâncias da vida consular, rolou de função em função, evitando cuidadosamente os postos delicados demais. Quanto ao resto, o cônsul Jones sempre velou pelo essencial: janta-se perfeitamente à sua mesa; fumam-se em seu salão charutos admiravelmente protegidos dos excessos da umidade ambiente. O cônsul Jones cobiça há 12 anos um posto em Bali; morrerá no ano seguinte, de uma parada cardíaca, durante o sono, sem nunca ter sido aflorado pela evidência do seu próprio nada. Sua mulher vai lhe querer mal por muito tempo por essa morte intempestiva e, ainda por cima, vulgar: seu coração parou de bater por volta das 22 horas, mas a mulher só entrará em seu quarto na manhã do dia seguinte, às 8 horas, de forma que o cadáver terá se esvaziado no lençol, num fedor que perseguirá a viúva em seus pesadelos até se casar novamente, dois anos mais tarde. Por enquanto, o cônsul Jones não está morto, e continua trabalhando. Quando Richard Abercrombie coloca os pés, em 2 de abril de 1890, na plataforma do porto de Sandakan, o cônsul Jones está lá para acolhê-lo, solícito, ávido.

Ao desembarcar, Richard Abercrombie aceitou imediatamente o convite do cônsul. Contudo, Richard Abercrombie era especialista na arte sutil de se esquivar de convites, alegando um resfriado, uma expedição imprevista, uma quarentena misteriosa, ou até uma insuperável crise de melancolia. Quando desembarca em Sandakan, na Indonésia, sua reputação de misantropo ocupado com uma missão meteorológica e misteriosa, mesmo secreta, num domínio novo mas tido, nesse meio de grandes viajantes, como digno de interesse, já era conhecida; nesse mundo colonial repleto de conversas vãs, o silêncio de Abercrombie é ensurdecedor. Simplesmente, ele experimenta agora a necessidade de fazer um balanço dos meses passados desde a partida de Dartmouth. Pois o próprio Richard Abercrombie se surpreende; longe do universo confinado das sociedades científicas, das conferências e das bibliotecas, consegue cada vez menos se interessar pela sua missão; continua como um navio lançado sobre seu rumo; porém não possui mais impulso próprio. Então acha que é hora, talvez, de reatar com a sociedade. Encontra-se agora numa plataforma barulhenta, alguém fala com ele há muitos minutos, e Abercrombie emite, de longe em longe, murmúrios aprovadores, mímicas que não comprometem; esse homenzinho gordo e elegante lhe fala com animação, e termina por convidá-lo para um jantar muito simples. Abercrombie aceita, coloca no bolso o cartão do cônsul, que enrubesce de prazer, como uma roseira, e, fugindo antes que esse homem austero e arisco mude de idéia, corre para anunciar sua vitória à esposa. Abercrombie aluga uma espécie de riquixá que o leva a seu hotel. Lá, mergulhado numa banheira fresca, não pensa em nada;

há meses rola pelas terras e pelas nações, como um pedregulho; e, pouco a pouco, Richard Abercrombie se poliu. Viu tantos homens e tantas mulheres e tantas crianças diferentes; os hábitos mais surpreendentes, os costumes mais desconcertantes, os gostos mais extravagantes; mas sobretudo entreviu por trás da pitoresca diversidade de culturas algo de mais profundo, de mais humano até, mas que não é a simples hipóstase do *Homo britannicus*, ou mesmo do Homem Civilizado, nem mesmo do Homem simplesmente. Tocou, como que às apalpadelas, o núcleo minúsculo e indestrutível da humanidade.

O jantar para o qual se apresenta Abercrombie, na mesma noite, é particularmente representativo da vida das colônias: todos os fantoches e os fracassados do mundo ocidental marcaram encontro na mesa do cônsul Jones. As colônias são os esgotos de suas metrópoles. Ao contrário do esperado, Richard Abercrombie tem uma excelente noite; a escória das colônias não lhe é mais nem menos simpática do que os aborígines australianos que o honravam ao lhe recitar a lista interminável de seus antepassados e colaterais; nem mais nem menos do que os camponeses mongóis que lhe serviam leite coalhado e uma espécie de guisado desconcertante, mas verdadeiramente delicioso. As pessoas à mesa incluem naturalmente os apreciadores de caça que completam a fauna consular em todas as regiões tropicais do mundo. À mesa de Jones, eles são dois: James Alfred Crooks é um gigante louro e rosa; fala-se que enlutou, lá longe em Wisconsin, uma família importante numa rixa de bêbados, e como conseqüência não pôde continuar nas Américas; é o que explica a Richard Abercrombie a sua vizinha de mesa, com uma voz que demonstra uma excitação contida. O melhor amigo de Crooks é o galês Benjamin Walker, esse homenzinho pesadão sentado na sua frente: a tez rosada como um presunto e as bochechas suspensas testemunham a constância do seu apetite. O segundo é tão eloqüente quanto o primeiro é taciturno. Essa associação pitoresca lhes vale ser convidados às melhores mesas do sudeste da Ásia; eles sempre têm uma anedota para contar na sobremesa, que fará as senhoras gritarem, e os senhores sorrirem. Além disso, são caçadores temíveis, consultados quando se trata de organizar uma luta contra um tigre, ou uma caça de diversão para um alto funcionário do império britânico em turnê de inspeção.

Pode-se contar com Walker e Crooks para honrar o contrato tácito que lhes vale uma refeição gratuita. Vieram naquela noite com um lote de anedotas picantes e coloridas, quase inéditas, e Benjamin Walker conta com loquacidade as histórias do elefante que vinga seu filhote, de seu amigo Alfred contra os assaltos do aligátor gigante, e do pássaro tão belo que ele mesmo, Benjamin Thomas Paul Walker, não pôde matar; James Alfred Crooks apóia o orador, seu amigo, com acenos de cabeça e grunhidos de aprovação variados. Como Abercrombie confessa não estar nada interessado pela caça e, ao mesmo tempo, admite nunca a ter praticado, num abrir e fechar de olhos uma partida é formada. Quando o café e os licores são servidos no salão, aos olhos úmidos de Jones que tem esse jantar por uma vitória tão notável que está quase enternecido, Walker e Crooks continuam seu número, cercando Abercrombie de suas recomendações e promessas, sob o olhar úmido das senhoras: se a sorte lhes sorrir, será possível matar essa espécie de javali local, com o pêlo curto e ruivo que ataca às vezes seu agressor; aves-do-paraíso difíceis de embalsamar, pois tudo se decompõe com tanta rapidez nos bosques, e diferentes espécies de cervos e suas cervas. Abercrombie pergunta se existem tigres nessa selva. Walker e Crooks riem muito alto, o cônsul Jones ri muito alto, as senhoras pedem uma explicação: nunca houve tigres na ilha de Bornéu, afirma Crooks, e nunca haverá a menos que eles venham a nado da China. É com essa brincadeira hilariante que a senhora consulesa assinala o fim da conversa dos homens, dirigindo-se às mesas de jogo.

Na sala de fumantes, Richard Abercrombie se exalta até explicar os mais sensacionais desenvolvimentos da teoria meteorológica a um cônsul espantado com tantas complicações. Todos saem para o terraço, a fim de pegar um ar; em nível inferior, flutua, logo acima da linha dos edifícios da administração da aduana, uma nuvem longilínea e isolada. Richard Abercrombie se surpreende ao se interrogar sobre a classificação que conviria lhe reservar; pela altitude, prende-se a um tipo, pela forma, a outro; seria preciso propor um grupo de nuvens da noite, como o sugeriu em 1885 o espanhol Figueroa, durante o congresso de Roma? Certamente ele teve razão em restabelecer um laço com os costumes dos homens; vai reencontrar, está certo disso, esse gosto pela pesquisa científica que lhe faltou cada vez mais, à medida que se distanciou da Inglaterra. Richard Abercrombie se despede de todos e volta a pé, a passos lentos, em direção ao porto e ao hotel. Atrás dele, o cônsul Jones é felicitado pela esposa, que vai cumprimentá-lo em seu quarto, o que não acontece há muito tempo. Os Jones *ganharam* Abercrombie; em seu meio rarefeito, isso pode representar uma alavanca de promoção para um consulado menos deteriorado do que esse porto industrial que carrega navios com troncos de madeira pouco preciosos, do que esse buraco perdido e insano onde, por falta do que fazer, o cônsul Jones passa as noites no bordel para não morrer de tédio.

Richard Abercrombie volta sozinho, à noite; esse passeio aviva ainda mais a sua chama nebulosa; ergue os olhos para o céu e constata, não sem melancolia, que outras nuvens que nunca viu se acumularam acima dele. Tem um sonho estranho: a última nuvem do mundo, imensa e negra, o segue por um deserto de areia, silencioso como uma censura. Não presta a menor atenção. Acredita realmente que tudo voltou a ser como antes.

TERCEIRA PARTE

O Protocolo Abercrombie

Coisa bastante curiosa, nunca me aconteceu, diante dessas magias líquidas ou aéreas, lamentar a ausência do homem.

Baudelaire

EM 17 DE ABRIL de 1890, como combinado no jantar do cônsul Jones, uma lancha leva três caçadores brancos e seus criados indígenas para a selva do nordeste da ilha de Bornéu. A lancha parece vetusta, mas é o melhor navio da região, e domina admiravelmente o mar; deve sua velhice aparente aos ataques incansáveis do clima tropical. Na barra, Benjamin Walker a faz arriar ao longo de uma costa quase retilínea, num mar levemente espumoso, mas negro, e que parece quase morto; muito rapidamente, quase à saída do porto, as habitações dos homens brancos se dispersaram. Depois, apareceram aquelas cabanas indígenas, com suas guirlandas de crianças indistintas, velhos imóveis em bancos; e logo não há mais nenhum sinal de vida humana, com a exceção, a vinte minutos da cidade portuária, de um pontão desabado pela metade, um corpo de construção a se adivinhar sob a vegetação. James Crooks desacelerou a lancha e acaba de se sentar na frente, perto de Abercrombie, que desenha vagamente, e lhe fala sobre essas ruínas. São as concessões de hévea abandonadas no ano passado; o proprietário se enforcou; em menos de 15 dias, na primeira estação de chuvas, a concessão foi devorada pela selva; no próximo ano será impossível encontrar a sua localização. Crooks aponta com o dedo, para seu convidado, o local onde ficava a sala das máquinas, os dormitórios dos empregados, toda uma organização humana, racional, moderna; Richard Abercrombie não vê nada: em sua opinião, as miríades de mangues são intermináveis, mudas como uma estaca, de um cinza indefinido, lúgubre.

Um pouco mais longe, Walker mostra com o dedo um ponto sobre a linha sombria e monótona dos troncos, e anuncia o rio Sapu Gaya. De novo, Abercrombie arregala os olhos sem êxito, não vê nada que quebre a uniformidade do lugar; por um hábito de polidez, dissimula a sua decepção de turista, mas continua achando a selva terrivelmente enfadonha, e reconhece que condiz com as descrições dos viajantes; dá-se conta de que uma coisa é ler, quando criança, que as florestas tropicais são impenetráveis; e outra, cansar a vista numa cortina escura de árvores desconhecidas, num cheiro nauseabundo de iodo quente e lodo putrefeito. É só no último momento, quando a lancha vira para a costa, que Richard Abercrombie percebe uma baía na cortina de árvores, o estuário do rio Sapu Gaya está lá, e Crooks já conduz a lancha nessa direção, sem hesitar. Logo será preciso escolher um ancoradouro, por falta de fundo; o curso da água é tão lento que ela parece estagnada, o lodo remexido pela esteira da embarcação estoura em bolhas pesadas e lentas.

O leve bote de seis lugares onde os três Brancos embarcam agora é de fácil manuseio: em 45 minutos, os dois carregadores indígenas, que também fazem o trabalho de remadores, vão levá-lo até ao final de um braço de rio, entulhado de longe em longe por grossos troncos desmoronados. A subida se efetua numa atmosfera estranha: o bote, novinho em folha, parece deslocado nessa paisagem quase pré-histórica. Ouvem-se os gritos destoantes dos pavões, diferentes espécies de carapaus e gafanhotos que Walker se diverte em nomear em latim e na língua indígena, o grito do calau-grande, que não se parece com nada, o zumbido lancinante das moscas, a estridência surda dos mosquitos, a efervescência indefinida das águas negras. Pela primeira vez na vida, Richard Abercrombie se confrontou com a algazarra obscena da natureza sob a forma mais grandiosa e veemente: uma selva. Não é tanto a algazarra em si que o atordoa, mas, no seio desse caos, a ausência total de sonoridade humana. A selva faz barulhos conforme suas próprias leis, indiferente aos homens que acreditam explorá-la. Nas florestas aonde o homem vai regularmente caçar, nas proximidades das cidades, em toda a Europa e particularmente na Inglaterra, os animais aprenderam há muito tempo a se calar com a aproximação do homem, a fugir dele como do predador supremo: essa criatura que mata contra a natureza, sem que a necessidade de sobrevivência o force a isso. O silêncio tranqüilizante de nossos campos não é senão o sinal tangível do terror que o homem faz reinar.

A subida do braço do rio Sapu Gaya se torna cada vez mais difícil; os fundos lodosos se aproximam da superfície e a partir de então a passagem do bote deixa um rastro de água lamacenta, densa como um pesadelo; também é preciso cortar um caminho na vegetação que estende seus braços acima do rio. Eles terminam por entrar numa espécie de angra de areia, numa bacia de uma transparência surpreendente, afastada das correntes lodosas, em frente a uma árvore formidável, recentemente fulminada. James Crooks decide que é aqui que eles colocarão os pés na terra. Os três homens penetram na selva, atrás dos indígenas que abrem passagem. Existe, a uma meia hora daqui, explica James Crooks, arfando como um boi, um conjunto de clareiras onde estarão à vontade para caçar. Richard Abercrombie, desde que deixou a angra de areia, experimenta uma nova decepção. Ver de perto a floresta virgem, pensava ele a bordo do bote, eis o que lhe faltava; agora que caminha nela, com uma lentidão desesperante, tropeçando em galhos podres, range os dentes de desdém. De início, não há nada para ver. Sobre um solo desigual, eles avançam numa penumbra quase completa, pegajosa, informe, numa flora mal identificável, no meio de gritos de animais que se obstinam em permanecer invisíveis. Se o sol brilha, é apenas a 30 metros acima deles, para além desse matagal aéreo, dessa rede de galhos e cipós onde toda a fauna de Bornéu, exceto alguns batráquios repugnantes, parece ter escolhido sua morada. E é aqui que reside uma segunda decepção, mais ardente ainda do que à da paisagem: o solo que eles pisam é um verdadeiro deserto. Não se pode enxergar a mais de 3 metros nessa meada de galhos que se precisa cortar a cada passo; um de seus guias obsequiosos já estendeu três vezes o dedo para lhe mostrar algum espécime notável que ele não tinha visto. Com a franqueza habitual de seu povo, o caçador americano aguça ainda a sua decepção, evocando tudo o que perdem por estar no nível do mar. O nível superior da selva indonésia é tão esplêndido quanto o inferior é insípido. Eles percorrem o segundo. A cem pés acima de suas cabeças, no topo das árvores, estende-se um manto espesso sobre o qual o homem poderia andar como que sobre um mar. Lá no alto vivem todos os macacos e as grandes serpentes, entre as orquídeas e as borboletas, as mangas e os duriões encharcados de sol. Aliás, seria possível subir até lá; mas abrir um caminho de 30 metros na vertical suporia uma excursão de vários dias, uma equipe de indígenas experientes, todo um equipamento de escalador para assegurar suas ações, sobre o cume das árvores: ficará para uma outra vez.

Ao cabo de vinte minutos dessa caminhada penosa, chega-se enfim a algum lugar: bruscamente, a pequena companhia se libertou de um último matagal e avançou numa longa clareira. Os olhos de Abercrombie precisam de alguns instantes para se adaptar. Aqui, a luz solar reina como senhora, e a clareira forma uma espécie de anfiteatro de vegetação, estirado em elipse, no fundo do qual corre um riacho transparente. Longas plantas verdes cobrem as leves inclinações que levam ao riacho e acariciam seus antebraços. Richard Abercrombie se aproxima de uma moita de flores, mas ela se dispersa nos ares: são pequenas borboletas azuis. Abafados pela densidade da mata, os gritos dos animais parecem ter se distanciado. Um pássaro com o corpo atarracado, com plumagem de fogo, voa preguiçosamente à sua direita, inocente, sem medo; o doutor Walker, que se virou, encoraja Abercrombie com um gesto. Abercrombie não se mexe. Com uma elegância e uma presteza tremendas, Crooks levanta o cano do fuzil, que ele carregava até agora dobrado no braço direito; fecha a arma e com o mesmo gesto coloca-a sobre o ombro e atira, sem parecer mirar. O pássaro está 15 metros adiante deles, prestes a alcançar uma folhagem. Sem saber que caça encontraria, decidiu carregar todos os fuzis à bala. Crooks acerta em cheio, aparentemente no centro do seu alvo: o pássaro vermelho explode no vôo, num feixe fugaz de penas e farrapos sanguinolentos. A detonação rompeu a algazarra da selva ao redor e, por um momento, um silêncio reina, irreal. Abercrombie ainda não se mexeu, olha as últimas penas dançarem, depois toda a beleza do lugar volta de uma vez; poderíamos quase acreditar que nada aconteceu; mas uma vergonha imensa começa a invadi-lo. Crooks fala alto e sem nexo, recarregando o fuzil. Walker, que avançou como batedor para a outra extremidade da clareira, volta atrás. Richard Abercrombie está encharcado de suor, tem a impressão de ter lutado durante horas. Crooks nota a sua palidez: o professor deseja se refrescar perto do riacho, enquanto o resto da companhia irá reconhecer uma outra clareira, um pouco mais longe, que os indígenas exaltam como uma espreita perfeita para um grande caçador? O professor Abercrombie aceita a proposta. Em alguns minutos, os indígenas cortam espécies de fetos semeados de malva, para lhe confeccionar uma liteira primitiva, mas confortável, dotada de um anteparo inclinado. O sol está quase na vertical. Recomenda-se ao professor Abercrombie que atire para o alto, em caso de necessidade. Um indígena lhe oferece algumas fatias de frutas refrescantes. Depois, todo o mundo se distancia, num barulho de ramagem rapidamente reabsorvido pela floresta virgem. Depois de ter se mantido de pé, Richard Abercrombie deita por alguns instantes; olha o céu, que está sem nuvens. Às vezes, dirige-se para um lado e contempla o prado, as centelhas sobre o riacho, as danças imprevisíveis dos mosquitos na luz. O lugar é tão bonito que nele se poderia morrer em paz. Richard Abercrombie não pensa em nada; está quase feliz.

PREGUIÇOSAMENTE, O TEMPO PASSA na clareira. Richard Abercrombie dormiu logo, sem segundas intenções, como uma criança. É impossível que um lugar tão bonito esconda algum perigo. Ele dorme. Pouco a pouco, uma sensação estranha o conduz a um sono leve, e depois o acorda. Sem abrir os olhos, sente que o sol mudou levemente de posição: sente sua mordida alegre no braço direito, enlanguescido sobre a grama. Mantém ainda os olhos fechados, por gulodice, provando antecipadamente o prazer de abri-los uma outra vez na emocionante ficção de um mundo de onde os homens teriam se ausentado por um momento. Abre os olhos; os dois caçadores e seus ajudantes instalaram-no com zelo numa das extremidades estreitas da vegetação aberta, a três passos de uma bacia para onde a água do riacho, atravessando a clareira, se esvai, sem movimento aparente. A sensação estranha que o despertou se define agora, se acentua: são pequenos formigamentos no pescoço, outros nas pernas, nos braços, comichões cada vez mais insistentes, cada vez mais precisas, mas ainda assim ele se levanta, sem pressa, para descobrir a causa de tudo isso, mais curioso do que inquieto.

Passeando o olhar pela clareira, coça maquinalmente a nuca, e sua mão encontra uma superfície viscosa que como viajante experiente ele identifica sem dificuldade. É uma sanguessuga. Os viajantes das regiões equatoriais conhecem bem essas parasitas. Abercrombie sabe que não pode arrancá-la de sua refeição sanguinária: isso resultaria numa ferida infecciosa. De um dos bolsos de seu casaco de lona, tira sua caixa de rapé de viagem, um cilindro de metal cromado achatado, e dela uma pinça de tabaco. Cuspindo, molha alguns filamentos de tabaco no meio da mão, que, em seguida, esfrega às cegas sobre o animal. A sanguessuga solta seu pescoço, ele a esmaga no chão mole, o quanto é possível. Mas ainda não está livre. Sob o pano fino de sua calça de linho branco, pequenas eminências negras se contorcem lentamente. Suas pernas estão cobertas de sanguessugas. Na grama clara como um pastel, outras criaturas rastejam-se na sua direção, na direção dessa enorme fonte de sangue quente. Para ter a certeza de não esquecer nenhuma, Abercrombie se desnuda inteiramente. Passa tabaco pelo corpo todo. Em seguida, vai se refugiar num grande rochedo liso cravado, obliquamente, na bacia de água clara, cuja disposição impede as sanguessugas de alcançá-lo; o basalto preto embaixo de seus pés está quente. Abercrombie passa com precaução os dedos sobre as costas, e à custa de múltiplas contorções assegura-se de estar livre de qualquer parasita. Surpreende-se sorrindo da idéia do espetáculo que poderia ter dado aos companheiros de equipe. Depois, inspeciona todas as peças de sua vestimenta, e as estira cuidadosamente sobre a rocha, para que sequem. Ele mesmo fica longos minutos de cócoras, arrepiando-se com as ínfimas variações do vento sobre a sua pele nua. Num dado momento, ergue a cabeça e percebe não estar sozinho à beira d'água.

Do outro lado da bacia natural, um ser vivo o olha. Trata-se de um enorme macaco. O vento leve traz, de tempos em tempos, o cheiro almiscarado do animal contra o rosto de Abercrombie, como um hálito selvagem. Ele não sente o menor medo; não pensa em seu fuzil. O ser que o olha do outro lado do riacho é um Mias Pappan, como dizem os indígenas, um espécime da maior variedade dos orangotangos. Ele não se mexe mais do que aquele que está à sua frente. Richard Abercrombie se controla para não sorrir, porque acredita se lembrar de que, para muitas espécies animais, isso significa lhes mostrar os dentes e, portanto, ameaçá-los. Trata-se de uma fêmea adulta. Abercrombie percebe, pendurado em seu pescoço, envolvido nos longos pêlos do torso, um filhote com o rosto amassado, e a boca aberta. A fêmea olha o homem com seriedade, com aplicação; suas mãos estão pousadas à frente, na beira d'água, a apenas 2 metros dele. Seus olhos estão afundados nas órbitas, acima de duas calosidades pretas, que formam como que maçãs grosseiramente talhadas; seu rosto é costurado por cicatrizes. De início, Abercrombie sustenta o olhar, mas logo deve parar, pois não é verdadeiramente um olhar, é algo dirigido a você, mas que o atravessa: o macaco o olha como se olha um macaco. E, nesse olhar de bicho que nunca cruzou o de um homem, não há nada de selvagem.

Bem mais tarde, quando Richard Abercrombie não conseguir mais julgar seus contemporâneos, quando não puder mais ler o jornal, trabalhar por trabalhar, discutir, quando não for mais um homem de ciência tal como considerado em seu país natal, e quando se perguntar como chegou a esse ponto, e quando procurar no passado um motivo para a sua metamorfose, será levado irresistivelmente a esse instante na clareira, mas sem saber por quê, sem entender, e sem realmente lamentar ou compreender nada.

Por enquanto, nos poucos segundos que dura o face a face, Richard Abercrombie pensa na velocidade da luz. Lembra-se dos aborígines que fotografou na região de Perth, no sudeste da Austrália, porque um colega cientista e honrável correspondente da Royal Society tinha se oferecido para lhe mostrar as curiosidades da região, dentre as quais um casal de indígenas que ele recolhera por caridade e interesse científico. Eram os últimos sobreviventes de uma tribo de agricultores sedentários que a urbanização de Perth impelira, havia anos, para o deserto absoluto, e que uma epidemia de varíola assoprara como uma vela. Richard Abercrombie se sentara com eles, num tronco escavado, no pátio do honorável correspondente. Enquanto a mulher mondava um terreno pobre, o homem cantara para seu anfitrião. Abercrombie tirara uma fotografia deles; atrás da foto, acreditara poder notar a evidente semelhança do casal com os primatas ainda menos evoluídos; e agora Richard se lembra desse homem e dessa mulher, lembra-se de sua hospitalidade, e enrubesce violentamente.

Enfim o tempo retoma seu curso, e parece a Richard Abercrombie que a selva voltou bruscamente a fazer barulho, ao longe. O orangotango esboça um movimento indeterminado, mas o interrompe, porque está morrendo. Seu olho direito pareceu afetado por um tique, depois coberto por uma fronha negra. Na verdade, o olho acaba de explodir e, um segundo depois, o barulho da detonação alcança as orelhas de Richard Abercrombie. O animal cai de joelhos, sem manifestar a menor reação, sem nenhum grito. A segunda bala penetra a boca entreaberta do animal, e joga a sua cabeça para a frente, e é ainda em silêncio que o animal cai na grama, do lado esquerdo; em seguida, o filhote descontrolado pela morte da mãe começa a gritar, e centenas de animais invisíveis e indistintos lhe respondem.

Enquanto Abercrombie vira lentamente na direção da fonte dos tiros, percebe que James Crooks apoiou a arma, para realizar essa façanha, na forquilha baixa de um tronco, a mais de 100 metros do alvo; depois, avança em pleno sol, sem pressa, com o fuzil dobrado sobre o braço, com o passo seguro do caçador que sabe ter atingido em cheio seu alvo; a luneta do fuzil lança de tempos em tempos raios de luz violentos. Ele está ao seu lado agora; visivelmente, aguarda elogios, que não vêm. Mas é preciso que venham para desarmá-lo. Sem esmorecer, estende o fuzil ao convidado e prossegue para atravessar o riacho na direção da massa informe de pêlo laranja que um macaquinho se esforça em vão para tirar da imobilidade. De início, o filhote sacudiu o seio da mãe, depois puxou seus pêlos. Logo vai parar de gritar e de se agitar, prostrado. Richard Abercrombie não tem força para se virar novamente para o cadáver que não pára de se afundar na grama, para esse corpo que perde lentamente seu calor, que perde a inimitável maleabilidade do vivo. James Crooks se inclina sobre a fêmea morta e esfrega as mãos e os braços na pelagem, impregna-se cuidadosamente do seu cheiro. Depois, estende os braços para o pequeno que se refugiou atrás do cadáver. O animal salta com confiança nos braços do caçador. Ouve-se distintamente um pequeno estalido. Crooks repousa o pequeno cadáver sobre o da mãe. Volta tranqüilamente na direção de Abercrombie; explica que de qualquer maneira o filhote não teria, sem a mãe, mais de três horas de esperança de vida num ambiente como aquele. Abercrombie sabe que ele tem razão. Depois Crooks, num acesso de lucidez, se cala: não conta todas as anedotas pitorescas em que Mias Pappans derrubam caçadores, em que esses selvagens arrancam o braço de um indígena, ou bem vingam vinte anos depois a morte de um de seus filhotes. Crooks se cala, talvez desconcertado, e é provavelmente por isso que Richard Abercrombie não o mata.

WALKER VOLTA PARA A clareira, atraído pelos tiros de fuzil. Leva Abercrombie a realidades prosaicas ao lhe estender suas cuecas, sua calça de linho branco. Abercrombie se veste. Os indígenas balbuciam como crianças e, pressentindo boas gorjetas, felicitam calorosamente os Brancos. Então começa, para Crooks e Walker, a melhor parte da caça: sua narrativa. Crooks conta a cena a Walker, Walker pede detalhes, Crooks fornece os que pode, adivinha outros, inventa o resto. Walker felicita Crooks. Em seguida, Crooks e Walker se viram para Abercrombie, que se vestiu dos pés à cabeça. Ele deve, por sua vez, entrar na dança, precisar as circunstâncias exatas, contar tudo, seu adormecimento, as sanguessugas, o face a face. Ele conta tudo, mecanicamente. No espesso e pegajoso verniz de homem civilizado de Richard Abercrombie, uma longa fenda acaba de surgir. Por enquanto, ele decide minimizar a coisa, não faz gestos bruscos, com medo de desabar definitivamente. Ao cabo de vinte minutos, não está longe de achar, como seus dois companheiros, o episódio inteiro bastante engraçado. O cientista nu, o macaco cabeludo: Crooks e Walkers estão extáticos.

    James Crooks propõe que eles tirem fotografias, para eternizar o acontecimento. O jornal local não deixará de publicá-las. Abercrombie é convidado a desembalar todo o seu material. Atarefando-se em torno do animal, Benjamin Walker lança mentalmente as grandes frases de seu artigo para o *Indonesian Chronicle*, e já aperfeiçoa algumas fórmulas expressas com convicção. Abercrombie se arrepende agora de ter levado seu material fotográfico. O mais simples é aceitar: resistir a imbecis é exaustivo, e ele não está em condições de enfrentar tamanha prova. Abercrombie prepara docilmente seu aparelho, a placa, o tripé. Durante esse tempo, Crooks, com a faca na mão, trabalha, como um freguês de quadros de caça; joga ao longe o menor dos cadáveres, que não é nada apresentável; ele desaparece nas folhagens, mas uma nuvem escura de insetos predadores assinala a sua posição, e Abercrombie se esforça para não olhar nessa direção; em duas horas só sobrarão desse pequeno ser os ossos, os dentes e as cartilagens; à noite, um abutre virá, talvez uma cutia, quebrará os ossinhos para chupar a medula. Quanto à mãe, Walker confirma se tratar de uma bela peça. Mediu-a: 1,3 metro da cabeça aos pés; braços excepcionalmente fortes, numa espécie que já é uma das mais poderosas nesse aspecto; 2,5 metros de envergadura; um peso de cerca de 200 libras. Como também exerce, em Sandakan, a função de cangalheiro, e como quer honrar seu confrade cientista, o doutor Walker prepara uma pequena encenação: com um pedaço de cipó, fecha a mandíbula do bicho; limpa os restos do olho que escorreram sobre as bochechas, enche a órbita vazia com alguns raminhos amarfanhados para lhe dar forma; em seguida, quebra-lhe os ossos dos braços, a coronhadas, a fim de devolver a flexibilidade natural aos membros já retesados; endireita o animal, e planta atrás dele uma espécie de vara que cortou da floresta, e senta a presa na frente; dois galhos ramificados hábil e discretamente dispostos lhe permitem sustentar os braços. Quebra a golpes de sapato as falanges dos pés do animal para fechá-los como punhos. Enfim, a fera parece terrível, como convém a uma fera, e sua postura tem um efeito surpreendente, particularmente fotogênico. Richard Abercrombie deve, é claro, posar de pé atrás do orangotango; James Crooks acha divertido se colocar ajoelhado à direita do animal e segurar seu pulso como faríamos com uma criança que auscultamos ou levamos para um passeio. Walker está encarregado do primeiro retrato; em seguida, vem posar, substituído por Crooks na câmera fotográfica. Enfim, tudo acaba. Abercrombie espera que os indígenas se aproximem para reclamar a pele do animal sagrado em nome de sua cultura, com a qual efetuarão um ritual qualquer para saudar a morte do grande macaco. Mas ninguém se mexe: eles são essencialmente vegetarianos, totalmente aculturados, e essa carne musculosa, que passa por indigesta, é invendável.

Sob a ordem do doutor, os indígenas, armados com longas facas recurvadas, cortantes como navalhas, pelam o animal com uma rapidez e uma agilidade desconcertantes, conservando as mãos e os pés do bicho presos à pele, depois de ter acendido uma fogueira, perto do cadáver. O corpo pelado, curiosamente, quase não sangra. Em seguida, apagam o fogo e se distanciam precipitadamente dos restos mortais. Então é a festa: todos os tipos de insetos, de pequenos roedores voam, saltam, rastejam na direção da carcaça rosada caída sobre a grama. Walker enrola a pele sangrenta do Mias Pappan, para que guarde maleabilidade suficiente para ser embalsamada na cidade, numa salmoura de sua composição, e da qual traz provisão em sua mochila em cada uma de suas saídas, velho hábito de taxidermista amador. Penteia-a, depois de lavá-la, e enrola-a novamente na salmoura. Faltam duas horas para a chegada da noite, é hora de deixar a clareira. No momento de penetrar de novo na escuridão da selva, Richard Abercrombie se volta uma última vez para a vegetação; sente, na periferia de seu campo de visão, as duas manchas escuras que marcam a localização dos cadáveres.

Eles fazem o caminho de volta para o bote. O bote os leva à lancha, que balança, preguiçosa e suja, nas águas amareladas do rio. No mar, com a luz de um lampião, Abercrombie finge tomar notas, na proa do barco, a fim de que não lhe dirijam a palavra; vem-lhe à cabeça a idéia de rezar pelo grande macaco; depois enrubesce com essa idéia disparatada; depois reza, contudo. Acaba de terminar quando a lancha vira nas águas calmas do porto. Crooks propõe que o trio vá diretamente à casa do cônsul, pois está na hora do aperitivo. Abercrombie consegue convencê-los a esperar: vai passar em seu hotel, revelar algumas fotografias que sustentarão o interesse de suas histórias; cada um terá, assim, tempo de se refrescar antes do jantar na casa de Jones, no qual prometeram estar presentes. Marcam um encontro no hall do hotel, às 20h30. Walker e Crooks se apressam: têm tempo apenas para se trocar.

Às 20h30, Walker e Crooks estão lá, no hall do único hotel do porto, em seus melhores trajes de caça. Pensam com ternura no grande amigo Richard Abercrombie; em parte, porque já estão bêbados como só os homens das colônias sabem ficar; em parte, porque devem a esse homem uma das mais sensacionais histórias de caça de suas longas carreiras. Às 21 horas, Abercrombie ainda não desceu, Crooks sobe, com um passo pesado de gigante alcoólico, para bater à porta do convidado, sem êxito. Na recepção do hotel, acabam descobrindo que o hóspede do quarto 16 partiu para o porto algumas horas antes. Na realidade, assim que eles viraram a rua, Abercrombie subiu no quarto, fechou as bagagens, e encontrou no porto um junco chinês que aceitou levá-lo à noite para o próximo porto, a 20 quilômetros ao sul de Sandakan. Quando Benjamin Walker e

James Alfred Crooks se aproximam a passos largos da plataforma do porto, um pescador malaio lhes aponta para uma mancha vermelha que se afasta lentamente para o sul. Walker chora, sobretudo, as fotografias que ficaram nas bagagens desse sonso hipócrita. Crooks perde a única testemunha ocular direta de um tiro excepcional. Mas os dois compadres de apressam com o coração leve para o consulado britânico, pois entenderam que essa partida inesperada deixa o campo livre para a sua imaginação. O jantar que se segue não é um sucesso: é um triunfo. Na manhã do dia seguinte, um domingo, Crooks já vem ajudar o amigo a embalsamar a fera; de pé, o monstro, o punho esquerdo fechado batendo no peito, ameaça um agressor imaginário mostrando seus caninos, a mão direita levantada parece pronta a esmagar o adversário. Enfim, um mês mais tarde, o doutor Walker recebe, sem uma palavra de acompanhamento, uma tiragem completa das fotografias tiradas na clareira: o *Indonesian Chronicle* aceita então publicar a história da dupla, com um suplemento de três páginas ilustradas. A vida mundana de Crooks e Walker atinge seu ápice. Abercrombie está longe.

NO DIÁRIO DEIXADO POR Richard Abercrombie, explica Virginie Latour a Akira Kumo, figuram todos os detalhes factuais que ela acaba de evocar; no entanto, Abercrombie nunca comenta nada, nunca evoca seus sentimentos, conservando todas as peças da sua viagem, mesmo as mais insignificantes. No maço de papéis também encontramos passagens de navio, flores secas. E, claro, uma tiragem das fotografias da clareira. Virginie Latour estende as fotografias a Akira. Ele as pega com avidez. Todas se parecem. São provas realizadas numa espécie de papelão sólido, do tamanho de duas mãos; os produtos de fixação borraram um pouco, e os contornos das coisas têm esse ar etéreo que ganham as aparências quando atravessaram dificilmente o tempo. Fizeram o macaco posar na entrada da floresta, para que os retratos tivessem o cunho de uma selva autêntica. O segundo plano está amontoado de imensas raízes de árvores que mal distinguimos do próprio tronco, e que formam como que arcobotantes; o orangotango parece olhar, com seu único olho, um ponto bem longínquo, fora do quadro da fotografia; tem o ar melancólico e surpreso dos inocentes assassinados. Atrás dele, dois homens posam. Akira Kumo não tem nenhuma dificuldade em saber quem é Richard Abercrombie: o outro emproa-se, ostenta a expressão triunfante de um escoteiro cheio de saúde, alimentado com leite integral, sêmolas de cereal e xarope de ácero, o sorriso tranqüilo de um bruto alegre. Ao seu lado, Abercrombie parece minúsculo, quase oriental. Perde os cabelos e penteia-os para trás, como aqueles que não se preocupam nem um pouco com isso. Segura o fuzil pela extremidade do cano, como um violão; olha para o nada; um imenso bigode esconde seu rosto, deixando-o com uma aparência ainda mais frágil. O macaco se parece com um pirata zarolho, capturado e reduzido à escravidão; Richard Abercrombie, com um de seus marujos.

A noite cai em Paris; Virginie Latour se despede do amigo. Ainda poderiam especular um pouco sobre as fotos. Mas muito rápido a equipe cerca Akira ruidosamente, como todas as noites desde o acidente. Descem-no para o seu quarto, auxiliares médicos fazem sua barba, lavam-no e passam talco em seu corpo, como um bebê. Deitam-no em sua cama limpa, guarnecida de almofadas e lençóis imaculados.

Depois de 17 de abril de 1890, Richard Abercrombie nunca mais tirou fotos de nuvens. O junco chinês o deixou, depois de semanas e semanas de uma cabotagem fastidiosa, na extremidade sul da ilha de Bornéu; de lá, embarca num navio de carga comercial e seis dias mais tarde está em Bali. Nem o tabaco nem o ar marinho melhoraram, aparentemente, o estado de sua pele atacada pelas sanguessugas. Está agora coberto de feridas supurantes que o impedem de vestir suas roupas. E é então quase nu, vestido com um simples sarongue, que se apresenta numa noite à casa de um endireita chinês que lhe recomendaram. O tratamento é longo, ridiculamente minucioso. Mas vai se mostrar eficaz: o curador lhe entrega cinco potes com um ungüento embranquecido com o qual deve ser massageado, cinco noites seguidas, durante exatamente uma hora. Richard Abercrombie se instalou num hotel medíocre, no próprio porto, lá onde não correrá o risco de encontrar notáveis que poderiam lhe arrastar para um jantar mundano, ou convidá-lo para uma grande pesca. Todas as raças não européias parecem ter marcado encontros nesse hotel suspeito que o proprietário, misteriosamente, batizou de Hotel do Regente. O Hotel do Regente fica no centro de um bairro repleto de recursos: nele, encontramos provedores de mulheres, traficantes de ópio, vendedores de crianças, ladrões de templos; o local que indicam a Richard Abercrombie para a massagem é muito visivelmente um bordel, mas as comichões que o queimam são terríveis, e ele supera sua pudicícia. A dona do lugar o faz entrar num quarto limpo, mobiliado apenas com um vaso de água e uma esteira dupla de fibras de coco; e logo uma moça gorda e plácida, com a pele dourada e translúcida, entra, e sobe nele levemente, fazendo o ungüento cicatrizante penetrar lentamente na pele desse cliente estranho que se ocupa em lhe falar com as vinte palavras de javanês que conhece. Em 1891, Richard Abercrombie tem 49 anos. Ainda é virgem e faz mais de trinta anos que não se entrega ao prazer solitário. E, sem dúvida, se essa moça tivesse arriscado no início do jogo um gesto obsceno, Richard Abercrombie teria se retesado na sua castidade e pedido que se retirasse. Mas a moça gorda viu clientes ainda mais estranhos em sua já longa carreira. Aprendeu a não se espantar com nada, e possui uma intuição incomparável nos negócios do amor. Abercrombie tem uma ereção com uma impassibilidade notável, e sem parecer lhe dar qualquer importância; fecha os olhos, alongado na esteira; depois de ter subido da extremidade do pé direito à virilha, ela massageia então seu sexo, antes de descer pela perna esquerda; suas mãos são tão doces e tão quentes que Abercrombie nem percebe, num primeiro momento, que as substituiu pela boca.

Na noite do dia seguinte, na mesma hora, o cliente com o ungüento volta; solicita a mesma moça. Pedem-lhe que espere um pouco; ele entende, e paga mais. O ritual recomeça, Abercrombie se entrega com uma indiferença fingida. Dessa vez, é o sexo dela, e não a boca, que envolve o seu. Ela mexe lentamente os músculos do ventre, sentada em cima dele, e a onda de prazer o arrebata imediatamente. Ela o seca, e termina a massagem. Abercrombie deixa os três últimos potes de ungüento com a dona do recinto, para não ter de se preocupar, e volta ao Hotel do Regente para dormir.

Quando o último pote está vazio, não há mais em seu corpo o menor vestígio da voracidade das sanguessugas. Mas na noite seguinte, e em todas as noites que se seguem, durante meses, Richard Abercrombie volta para deitar na esteira; não conhece nada do amor; a moça gorda e plácida lhe ensina. Abercrombie se presta a tudo, e toma notas.

Por conta de viver no bordel, de passar os dias deitado no seu quarto, dormindo e sonhando, perdeu o hábito de erguer os olhos para o céu e observar as nuvens. Em Bali, a monção se aproxima. Ele retorna uma última vez para ver a moça gorda. Em agradecimento, compra-a de seu proprietário, e anuncia-lhe que está livre. Ela volta a seu vilarejo, longe de Bali, para mentir à família e enfim se casar. Na última noite, Richard Abercrombie veio com sua máquina fotográfica, para guardar uma lembrança dessa mulher de quem nem sonhou em perguntar o nome. Talvez ela se engane com suas intenções; talvez ele tenha pedido essa pose. A questão é que ela tira a tanga e se alonga na esteira, de barriga para cima, as pernas abertas, e com uma das mãos afasta os lábios do seu sexo; Richard Abercrombie prepara a câmera, e tira uma fotografia de um gênero novo para ele.

DURANTE TODO O FIM do verão, Virginie inventaria e comenta o Protocolo Abercrombie para Akira Kumo. A partir da estadia em Bornéu, o Protocolo se distancia definitivamente de todas as recomendações dos serviços meteorológicos internacionais; Richard Abercrombie parece ter querido recuperar o tempo perdido, no campo inesgotável e monótono do amor carnal. Em setembro, está na Papuásia; no começo do ano de 1892, na Nova Zelândia; passa novamente pela Austrália; em seguida sobe em direção às ilhas Tonga, contornando a Austrália pelo leste; em Tonga, nenhuma mulher está disponível; dirige-se, então, para o Japão. E por toda a parte fotografa com o mesmo rigor ventres, sexos e nádegas. Em todo lugar por onde passa, instala-se nos maiores portos; e nas plataformas, nos bairros dos marujos, não precisa de muito tempo para localizar os melhores bordéis; faz longas estadias. Lá, Richard Abercrombie anota tudo o que faz, tudo o que lhe fazem, e quantas vezes; nesse aspecto não mudou, continua meticuloso e ponderado.

Virginie procura o que poderá fazer, depois de Akira Kumo. Não foi ela, mas ele quem levantou a questão; está entendido que ele vai se suicidar de novo, e dessa vez para valer, mas prometeu apoiá-la no que ela deseja fazer, antes de morrer. No entanto, é sempre mais fácil definir o que ela não quer fazer, do que o que deseja. Sabe apenas que não poderia voltar a trabalhar na biblioteca.

De início, é Richard Abercrombie Jr. quem pensa numa solução provisória, mas lucrativa. Faz sair, no boletim de setembro da Organização Meteorológica Internacional, uma longa entrevista onde revela sem revelar o teor do Protocolo, a existência de fotografias, de desenhos muito particulares. Em algumas semanas, o herdeiro oficial do Protocolo recebe uma dezena de propostas de editores, vindas do mundo inteiro. Termina por se interessar, em acordo com Virginie, por uma nova editora de belos livros científicos, instalada em Massachusetts, e financiada há cinco anos por um célebre e poderoso laboratório farmacêutico. No fim do mês de outubro de 2005, Richard e Virginie assinam um duplo contrato. De um lado, Virginie Latour irá preparar uma edição de luxo do Protocolo Abercrombie; e, em co-edição com um editor inglês generalista, publicará uma biografia autorizada de Richard Abercrombie, apoiando-se largamente na obra inédita.

Em seguida, Akira Kumo reúne suas forças e faz um grande esforço: tira um telefone do gancho, liga para o diretor da biblioteca que empregava Virginie. Uma meia hora depois, tremendo de impaciência, o diretor toca a campainha do palacete da rua Lamarck, onde nunca foi recebido. O costureiro o acolhe no escritório mais bonito, no primeiro andar, e vai direto ao assunto. Os arquivos pessoais de Akira Kumo, que lhe custam tão caro para estocar, poderiam ser doados a uma instituição que os administraria. Tal fundo seria de uma riqueza considerável, já que nele encontraríamos todos os cadernos de croquis do costureiro, mas também alinhavos de vestido, a correspondência com seus clientes mais célebres, presentes de confrades e artistas. Algumas universidades, no Texas, no Japão, há muito tempo oferecem seus serviços ao costureiro, mas ele sempre recusa, pois deseja que esses arquivos fiquem com o país que soube acolhê-lo tão calorosamente. O diretor da biblioteca estaria interessado em dirigir uma fundação de alta-costura, que compreenderia a gestão do Fundo Kumo e a administração de diversas ajudas à criação para a juventude? O diretor da biblioteca estaria. Então, está tudo bem. Ele pode descer para acertar os detalhes com a equipe. O diretor está maravilhado, grato e satisfeito, mas aguarda a continuação, pois sempre há uma continuação. O costureiro o detém um instante na entrada do escritório. O costureiro aproveita a ocasião para agradecer ao diretor, pois Virginie Latour foi uma assistente notável. O diretor declara não estar admirado. Virginie Latour se mostrou, para a grande surpresa de Akira Kumo, de uma erudição e uma conveniência extraordinárias no domínio da literatura meteorológica. Ao ponto de ele ter permitido se perguntar se essa especialista é aproveitada como deveria no nível –4 do serviço dos inventários da biblioteca. Akira Kumo se pergunta também se não é possível remediar essa situação. Quer ser informado pessoalmente da evolução desses dois dossiês: o caso da Srta. Latour; o destino de seus documentos pessoais. O diretor entende perfeitamente. O diretor promete. Depois, precipita-se para o térreo para falar da sua futura fundação.

Quando não está na rua Lamarck, Virginie Latour reside em Londres, na casa de Abercrombie Jr. Com dinheiro em quantidade suficiente mas não excessiva, e atividades eróticas regulares e satisfatórias, dispõe de grande parte da sua energia espiritual. Virginie Latour pode, então, se dedicar à mais grandiosa das atividades humanas: o trabalho. Nele, há a alegria do obstáculo superado; um prazer em compreender, e há cansaços deliciosos. De manhã, ela estabelece uma descrição sistemática do Protocolo Abercrombie; à tarde, constrói pacientemente a arquitetura da biografia do mestre das nuvens. É o título provisório, ridículo e aliciador, sugerido pelo editor. O mestre das nuvens. Melhor ouvir isso do que ser surdo.

A celebridade a partir de então escabrosa do Protocolo Abercrombie há muito tempo ultrapassou o círculo estreito dos especialistas das nuvens. Anuncia-se uma venda possível do original, para o ano seguinte; coincidiria com a publicação da edição fac-similada numerada do Protocolo e de uma biografia de Richard Abercrombie, por uma jovem especialista. Haverá em seguida as turnês de conferências, primeiro em todo o Reino Unido, depois nos Estados Unidos, e talvez no hemisfério sul. Também haverá algumas universidades assombradas pelo medo de não estar em dia, e que lhe confiarão algumas intervenções remuneradas; enfim, e se tudo correr bem, haverá uma vaga de bibliotecária, em algum lugar da Europa, adaptada às suas novas competências. O diretor da biblioteca trabalha em cima disso. Por enquanto, Virginie Latour se esforça em compreender as teorias científicas de Richard Abercrombie; e não é simples. De fato, parece que Abercrombie se afastou notavelmente dos saberes de seu tempo, e de forma mais geral das regras comuns do raciocínio.

A partir de maio de 1891, Richard Abercrombie não se contenta mais com suas fotografias de sexos femininos. Viveu certamente, no começo, uma espécie de diminuição de sua atividade intelectual, que o Protocolo reflete da maneira mais simples: até abril de 1891, as fotografias, cuidadosamente coladas no centro da página, são apenas legendadas, com uma linha manuscrita em tinta violeta: um sobrenome, ou um nome, o nome de um lugar (com mais freqüência uma região, às vezes uma etnia), uma data. Essa primeira parte do Protocolo é a mais violenta: a mulher se mantém de pé, ou deitada, olha a objetiva, suas pernas estão abertas, a menos que os detalhes de seu sexo sejam aparentes sem isso. Rapidamente, Abercrombie enquadra apenas a bacia de suas modelos. O efeito é estranho: os sexos perdem sua humanidade; e vemos surgir no seu lugar relevos de carne admiráveis, lunares, vulcânicos. Virginie Latour só viu no passado seu próprio sexo; e em condições precárias, num espelho pequeno demais, e a custo de contorções ridículas, aos 12 anos de idade. Descobre agora, expostos sob a luz impassível da máquina fotográfica, cerca de cinqüenta sexos femininos, de uma diversidade surpreendente. Olhando bem, nenhum deles se apresenta numa forma idêntica a um de seus congêneres; cada circunvolução da carne parece absolutamente única. E é isso que deve ter tocado um Abercrombie que passou abruptamente de uma virgindade casta para essas festas opulentas e carnais, docemente inesgotáveis. E lá onde, prudentemente sem dúvida, a linguagem comum falava, como que para alcançar uma simplicidade quase doméstica, *do* sexo, ou de *um* sexo, Richard Abercrombie só tinha visto *os* sexos; e, disso, nunca mais se recuperou.

A partir de maio de 1891, portanto, o Protocolo registra uma mudança: os espaços em volta das fotografias começam a se cobrir de notas, desenhos, esquemas de início hesitantes, depois mais seguros, com uma ortografia cada vez mais raivosa, cada vez mais irregular; bem rápido até, Abercrombie só fixa as fotografias na página direita do álbum; ficando a esquerda reservada a seus comentários. Há muitos desses desenhos maquinais que todo mundo inventa para si, nos momentos em que pensa ou que se entedia, e os de Abercrombie são sempre do mesmo tipo: uma única linha que desenha espirais muito finos, como a de um cérebro minúsculo, delicado e louco, sinuosamente dobrado, ao infinito, sobre si mesmo; cada espiral se encurva para desenhar outros espirais idênticos, de um volume mais reduzido, cada um, por sua vez, involuindo em formas ainda mais tênues, até que o traço da pluma atinja o limite do discernível. Quanto ao texto, parece obedecer, inversamente, a uma lei de expansão. De início embrionárias, as menções manuscritas comportam apenas palavras esparsas, enigmáticas, que Virginie anota pacientemente num caderno alfabético, indicando sua freqüência. Termos como similitude, origem, paralelismo abundam. É preciso acreditar, diz Virginie a Richard num domingo, quando, cansada de se debruçar sobre todos esses velhos papéis, desce para beliscar alguma coisa na cozinha, que o choque da sexualidade tenha sido grande demais para o seu avô. Ele quis se controlar, dar conta desse cataclismo. Mas Richard não diz nada, como sempre, quando não está de acordo. Não gosta da psicologia. Acha que não se deve explicar as pessoas, nunca, e que não se pode observar um homem como se faz com um monumento, que é preciso deixar as pessoas tranqüilas, mesmo quando já morreram. Aliás, começa a se entediar um pouco com Virginie; mas também não diz nada a respeito.

Da desordem febril do Protocolo, Virginie extrai pacientemente os pontos principais. O que Richard Abercrombie busca demonstrar é que tudo, no universo, volta ao mesmo: o mundo é a resultante da combinação de formas sempre idênticas. É o que ele denomina, numa longa nota de maio de 1891, sublinhando três vezes com tinta vermelha a fórmula: o princípio de isomorfia. Diversas páginas dedicadas, no início do mês de junho, a esse princípio de isomorfia lançam uma luz clara na constelação mental que se forma nos limbos do cérebro de Richard Abercrombie. Trata-se de notas inteiramente redigidas, escritas sem uma única rasura, com uma ortografia quase serena, com essa tranqüilidade que têm os santos, e que dividem com os loucos. Abercrombie se encontra então na península de Hokkaido, no Japão.

NA COSTA SUL DE Hokkaido, Richard Abercrombie se instalou de início numa espécie de casebre de um andar só, contíguo a uma casa de chá, quer dizer, um bordel, não muito longe do porto de Kushiro. No verão, os notáveis da cidade vão para lá a fim de descansar. No final do verão de 1891, Richard Abercrombie recebe, enfim, o dinheiro que pediu ao correspondente de seu banco em Tóquio. Compra seis mulheres da casa de chá vizinha. Prepara-se para hibernar numa residência isolada, na ponta setentrional do Japão, que aluga de um comerciante de Kushiro. Esse antigo palácio de inverno de um senhor local se dirige para a margem sul do estreito de La Pérouse, nesse lugar de apenas 40 quilômetros de largura, que separa Hokkaido da ilha russa de Sacalina. Richard Abercrombie chega lá antes do frio, com sua caravana de víveres e mulheres. O palácio é uma edificação tradicional, lisa e baixa, que comporta dois andares, construídos com pedras secas e negras; um longo alpendre abriga uma espécie de delicado e completo estabelecimento de banhos: um quarto de vapor, três tinas, uma sala de repouso. Uma granja cujo acesso se dá por um caminho coberto e ladeado de cercas cinza abriga uma imponente quantidade de lenha. Ele passa o inverno lá, com suas mulheres. Tomou gosto pelos seus sexos, por esses cheiros de conchas marinhas que lhe suspendiam o coração, no início; e passa longos dias com a cabeça entre coxas, até que a língua e os lábios estejam doloridos demais.

As longas noites de inverno são dedicadas ao Protocolo. Na data de 25 de novembro de 1891, o sábio executou a lápis preto o desenho de um cérebro humano, em volume; depois, pacientemente, repetiu esse desenho embaixo, mudando alguns detalhes; e mais abaixo, uma versão levemente modificada. Virginie termina por compreender que, de desenho em desenho, a forma desliza lentamente para uma outra: o décimo e último croqui representa sem dúvida alguma uma nuvem, de tipo altocumulus. Uma segunda série de croquis, não datada, figura três páginas mais longe: dessa vez, Abercrombie juntou, pelo mesmo processo de translação, a forma altocumulus e as dobras elegantes e trabalhadas de um sexo de mulher. A partir daqui, o Protocolo comporta sempre, de longe em longe, exercícios da mesma ordem: Abercrombie casa pacientemente as nuvens e as coisas, partes do corpo e objetos da natureza. Às vezes uma concha se transforma prontamente numa orelha humana, às vezes o ressurgimento tumultuoso de um rio conduz passo a passo à casca acidentada de uma oliveira.

Quando não desenha, Richard Abercrombie fica deitado com as suas mulheres, mas isso é para ele, e cada vez mais, a mesma atividade científica. Lambe o sexo das mulheres até que lhe cheguem à boca vestígios de sangue e água salgada; com freqüência, encontra em seus ânus um gosto de areia ou de terra. E anota obstinadamente todos esses resultados. Acaricia tanto tempo o quadril de uma mulher que não sabe bem se é a mão ou se é a curva. Instalou as seis moças em seis quartos confortáveis; e viaja, atencioso e imóvel, de uma à outra. A neve logo apagou a silhueta sinistra de Sacalina, e o resto do mundo. Quando o cansaço o comprime tão violentamente a ponto de não deixá-lo dormir, passeia ao longo do mar, sob a folhagem de pinhos inclinados pelos ventos extraordinários do estreito. Ou então, se o tempo esquenta um pouco, recolhe conchas na praia, quando suas formas lhe parecem notáveis. E toda forma é notável: logo as irregularidades da madrepérola, a torção sensual de uma onda o levam invencivelmente, em pensamento, à curva de um seio, à carne irisada de um baixo-ventre. Richard Abercrombie sobe em seus quartos fechados, por um pequeno caminho de pedras lisas, umedecidas pelos respingos do mar.

Um dia, uma das mulheres tira da sua mala de viagem, para distraí-lo, um rolo de gravuras, cenas eróticas e paisagens; e, embora se trate de cópias baratas, precisas mas sem justeza, de mestres chineses e japoneses, Richard Abercrombie se identifica instantaneamente com elas. Parece-lhe evidente que esses artistas pintem os corpos como na Europa se pintam paisagens; e que pintem as paisagens como se fossem corpos. Nada se destaca, nada enfraquece, nada falta. O segredo está lá, evidente, tranqüilo: trata-se simplesmente de tomar as formas do mundo.

O inverno termina assim. Richard Abercrombie vê passar algumas vezes, ao largo da praia, longas silhuetas cinza, que são navios de guerra. Às vezes, carregam as cores de seu país longínquo. Abercrombie os contempla com um olhar crítico, como infrações às regras da harmonia universal: todos esses engenhos de guerra têm linhas muito duras, os cruzadores, os contratorpedeiros; seus cascos de metal, recobertos de tinta cinza, seus conveses eriçados de torres são uma injúria às águas azuis do estreito, às nuances do céu, à pálida doçura do disco solar. Alguns navios passam tão perto que os marinheiros lhe acenam.

Virginie achou uma fotografia do sábio que data de sua estadia no Japão. De início, não o reconheceu. Ele revela uma expressão estranha: um rosto limpo. Um certo número de rugas, na testa e nas bochechas, todas essas marcas tangíveis de uma erudição austera, desapareceram. Os olhos parecem mais claros, em contraste com o bronzeado. A primavera chegou, e Richard Abercrombie passa cada vez mais tempo na praia. Medita à lenta passagem dos navios de guerra e de comércio, cada vez mais numerosos. Contempla com uma aversão crescente esses objetos profundamente anti-harmônicos. E os Estados Unidos da América, que são os novos donos do mundo, cujos barcos atravessam sempre em maior quantidade o estreito La Pérouse, lhe parecem o país mais profundamente anti-harmônico que possa existir. E sente que é isso que vai triunfar, essa civilização rígida, formidavelmente eficaz e espiritualmente demente, militar e mercantil, que passou 2 mil anos se afastando da contemplação das analogias sensíveis do Universo para determinar, para além das aparências, leis que pudessem ser utilizadas longe da sujeição à natureza, e servir ao Progresso. Na sua praia no norte de Hokkaido, Abercrombie, no fundo, continua um aristocrata; que o destino dos povos seja constantemente melhorado, graças precisamente a essa ruptura que define a civilização ocidental, lhe é perfeitamente indiferente. Tal é a sua grandeza obsoleta, e seu limite.

E às vezes Virginie Latour se entedia com Richard Abercrombie. Como todos os loucos de sua espécie, o homem é cansativo, repetitivo; o teórico nele nunca está longe do grotesco. Mas também há nisso algo de teimoso, que se obstina, que é infinitamente tocante, infinitamente patético. Então, Virginie continua a traçar a vida desse homem. Não é tão difícil, uma vez que se compreendeu seu estilo. Aliás, se o teórico entedia Virginie, o experimentador a encanta. Richard Abercrombie faz secar o cadáver de pequenos animais para determinar a quantidade de água que contém um corpo; faz suas mulheres beberem e mede o quanto expulsam de água. Concebe jogos eróticos para fazer avançar a ciência; perfuma a água que elas tomam, deita embaixo delas e bebe sua urina, a fim de verificar se o gosto do anis, do cardamomo ou da baunilha nela permanece. Às vezes, lambe-as durante tanto tempo que não tem mais consciência de se mexer. Está feliz. Lançou as bases de sua nova ciência. Em maio de 1892, um compatriota geólogo está de passagem nessa região isolada. Abercrombie o recebe educadamente. O homem lhe entrega um pacote atado com um fitilho: seu correio dos últimos seis meses lhe alcançou. Abercrombie abre as cartas dos seus homens de negócios. Sua fortuna pessoal continua confortável, ainda que não seja inesgotável.

Quando o geólogo vai embora, Abercrombie dispersa sua casa de chá pessoal. Precisa viajar em outras latitudes, a fim de requintar as análises. Dois meses mais tarde, está nas Filipinas. Descobre com interesse uma espécie de catamarã, de origem fijiana: dois cascos esguios, um velame imponente e, no entanto, manejável; no golfo de Davao, exercita-se pacientemente, e torna-se especialista no manuseio dessa embarcação. Sob suas instruções, o fabricante local constrói um modelo adaptado à navegação ao largo; na frente de cada um dos cascos é acomodada uma arca, que ele impermeabiliza cuidadosamente; nas bordagens, reservas de água doce. Ele chegará por seus próprios meios a terras mais temperadas. É que desde então lhe parece impossível recorrer aos serviços de um navio de linha, descer para jantar na cantina, em horários fixos, entre um militar hepático e uma viúva de merceeiro, como antes.

Ele vai fazer 50 anos. Estamos em agosto de 1892. Ele vive quase nu, sob o sol e no mar. Na mesma época, na Londres onde vivia outrora, na Londres onde era um súdito da Sua

Majestade britânica, importantes personagens engravatados se cumprimentam austeramente nos clubes, nas academias sábias e nas câmaras do Parlamento, e editam leis, emitem hipóteses, e mordem seus charutos ou puxam seus cachimbos, comentando partidas de críquete e corridas de puros-sangues árabes; e são homens como ele, contudo.

Em seguida, durante meses, Richard Abercrombie deriva pelos arquipélagos do Pacífico, sem destino específico, sem pressa excessiva, com a majestade de um rei sem reino. O catamarã justifica todas as expectativas que seu criador depositou nele: agüenta os ventos mais fortes — é verdade que a região não tem ventos muito violentos nessa estação — e prossegue valentemente, com todo o seu velame. É também e, sobretudo, o navio analógico por excelência; nas águas transparentes que o levam como uma delicada jóia branca, nas águas quase invisíveis, Richard Abercrombie admira esse casco tão esguio e potente quanto os tubarões que às vezes ele sobrevoa; adora essa vela que incha de ar quente como um ventre grávido; gosta da sua embarcação elementar e pura, que desliza nas ondas sem maculá-la. Nessa poeira de terra que se chama Micronésia, Abercrombie navega à vista, sem se apressar, de um anel mineral a outro, de Guam a Bikini, de Jaluit a Tarawa, de Pukapuka a Manihiki. Nem é preciso dizer que as formações coralinas retêm toda a sua atenção; durante horas, mergulha para observar esse organismo mineral que se alimenta de sol e água.

No Pacífico, pôs-se a navegar à vista, ao acaso. Percebeu que cada ilhota de tamanho significativo é assinalada ao navegante por uma pequena nuvem que a coroa todo o dia. Para Abercrombie, é ainda uma vitória: na verdade, toda terra leva ao céu seu objeto espelho, seu fantasma de vapor branco. Assim vagueia Richard Abercrombie, de nuvem em nuvem: às vezes a ilhota que aborda é povoada apenas por caranguejos, sem ponto de água doce; logo parte novamente, e para não morrer de sede destila no sol a água do mar, com um condensador de sua fabricação. Às vezes, cai em ilhas que abrigam duas ou três famílias, de passagem ou como moradia; muitas nunca viram um homem branco. Abercrombie oferece, então, víveres, barbante; que esses anfitriões recebem com o respeito que convém a tudo o que possa ser útil. Os anfitriões cozinham, ele divide suas refeições. Às vezes uma mulher vem ter com ele à noite. Nunca recusa; de manhã, pede para tirar uma fotografia.

Apenas uma vez Abercrombie fere um tabu terrível, sem saber: a moça que ele levou para a praia num dia nefasto seria filha de um desses seres que às vezes a própria tribo amaldiçoa? Uma multidão vociferante os interrompe; a moça corre sob o luar a uma velocidade surpreendente, mas a pedra de um estilingue atinge seu tendão, e ela desmorona como um cavalo ferido, e se arrasta. A multidão a cerca num instante e a reduz, com pedras, a frangalhos. Abercrombie pensa de início que vai morrer; mas se dá conta de que ele mesmo, tendo se tornado um tabu, está garantido por uma impunidade total. A multidão desaparece sem um barulho na noite. Abercrombie se força a avançar na direção da moça, obriga-se a olhar aquela poça de sangue e pedra, sob a luz azul do céu noturno. De manhã bem cedo, é expulso da ilha, ameaçado com varas por homens que se aproximam dele de costas, para não vê-lo mais, enquanto mulheres cantam. Quando desce para seu catamarã, os caranguejos vermelhos e brancos se afastam de seus passos como um mar dócil. Enquanto os povos ditos selvagens terminam de morrer, enquanto o Ocidente fecha suas mãos poderosas sobre o mundo, Richard Abercrombie vai terminar a viagem, lentamente, com volúpia, com piedade, com o sentimento de ser o primeiro e o último de sua espécie. Toma-se por um deus, e sabe-se mortal. A partir de então, sente-se em casa em todos os lugares, na maior das solidões. Retorna para o que foi o seu país natal: direciona-se sem pressa para a Inglaterra.

QUANDO VIRGINIE LATOUR NÃO está ao seu lado, quando Virginie Latour não está lá para lhe falar dos atóis do Pacífico e de Richard Abercrombie, Akira Kumo se entedia de verdade. No dia 5 de outubro de 2005, por exemplo, Virginie não está lá e Akira Kumo se entedia; senta-se na sua poltrona e olha a de Virginie, resistindo à vontade de dirigir a palavra à poltrona. Virginie está cada vez mais ausente, seja porque progride na redação da biografia de Richard Abercrombie, seja porque tem encontros na Inglaterra, para possíveis empregos ou para uma conferência. Akira aspira com precaução o ar ambiente, na esperança de que algumas moléculas de seu perfume tenham permanecido lá, mas a faxineira fez seu trabalho e flutuam no ar purificado vagos e quentes relentos do aspirador. Em seguida, Akira Kumo resiste à tentação de ligar para ela em Londres. Então, como não tem mais nada a fazer, pensa novamente em Hiroshima. Recebeu na véspera uma carta da administração dessa cidade, que ainda não abriu. Mas Hiroshima se ergueu na sua memória, de início como num nevoeiro; depois o nevoeiro se desvaneceu. Akira Kumo se lembra de Hiroshima, revê o Observatório, as belas avenidas retas; mas esse brusco ressurgimento da lembrança como que esgotou sua memória. Embora tente pensar em outra coisa, nada lhe vem.

Então Akira Kumo se escora e volta o rosto, ainda uma vez, como fez a vida toda, para o céu, para o céu de Paris e suas nuvens tão simples e tão estranhas. Olhando os pequenos flocos de algodão branco que se precipitam para o leste, pensa que será preciso muito tempo para admitir a idéia de que as nuvens, como todas as coisas que ocupam espaço e tempo, têm algum peso. Para Luke Howard, por exemplo, era impensável que todos esses volumes diáfanos, esses drapeados de musselina, esses véus de cauda fossem *massas*. Então, Howard imaginava que a água se mantinha nos céus envolvendo o ar em suas gotas, como pequenos sacos, que chamava de vesículas. Pela sua vidraça que dá para o norte, Kumo vê agora se aproximar um enorme cumulonimbus: sua base desliza a cerca de 600 metros do chão; tendo em vista sua altura, talvez 900 metros — ele não pode perceber o topo —, ainda que saiba que ela deve pesar por volta de 100 mil toneladas, Kumo não consegue acreditar nisso, embora esteja acostumado há muito tempo com a idéia do peso das nuvens. Seu pensamento se volta em direção ao Japão e à sua cidade natal, ele se lembra de ter recebido uma correspondência da prefeitura, há pouco, mas ainda não a abriu. Onde estará então? Cem mil toneladas é uma massa muito difícil de se imaginar. Akira Kumo aprendeu um dia, e desde então se lembra sempre, que o peixe-boi da América pesa em média uma tonelada. Agora encontrou uma utilidade para essa informação. Esforça-se em representar o cumulonimbus que a partir de então ocupa todo seu horizonte como um rebanho de 100 mil peixes-boi pastando no céu, mas ainda uma vez seu pensamento recai, inerte, como que rebatido por essa massa espumosa que invadiu seu céu, na carta que recebeu da cidade de Hiroshima. E dessa vez lembra-se de tudo: guardou a carta na segunda gaveta de sua cômoda. Abandona o jogo, toca a campainha, pede que lhe tragam a carta, exige não ser incomodado até a chegada da enfermeira, para o tratamento da noite. Trata-se de uma dobra espessa, um documento da Administração dos Negócios Estrangeiros, em Tóquio, mais precisamente do funcionário que lhe informou na vez passada. Ele encontrou um outro documento referente a sua família. Um papel amarelado, aparentemente uma página de documento familiar, constelada de carimbos; provém, segundo a carta que a acompanha, das ruínas da embaixada do Japão em Berlim, nos bombardeios que mataram seus pais. A página está dividida em duas metades; no alto, figura a fotografia de Akira; ele tem 7 anos, sorri conscientemente mas com elegância, como sabem fazer as crianças de 7 anos; mas ele olha para a foto apenas de relance; seu olhar é imediatamente atraído, na parte inferior do documento, por dois grandes olhos absolutamente sérios num rosto redondo como uma lua. Então, absurdamente, Akira se inclina sobre esses olhos e cai sem parar, e tudo lhe vem de uma vez, o nome da menina de olhos imensos, e com esse nome toda a sua infância com ela, e seus jogos, e seu amor, e a alegria de estarem sós no mundo, os pais viajados por toda a Europa, todo um mundo que se desdobra de uma vez, terrivelmente. Chora tanto que não vê mais nada, mas não tem mais nada para ver. Chora até não ter mais lágrimas. A enfermeira vem, inquieta-se um pouco com seus olhos vermelhos, mas ele garante: é que o ar está poluído, e com um tempo assim, sem chuva, reina em Paris um calor de estufa, levemente sulfurado, nauseabundo como os eflúvios de um estábulo.

Depois, pega uma de seus pilots pretos, apressa-se em escrever, com medo de esquecer de novo, essa segunda parte de carta que havia prometido à sua amiga Virginie. Passa todo o domingo fazendo isso. Em seguida, entrega a carta à enfermeira para que seja enviada. A enfermeira deixa o aposento; o velho passa o trinco na porta; a cadeira de rodas à qual está preso atravessa de raspão a porta que leva ao gabinete contíguo à biblioteca. Solta-se sem dificuldade; em seguida, é a parte penosa da operação: precisa se arrastar na varanda, subir no parapeito com a força dos braços. O segundo suicídio é mais difícil do que o primeiro; Akira Kumo está furioso de ter que rebentar para não acabar como uma larva encarquilhada. Não se suicida contra o que quer que seja, ou para demonstrar alguma coisa, simplesmente terminou, esgotou as possibilidades; as que lhe restam, as de um velho apodrecendo, interessam-lhe muito pouco. Dá uma olhada para baixo, para tomar o cuidado da não machucar ninguém. Até se anunciaria, mas teme que os transeuntes tenham a idéia de salvá-lo, como vemos nas séries televisivas, com um velho cobertor. Nunca se é prudente demais. E três suicídios estão para além de suas forças. Há agora traços nebulosos muito bonitos, com os mais belos efeitos rosados. Amanhã vai fazer sol, com certeza, ao menos de manhã, mas Akira Kumo não tem mais tempo de contemplá-los, pois a enfermeira da noite não vai demorar, com seu cheiro de suor levemente ácido que lhe faz ranger os dentes quando arruma seus cobertores, à noite, e não deseja mais revê-la. Dirige a Virginie Latour um último pensamento. Em seguida cai; acredita que sua alma se levantará muito rápido para o céu vazio. Depois é o impacto. Morre imediatamente, e seu sangue forma, escorrendo na calçada, um desenho irregular e belo, de significação incerta.

No dia 7 de novembro de 2005, Virginie Latour encontra em Londres, passando pela Willow Street, uma carta de Akira Kumo. Há algumas semanas, alugou no bairro de Hampstead um cantinho, naturalmente pequeno, barulhento e fora de preço. Deixou Richard Abercrombie Jr. depois de um acontecimento inaudito: ele se declarou apaixonado. Apresentou o objeto de sua chama a Virginie. O objeto dessa chama espantosa e monogâmica, dessa chama espantosa porque monogâmica, se chama Nicole. Uma bela ruiva que dá aula de literatura alemã na universidade de Londres e traduz para o inglês ensaios de filosofia contemporânea dos quais Virginie não entende nem mesmo o título. Como todas as pessoas cujo ofício é ser inteligente, Nicole Strauss é de uma ingenuidade impressionante quando se trata de decodificar o ambiente imediato. Pelas perguntas que essa moça lhe faz, Virginie Latour compreende, felizmente com muita rapidez, que deve se passar pela melhor amiga de Richard; Virginie Latour acabou compreendendo também, por não entender algumas alusões de Nicole, que, por cautela, Richard apresentou-a como uma lésbica arisca. Nicole Strauss literalmente adora Virginie. Mas seria bom se Virginie encontrasse um outro lugar para morar; e Virginie o faz de boa vontade.

No dia 7 de novembro de 2005, ela se apressa em ler a carta do costureiro. Akira Kumo escreveu que, quando a sua história começa, ele tem 13 anos. É verão. Nunca fez tanto sol. Ele abre os olhos, e sua irmã Kinoko o olha, rindo; como de costume, está adiantada em relação a ele: já vestiu o uniforme da escola, a saia de pregas cinza, a camisa branca. Kinoko tem 12 anos. Na escola, está adiantada um ano. Não é comum, no Japão, colocarem dois irmãos na mesma turma; mas é a guerra; há poucos professores. Não é comum, no Japão, que um irmão ame sua irmã mais nova; mas sua mãe, que sente uma paixão louca pelo marido, deixou-os crescer ao abandono, e Kinoko e seu irmão se amam profundamente. Os empregados domésticos criam os pequenos; durante a guerra, os pais, que têm um posto na Europa, não verão quase nunca seus filhos. É hora de ir para a escola; para chegar lá, são necessários vinte minutos de caminhada: toma-se um caminho descampado, que costeia, desaprumando-o levemente, o rio Ota. Na colônia de férias, aprende-se, sobretudo, a manusear o pincel, antecipando verdadeiras aulas de caligrafia, que virão depois da guerra, mas quando será o fim da guerra? As crianças levam nas costas um pequeno suporte de madeira leve: nele, foram atadas latinhas impermeáveis contendo seu almoço, assim como um cilindro de metal polido com folhas de papel e pincéis.

Nos primeiros dias de agosto, a guerra está longe; a diretora da escola, que também é a professora deles, pune-os regularmente: Akira e Kinoko não são modelos de crianças japonesas; seus colegas os olham às vezes com suspeita, freqüentemente com inveja. São eles que comandam todas as algazarras, todas as batalhas campais, mas também as brincadeiras mais anódinas, como as caças ao tesouro ou a amarelinha: Akira sabe desenhar umas magníficas. Kinoko edita as regras complicadas e mutantes com uma segurança irritante; com freqüência eles estão tão felizes que não ousam nem se olhar. O trajeto da manhã é o seu preferido. Realizam-no sozinhos até o ponto em que o pequeno caminho de terra que parte de sua casa encontra a estrada principal, a apenas algumas centenas de metros da escola; a partir de lá, começa a vida em comunidade, a grande farsa da vida social. Kinoko acordou o irmão bem cedo. O tempo está tão radiante que Akira sabe imediatamente por que precisa se apressar: vão tomar banho no meio do caminho, numa das enseadas do rio Ota. O caminho é bordado de arbustos cheirosos, e serpenteia com tranqüilidade até à escola; as crianças, por sua vez, quase correm, na direção do lugar de seu banho. É que será preciso se secar antes de chegar à aula. Será preciso também tomar cuidado para não serem surpreendidos pela diretora: ela pega todas as manhãs a estrada sem poeira que desapruma o atalho. Sem necessidade de combinar nada, as duas crianças descem para seu lugar preferido: uma pequena enseada de areia escura, aberta como uma concha. Uma chuva noturna, límpida e fresca como uma fonte, alisou a areia preta que a bordeja; sem os ventos que enrugarão sua superfície o dia todo, as águas do rio Ota parecem imóveis. O sol brilha.

ELES ESCONDEM SUAS COISAS embaixo de uma canforeira imponente; precisam tomar banho nus para chegarem secos à escola, e depois é sempre mais divertido. Chegaram às 7h20, a aula é às 8h30. Mergulham na bacia de água clara e sobem sem se cansar. Naturalmente, um único mergulho leva tão pouco tempo que é sempre possível dar mais um sem perder muito tempo; e é assim que todas as crianças do mundo chegam atrasadas à escola, quando têm a sorte de freqüentá-la. Faltam cerca de vinte minutos para as 8h30: em breve Kinoko e Akira estarão atrasados. Kinoko acaba de voltar para a areia já quente. Corre para a canforeira para se vestir; Akira mergulha, pela última vez. Kinoko levanta maquinalmente a cabeça: o sol bate na colina ao pé da qual eles se encontram; o pequeno caminho serpenteia, a alguns metros acima da enseada e, desviando-se dele, seriamente alcatroada e gravemente retilínea, encontra-se a estrada principal. Akira volta à superfície a 3 metros da margem, volta-se para a irmã como sempre, e, enquanto Kinoko se abaixa para calçar a segunda meia, a silhueta tristemente familiar da diretora se delineia na estrada. O tailleur preto levemente cintado, a camisa branca, a gravata bege e grande, a maleta na mão direita, o brilho do relógio de pulso inglês do qual se orgulha, apesar da guerra: com certeza, é ela. De início, ela não os vê, pois caminha decididamente em linha reta. São quase 8h13. Agora, Kinoko viu a diretora, e como ela se mexeu a diretora os viu: levanta o punho, ameaçando em sua direção; Kinoko faz um gesto de pudor que a distância torna ainda mais ridículo; cobre o baixo-ventre com a meia. Akira tem uma idéia ainda mais absurda: mergulha novamente. Devem ser 8h14. Ele sabe que pode ficar no fundo durante longos minutos; segura-se em pedras musgosas e frias, em algas ásperas; a água está gélida. Pensa absurdamente que talvez a diretora não os tenha reconhecido, e sabe que a diretora não descerá ao encontro deles na beira d'água, e acha então que poderá negar ter estado lá. Depois, tudo isso acaba, como sempre, por fazê-lo rir, e ele deixa escapar quase todo o ar, e logo será obrigado a subir.

É precisamente nesse momento que o clarão nada habitual, de um azul muito bonito, bate na areia do fundo. Akira não se mexe mais. Depois sufoca. Um estrondo surdo, como que vindo das profundezas da Terra, varre toda a superfície da água. Akira sobe e fica de pé. Não entende. Nem percebe, de início, que Kinoko não está mais lá. Toda a paisagem mudou, como num sonho. Tudo parece um outro dia, um outro momento, um outro lugar, por exemplo, está muito mais quente do que antes, e não é o mesmo calor: como o cheiro repugnante de um forno sujo aceso sem nada. O chão está cinza. Flutua um cheiro tão infecto que logo não será mais possível senti-lo; é um fedor de cadáver, ácido e gorduroso ao mesmo tempo. O próprio céu está estranho.

Akira se virou para a canforeira, mas a canforeira não está mais lá. Kinoko não está mais lá. Ele se põe a subir, ainda nu, o declive quente e cheio de cinzas, em direção à estrada. Põe-se a correr em direção à estrada, acredita que a diretora vá explicar a situação. Mas no lugar que ela ocupava na estrada alcatroada se estende um pano vermelho e branco, para o qual ele se inclina e que ele quer apanhar; o pano é pesado demais, e, tomado pela surpresa, Akira recua e compreende. Trata-se, na verdade, do tronco da diretora: suas pernas desapareceram porque, não estando protegidas por um tecido claro, foram cozidas e pulverizadas. E agora ele pensa o que significa a ausência da canforeira. Não pensa: Kinoko está morta; não há corpo para lhe fazer pensar. Kinoko não é mais; e naquele instante essa ausência de corpo parece um alívio; mas é pior do que tudo, seu corpo desapareceu na atmosfera, e ela vai errar como um fantasma, até o fim dos tempos talvez. Então, desce novamente para a enseada, escuta o silêncio que reina. Um silêncio, é exatamente essa a expressão que convém, um silêncio de morte, porque todos os pássaros, nos 10 quilômetros que o cercam, estão mortos; e a maior parte dos homens; e muitos insetos; e pode-se ver nas águas turvas do rio Ota o ventre dos peixes na superfície. E, no lugar da canforeira, ele encontra um objeto derretido pela metade, um objeto que conhece bem, o relógio de Kinoko, um pequeno relógio de bolso alemão que o queima quando ele tenta pegá-lo. É preciso se inclinar no rio, pegar um pouco de água para esfriar o metal fumegante, que se apazigua e brilha no sol. O vidro desapareceu e os ponteiros se incrustaram no mostrador; marcam 8h15. Akira joga-o na poeira.

Em seguida, caminhou em direção à cidade, caminhou em direção à localização da cidade, uma planície quase inteiramente rasa, tomando a estrada alcatroada, semeada de dejetos sem nome, caminhou em direção a Hiroshima seguindo o rio, cruzando com alguns moribundos e muitos homens mortos, e muitos restos de homens mortos, e chegou na altura onde ficava a escola, não parou, continuou a caminhar esfolando o pé, caminhou por caminhar, evidentemente é um erro caminhar em direção à cidade irradiada, em direção a essa planície pulverulenta e venenosa, mas ninguém o sabia ainda. Akira chegou às portas da cidade; cruzou também com outros seres destruídos pela bomba, uma mulher eriçada por estilhaços de vitrines que ainda caminhava um pouco, Akira enfim chegou às portas da cidade, numa pequena elevação onde os dois gostavam de se sentar antes, antes da explosão, uma pequena elevação, e é de lá que descobre agora uma planície de ruínas que não se parece com nenhuma outra, com nenhuma daquelas que viu nos jornais, que não se parece nem com as cinzas de Hamburgo nem com os escombros de Colônia, uma planície de ruínas mais nítida, mais clara do que qualquer outra.

O livro sagrado dos americanos conta o fim do mundo, é uma narrativa de sangue e fogo, na qual os malvados são punidos, e agora em cima da cidade paira uma nuvem única e pesada saída diretamente desse livro sagrado, chegada à terra pela graça dos americanos, como se a cidade destruída flutuasse em cima de si mesma, reduzida a poeiras tóxicas, como se a nuvem do apocalipse tivesse absorvido toda a poeira que a cidade exalava, a poeira das estradas e a dos edifícios pulverizados, e também toda a poeira dos corpos. Do outro lado da Terra, no nordeste da Europa, judeus e ciganos e militantes políticos e muitos outros também se transformaram em poeira, durante anos, mas todo o mundo olhou para outro lugar, antes de construir lembranças perversas que servirão para esquecê-lo. A nuvem de Hiroshima é uma nuvem muito particular, uma nuvem que poucos homens viram antes, lá longe, numa base militar do Novo México, uma nuvem prolongada até o chão, com o pedúnculo esguio, uma nuvem assentada sobre uma base, como um cogumelo grotesco. Akira parou sobre a colina. Lentamente, a nuvem nova começa a perder sua base, derivando lentamente como um dirigível alemão sem piloto. Depois, a nuvem se tornou negra, de uma negritude como nunca mais se viu, perfeita, profunda como um abismo, a nuvem de Hiroshima fechou progressivamente todo o horizonte, faz quase noite em Hiroshima por volta do meio-dia, enquanto, se dermos as costas para a cidade, brilha um verdadeiro sol de verão. A nuvem ainda se estendeu até o ponto em que pareceu não mais se manter, e começou a chover; no entanto, a chuva era preta, inteiramente preta, e devolve a poeira dos corpos à terra. Choverá assim todas as noites, durante semanas. Akira tenta pensar na irmã ao olhar as gotas pretas, mas era impensável, essas gotas que eram uma menina duas horas antes, é impossível, é impossível que o corpo de uma menina caia sobre o solo em chuva, e é, contudo, exatamente isso o que acontece, entramos no mundo onde isso é possível, e ainda muitas outras coisas. Akira se pôs a chorar. À noite uma equipe de socorro recolheu uma criança de cerca de 8 anos, inteiramente nua, sem feridas aparentes, numa colina no alto de Hiroshima. Recolheu-na por desencargo de consciência: de qualquer maneira, ela não deveria sobreviver a uma noite.

Em seguida, Akira se tornou uma curiosidade médica; não tem nenhum câncer, não foi atingido por nenhuma infecção atribuível à sua presença no local de Hiroshima no dia 6 de agosto de 1945. Aos americanos, Akira não dirá nada, deixa-os conduzir seus exames mas não diz nada, nem da irmã, nem que estava embaixo d'água, o que aliás não bastaria para explicar sua imunidade. Durante semanas, vive rodeado de moribundos de todas as idades, renovados a cada dia. Quando foge para Tóquio, tem 13 anos e acredita ser imortal; está quase louco, mas ninguém percebe; desenha sem parar. É preciso ser louco para esquecer Hiroshima, mas é a única maneira de sobreviver; ele esquece tudo.

A carta de Akira Kumo termina como começou, sem preparação. Virginie pega o avião sem ilusão particular. Na rua Lamarck, o corpo foi colocado na biblioteca. Uma auxiliar médica ajeitou a cabeça como pôde. Virginie não pede para vê-lo. Aproxima-se sob o toldo da entrada: lá estão jornalistas, que metralham todos os que entram no palacete, empregados, modelos e assistentes em lágrimas; e também homens em traje escuro que dão ordens veementes em pequenos telefones cinza, esforçando-se para não gritar; no grande salão à esquerda no térreo, sentados em torno de uma imensa mesa de madeira preta, advogados, homens de negócios e estilistas. Um homenzinho sério sentado na cabeceira toma a palavra. Trata-se de um notário, que faz sinal a Virginie para se aproximar, e pede para que ela se sente ao seu lado.

Aparentemente, Akira Kumo gostava de testamentos; foram encontrados cerca de vinte, empilhados num cofre nunca fechado. Todos assistem à abertura e à leitura do mais recente. Os outros são colocados sob selos judiciais. Akira Kumo se sabe sem herdeiros, diretos ou indiretos. A casa de costura pode e deve ser preservada; o falecido autoriza a extensão da gama de produtos derivados para o turismo de luxo, o que sempre recusou até então. Uma fundação também deve ser construída. Há, enfim, uma cláusula que diz respeito a Virginie Latour. Ela receberá as cinzas do morto, que lhe serão entregues no endereço de sua escolha; cabe a ela dispersá-las onde quiser, mas com a interdição de convidar quem quer que seja, ou de divulgar o local da dispersão. Akira proscreve formalmente toda a cerimônia, laica ou religiosa, pública e mesmo privada para honrar a sua memória; também proíbe que assistam à cremação. Por fim, há num envelope a chave de uma casa modesta, de dois andares e três quartos, situada em Londres, que o costureiro oferece à sua bibliotecária. O pequeno notário se levanta; todos o imitam. E saem para o pátio interior.

Virginie Latour é conduzida à biblioteca; não ousou recusar ver o corpo uma segunda vez; deixam-na a sós. Sem olhar o cadáver, aproxima-se da vidraça, como fez tantas vezes; passa pela varandinha. No final da rua Lamarck, uma nuvem se acomodou. Virginie não consegue ficar triste. Não deve olhar esse cadáver; deve contemplar essa nuvem grande, no final da rua Lamarck, e o céu inteiro, que não fica sabendo de nenhum dos nossos desastres. Pensa que o cadáver já deve ter perdido a sua água; que essa água se condensou na parede interna da cúpula de vidro. Pensa que o ambiente será em breve arejado; em conseqüência do quê, uma parte da água do corpo de Akira Kumo permanecerá lá, antes de ser vaporizada pelo sol; pensa que uma parte dessa água alcançará talvez o chão alcatroado e seguirá o declive de sua bacia de captação através das valas, através do sistema minucioso de esgoto, em direção ao Sena e ao mar, sem que se possa ver seu rastro. Virginie se curva para a grande nuvem da rua Lamarck, na direção do mar e do sol nascente, na direção do Japão. Vai embora do palacete. Nunca mais voltará à rua Lamarck.

A EQUIPE ENTREGOU A Virginie Latour um dossiê completo sobre seu novo emprego. O ex-patrão de Virginie trabalhou bem. O Centro Europeu de Meteorologia de Reading, a menos de 100 quilômetros a leste de Londres, precisa de uma arquivista de meio-período. Basta que Virginie telefone a Reading, quando chegar à Inglaterra, para se informar; seu domínio da língua inglesa parece tranqüilizar o diretor do centro. Depois, ela corre para conhecer a sua casa. Em Londres, no bairro de Hampstead, no número 6 da ruazinha de Well Walk, é uma construção de tijolo de dois andares, com o teto chato, pintado de branco, com exceção dos alizares das altas janelas que são de um azul-pálido bem inglês. Uma placa informa ao transeunte que um poeta viveu lá, alguns anos, na época em que Hampstead era um vilarejo do norte de Londres. A dois passos, estende-se esse parque que ela conhece bem por tê-lo percorrido à noite com Richard Abercrombie, que a partir de agora será seu vizinho. Quando Virginie Latour penetra no aposento principal, um grande salão em tábuas corridas, sabe imediatamente que vai morar ali. Na única mesa, na sala, uma espécie de vaso de pórfiro cinza a espera. É só então que Virginie chora.

Em Reading, onde ela se apresenta no dia seguinte mesmo, tudo se passa muito bem. O Centro Europeu de Meteorologia é financiado pelo Conselho da Europa; possui o melhor equipamento do mundo e pode centralizar, caso necessário, as potências de cálculo de todos os previsores profissionais da Europa ocidental. O trabalho requer a presença de Virginie três vezes por semana: ela deve referenciar as dezenas de obras e revistas meteorológicas que Reading recebe todo mês, e assegurar a vigilância no que se refere à imagem internacional do centro e a compreensão de seus trabalhos. Toda manhã, de quarta a sexta, Virginie trabalha na casinha branca de Londres num capítulo da vida de Richard Abercrombie; à tarde, verifica cuidadosamente o Protocolo, examina com o editor possibilidades de paginação, as novas tiragens de algumas fotografias. Às vezes, no sábado, janta com Nicole Strauss, que decididamente é sua amiga, às vezes com Nicole e Richard. No resto do tempo, goza da solidão; passeia na charneca de Hampstead; visita os museus. Quando escreve, para se dar coragem, imagina estar falando com Akira, na biblioteca da rua Lamarck. No fim de seis meses, começa uma obra para instalar, no teto do número 6, da Well Walk, uma imensa cúpula de vidro.

As semanas passam como dias. Em janeiro de 2006, ela está no último quarto do Protocolo. As notas de Abercrombie são cada vez mais lacônicas, mas ela acredita compreendê-lo cada vez melhor. Tendo chegado ao final do mundo, ao final das raças e das mulheres e das paisagens, Richard Abercrombie poderia talvez continuar, dar ainda uma volta, mas está cansado; e decidido a julgar sua própria metamorfose em seu país natal. Envia, por telegrama, instruções para que enviem sua correspondência a São Francisco. Então, volta em direção à Inglaterra; sem pressa, tomando o caminho mais longo, pois não quer voltar por onde veio, dá a volta ao mundo, já que era essa a idéia. Em outubro de 1892, Richard Abercrombie se encontra no Havaí;

no mês de dezembro de 1892, entra na baía fria e calma de São Francisco, não vê nada da cidade, mas o nevoeiro que a cobre e a faz desaparecer o encanta; passa uma hora na ponte superior do navio de linha que o leva lentamente para a Inglaterra, e que aguarda no meio da baía que a maré lhe permita acostar. Na recepção do Grande Hotel, onde ele se hospeda, novamente um maço de correspondência espera um homem que não existe mais. E, contudo, faz mais de um ano que se calou. Não entende que é exatamente esse silêncio que dá o que falar no mundinho dos grandes cientistas. Se seu retorno é tão esperado, é porque o silêncio obstinado de Abercrombie a respeito de seu atlas fotográfico das nuvens foi percebido por seus colegas que o conhecem bem como o sinal indubitável de um triunfo iminente. Se Richard Abercrombie se cala, é para tornar sua vitória mais deslumbrante. Mas ele não abre sua correspondência imponente, para a grande surpresa do recepcionista que lhe emprestava um corta-papel, olhando com curiosidade esse indivíduo de raça branca, vestido e bronzeado como um marinheiro pobre, e que recebe uma correspondência de senador. A carta do seu encarregado de negócios de Londres é a única que ele abre: seu conteúdo é quase ameaçador. Os banqueiros se irritam quando a clientela se dissipa. Abercrombie se apresenta na sucursal bancária que lhe indica seu homem de negócios. É lá que fica sabendo, pela boca de um homenzinho frágil e educado, com o rosto pálido, pela boca de um homenzinho cintado num traje de bom corte, pela boca bigoduda desse homem que talvez nunca tenha lambido o sexo de uma mulher, por essa boca policiada que fede a gim e a tabaco escuro, e que cumpre essa função com um embaraço lamentável, que a fortuna do professor Abercrombie sofreu nesses últimos meses uma erosão bastante sensível, ainda que não irreversível, e que a casa mãe

Farter, Johnson & Farter Filho, de Londres, lhe faz respeitosamente observar que nesse ritmo o professor Abercrombie, se cometesse — e é seu direito — a extravagância, que era do dever dos Srs. Farter, Johnson & Farter Filho lhe assinalar como altamente arriscada, de manter um ritmo de gasto análogo nos meses, talvez nos anos, por vir, deveria encarar, em menos de cinco anos, caso o contexto econômico não melhore nem degrade, uma redução de seus recursos, podendo chegar à necessidade de controlar suas despesas corriqueiras. Uma vez que Richard Abercrombie extraiu do jovem empregado a informação segura de que não está falido, mas simplesmente atormentado por um banqueiro prudente, deixa o banco, mas não sem antes telegrafar aos Srs. Farter e seu associado Johnson para lhe enviarem uma soma alta, vendendo alguns valores, caso necessário, no prazo mais curto possível. Não fornece endereço; ele próprio virá retirar o dinheiro.

Depois, volta ao Grande Hotel, pede para fechar a conta e não dá nenhum endereço para onde enviarem sua correspondência. Uma gorjeta lhe garante que o recepcionista destruirá toda carta que ainda chegar. Carregando ele mesmo a sua bagagem, uma mala única que lhe divide o ombro, Abercrombie instala-se num hotel de nível médio, ao longo do bairro chinês. Do seu quarto no primeiro andar, olha, através de uma cortina de musselina que já deve ter sido branca, para a rua: o homem de conjunto listrado ainda está lá. Desde que desembarcou no porto de São Francisco, um homem de traje listrado o segue; viu-o falando com os marinheiros do navio de linha; parece muito jovem; toma tantas precauções para segui-lo que todo mundo, no porto, notou a sua presença. Esse jovem desajeitado usa um lornhão, provavelmente para se envelhecer; parece sofredor. Desde a sua chegada, Abercrombie tem a impressão de ter cruzado quase exclusivamente com doentes bastante pálidos: mas são apenas habitantes das cidades ocidentais, burgueses atarefados, operários de fábrica, mulheres do lar. Richard Abercrombie sai novamente do hotel, e o homenzinho com um lornhão o segue. Precipita-se na primeira ruela que aparece e se esconde no caixilho de uma porta, deixando passar seu espião; depois, acompanha seus passos, alcança-o e coloca uma das mãos sobre seu ombro, enquanto o jovem homem, perturbado, pára. O jovem homem se imobiliza: antes de se virar, já entendeu. Vira-se e enrubesce violentamente. De perto, parece ainda mais jovem. Richard Abercrombie lhe sorri educadamente, sem ironia.

James Paul James Gardiner Jr. é correspondente, em São Francisco, do *Wheather Bureau* de Washington. Apresenta as suas desculpas mais sinceras; propõe-se a explicar, na impossibilidade de desfazê-lo, seu comportamento imperdoável. Oferece um refresco ao sábio. O sábio aceita porque está com sede, e indica na esquina da ruela um botequim claramente suspeito, que o proprietário batizou finamente de *Dragão chinês*; eles descem um lance de escada gorduroso, entram numa sala abobadada onde um punhado de velhos joga mah-jong. Como muitos tímidos, James Gardiner fala de maneira contínua, com gestos largos e rápidos, por medo do vazio. Eles se sentam. O professor aceitaria uma cerveja? Aceitaria. Pedem dois pints de cerveja. Dois pints de cerveja chegam. Gardiner Jr. ainda está falando. Desde o desembarque, James Paul James Gardiner Jr. seguiu Abercrombie sem dizer nada, sem ousar abordá-lo, desde a sua primeira infância, ou quase, acompanha a ilustre carreira do professor Abercrombie, até comprou, deve confessá-lo, o número da *Indonesian Chronicle* no qual o Sr. Walker publicou uma narrativa totalmente pitoresca do face a face entre Richard Abercrombie e um orangotango feroz. James Gardiner teria tranqüilamente tomado a liberdade de abordar o professor Abercrombie, mas não ousou fazê-lo; preferiu observar esse gênio a alguma distância. James Paul James Gardiner Jr. diz realmente "tomar a liberdade", "gênio"; aliás, é até simpático. Richard Abercrombie, que não bebe uma gota de álcool há um ano, está bêbado antes de ter terminado a caneca. Sorri com benevolência a seu jovem admirador, sem entender nem um terço da sua conversa volúvel. Isso não afeta o orador. James Paul James Gardiner Jr. se diz honrado, infinitamente, por aclamar em Abercrombie um mestre da meteorologia. Fala de ciência e progresso, tem algumas perguntas a fazer ao autor do agora clássico *Princípios de previsões meteorológicas* (163 páginas, 65 ilustrações, das quais 6 não enumeradas a cores). Ele mesmo, o denominado James Paul James Gardiner Jr., lançou no papel inumeráveis relatórios sobre brumas matinais em Napa Valley, aqui mesmo, na Califórnia, que gostaria de submeter, modestamente, a seu interlocutor. Por fim, e sobretudo, James Paul James Gardiner Jr. pede com respeito, enrubescendo ao extremo do espectro das radiações ditas vermelhas, se é possível inquirir sobre o progresso das fotografias prometidas à comunidade científica no congresso de Paris. É a vez de Richard Abercrombie enrubescer violentamente; depois lembra que o outro não pode saber o que contém seu álbum muito particular. Os outros clientes da taberna, fumantes de ópio, marinheiros desonestos, depois de um longo período de observação desconfiada, não prestam mais nenhuma atenção nesses brancos faladores e esguios que a polícia não procurava. Agora Richard Abercrombie está totalmente ébrio e se diverte de verdade. Pede uma rodada, e seu admirador não ousa recusar. Então, para se livrar gentilmente do honorável correspondente em São Francisco do *Weather Bureau* de Washington, um pouco para agradar esse pobre James Paul James

Gardiner Jr. que fala a um fantasma, um pouco para se divertir, Richard Abercrombie conta um pouco qualquer coisa, com ares profundos, diz dispor efetivamente de um número considerável de imagens, mas não diz de quê, mente apenas pela metade, explicando que deve encontrar uma maneira de apresentá-las, que a sua divulgação não pode ser feita sem o acompanhamento de um texto que as organize, que as justifique; que descreva para o mundo as experiências inéditas pelas quais passou. É então que James Paul James Gardiner Jr. pergunta em voz baixa, arrebatado, e sempre enrubescendo pela sua audácia, se não se poderia chamar esse texto especial, e as imagens que ele acompanha, de um protocolo. Abercrombie consente com esse ar misterioso e compenetrado que têm os bêbados no estágio final. É exatamente isso: um protocolo.

TRINTA ANOS MAIS TARDE, James Paul James Gardiner Jr., o famoso especialista da irrigação dos campos cultiváveis, lembrará com emoção esse episódio para um número especial do *Weather Bureau Monthly* dedicado aos pioneiros da meteorologia moderna; durante trinta anos ele terá apreciado essa lembrança, terá conservado-a cuidadosamente nos mínimos detalhes, para não deformá-la; e naturalmente durante trinta anos não terá parado de embelezá-la: o que será uma das fontes maiores do mito do Protocolo. Pois Abercrombie guardará a expressão desse homenzinho que nunca reverá, até o dia em que, pouco tempo antes da sua morte, escreverá com tinta roxa na capa verde do seu fichário esse título ingenuamente pretensioso: o Protocolo Abercrombie.

James Paul James Gardiner Jr. quis acompanhar o professor até o hotel, naturalmente. O professor recusou. Ele pode passar amanhã para deixar para o Sr. professor Abercrombie uma cópia de suas observações a respeito das brumas matinais de Napa Valley? Claro que pode. Uma vez sozinho, Richard Abercrombie coloca mais uma vez a bagagem sobre os ombros e muda novamente de hotel. Pega uma rua ao acaso no bairro chinês e em menos de vinte minutos encontra um bar onde se fuma ópio e onde se pode contratar mulheres. Ninguém virá procurá-lo lá. Aluga um quarto por duas semanas, e paga antecipadamente. Abercrombie decidiu estender sua pesquisa a todas as regiões do mundo: sua intuição lhe assopra que a apetência sexual das raças depende das afinidades secretas com os climas; mas velhos reflexos científicos lhe exigem verificar essa intuição. São Francisco fica no centro do novo mundo que se anuncia: a meio caminho da velha Europa e da velha Ásia, é a cidade dos sonhos para esse estudo; Abercrombie fica três meses por lá. Três meses durante os quais faz sexo com as nativas de todos os países que não pôde visitar. O resto do tempo, caminha por essa cidade da qual gostou imediatamente, pelas semelhanças secretas que oferece com a sua própria vida: cidade sem apego ao próprio passado; cidade povoada, mas sem população; cidade onde cada um pode viver à sua maneira. Uma invencível repugnância o impede de ter relações sexuais com mulheres de seu país, ou da Europa continental. Muito rápido, e na mesma época em que a comunidade científica perde seu rastro por muito tempo e que o pobre Gardiner se inquieta e atormenta a polícia da cidade, persuadido de que Abercrombie foi vítima de um seqüestro brutal, Richard Abercrombie se torna, nos meios da prostituição, uma espécie de celebridade. É para ele que sempre se pode entregar uma indígena, desde que não figure na lista que ele confiou ao gerente de seu bordel predileto, e que não pára de crescer.

    O proprietário do fumatório-bordel que ele escolheu como residência, um chinês, vende-lhe um dia uma espécie de manual religioso de inspiração taoísta, redigido num inglês aberrante, mas abundantemente ilustrado e inteiramente pornográfico. Ao virar uma página, Abercrombie se vê face a face com a imagem de um menino sorridente, inteiramente nu; com um dedo no canto da boca, ele segura o próprio sexo com a mão esquerda; em outras imagens, aparece ocupando-se embaixo de uma mulher, ou mesmo de várias. Abercrombie nunca tinha visto esse diabrete travesso. Informa-se a respeito. T'un Y'un é um personagem menor do folclore taoísta e a mais maliciosa das divindades menores do panteão chinês. A lenda diz que ele nasceu como o mais brincalhão e o mais indisciplinado dos deuses: no nascimento da Terra, não foi possível lhe confiar uma tarefa séria tal como a conduta de um astro; também lhe deram a função de tomar conta das nuvens. É por isso que, se na altura das estrelas e do céu T'un Y'un comanda os jogos sempre moventes do céu e da água, no erotimso chinês, ele rege os princípios da mobilidade e da umidade. Richard Abercrombie acredita ter encontrado seu deus. Não precisa, então, de mais nada.

Richard Abercrombie atravessa os Estados Unidos de oeste a leste, com indiferença. Há séculos a Europa joga lá a sua ralé; não existe nação mais misturada do que essa, e, contudo, eles compartilham esse ar fechado, essas maneiras brutais, esse estilo indiferente que são a marca do Ocidente. Isso não o afeta em nada, contudo: a disciplina altamente espiritual à qual se sujeita todos os dias o leva a ignorar as aparências mais superficiais para perceber em cada ser uma nova combinação de elementos simples, sob uma forma certamente singular, mas participante da continuidade profundamente unitária do ser vivo. Muita água, minerais variados, uma química muito complexa, uma eletricidade sutil: eis o que é para ele um ser humano na superfície terrestre, eis esse ser que vive nas dobras da terra e que, desde o início da época moderna, busca se tornar estrangeiro nela. Abercrombie decidiu passar pelo norte do país; por toda a parte, cruza com esses sonhos humanos que não são mais os seus e que chamamos de cidades. Atravessa Salt Lake City, onde migrantes devotos se acreditaram um dia abençoados, ao ver um mar morto se estender a seus pés;

atravessa Cincinnati e seu vale escarpado, onde alemães arruinados pararam, acreditando ter voltado ao Ruhr. Em Chicago, visita ainda um bordel, mas a carne das mulheres aqui é triste demais.

É em Washington, em setembro de 1893, que os pródromos da doença que terminará por matar Abercrombie o atingem. Ele gozou até aqui de uma saúde impecável. Tudo começa de forma muito simples:ele se põe a tossir, pega uma gripe forte; depois uma infecção na pele, depois outra; distúrbios digestivos e, de forma geral, qualquer doença que esteja no ar. Quando tiver entendido esse fenômeno, ele, ficará em casa, com um pessoal reduzido ao mínimo, vivendo tranqüilamente, a fim de não morrer rápido demais. Para Richard Abercrombie, essa chuva de perturbações, por mais incômoda que seja, reveste um interesse especial: seu corpo enfim se torna, ele mesmo, o campo de experimentação do seu pensamento. Começa a acreditar que quase não há mais acaso na sua vida; e essa doença proteiforme que o arrebata lhe parece o sinal da sua eleição, a marca tangível de seu gênio. Tendo freqüentado carnalmente mais seres diversos do que qualquer um no mundo, é à mistura de raças que ele atribui essa colonização do seu organismo por formas de vida exteriores. Pois para ele, é claro, uma doença é uma forma de vida como outra qualquer; certamente, coloca em perigo o indivíduo Richard Abercrombie; mas é também o sinal da precisão de suas idéias.

Às vezes, Abercrombie se sente o primeiro mutante de uma nova espécie, às vezes o último dos homens. A morte não lhe causa medo: ele dispersou a sua semente ao redor do mundo, e os elementos que se associaram brevemente para formá-lo vão certamente prosseguir em suas vidas, no seio das metamorfoses incessantes do Universo, que é o vivo. Ele pressente o advento de uma nova Idade Média: um tempo de invasões bárbaras, de mistura de raças e culturas, invenções extraordinárias. Que essa evolução inelutável abra igualmente a possibilidade de doenças terrivelmente assassinas não o assusta: a própria Idade Média viu a peste, vinda de tão longe, pelos ratos dos navios, varrer a Europa. As primeiras ondas de calor da primavera em Washington, o agravamento do seu estado de saúde o determinam a atravessar o Atlântico em direção à Inglaterra: um clima temperado prolongará seu prazo de vida.

UMA LINHA DE HORIZONTE que lhe parece descolorida, rastros de nuvens fibrosas, informes e rápidas: a Inglaterra. Para alcançar Londres, ele pega uma barca interminável que sobe lentamente o Tâmisa, num cheiro enjoativo de lama iodada e carvão úmido. Se Londres enegreceu ainda mais, e parece infinitamente mais velha, ele, por sua vez, tem um aspecto rejuvenescido, sem o bigode, com os cabelos razoavelmente compridos amarrados sobre a nuca, como os marinheiros de longas travessias. Nessa terra onde passou a maior parte da vida, Richard Abercrombie nunca buscará ter relações sexuais com uma de suas compatriotas.

Além disso, decidiu tratar a comunidade científica mundial com desprezo; será um gênio póstumo; seu fichário verde agora está enorme, repleto de sexos do mundo inteiro. Realizou no total 2 mil fotografias de sexos de mulheres diferentes, classificadas por regiões do mundo; no seio de cada região, por país; no seio de cada país, por etnia, que legendou indicando a idade da pessoa. Na barca que o levava a Londres, Richard Abercrombie refletiu sobre a conclusão que deveria dar a tal obra, e a idéia de um ensaio consagrado a um infinito absolutamente material lhe martela a cabeça desde a travessia do Atlântico Sul, em direção à Califórnia, no espetáculo constante e indefinidamente renovado das ondas rasgadas pela roda de proa.

Está em Londres há 15 dias quando se decide pelo inevitável: contatar o clã Abercrombie, sua família, em suma. Adiou esse dever o quanto pôde. Para se acostumar progressivamente, começa apresentando-se à sua casa. Pois Richard Abercrombie, naturalmente, possui uma casa em Londres, que nem mesmo sonhou em retomar à sua chegada, tendo adquirido o hábito e o gosto dos hotéis. A principal residência pessoal do professor Abercrombie é uma construção alta, vermelha e branca, de estilo neoclássico, no bairro de Kensington. Ele toca a campainha. Um criado lhe abre a porta, um filho e neto e bisneto de domésticos ingleses, a serviço da família há três gerações: ele não reage ao ver o Senhor. Faz entrar o Senhor, confia ao Senhor que está contente em revê-lo, serve o Senhor, pergunta ao Senhor quantos criados será preciso contratar, e Abercrombie indica uma soma ridiculamente baixa: cinco pessoas serão o suficiente. O clã Abercrombie dá festas duas vezes por mês, durante a estação. Convidam-no rigorosamente, para mostrar que não dão crédito aos rumores de desaparição ou mesmo de loucura do sábio da família. O Senhor, informado pelo criado fiel, responde que irá, em dois dias, à recepção Abercrombie.

A recepção é um sucesso. Custa cinqüenta anos do salário de um operário lá longe, nas minas do norte de Cardiff, a principal fonte de renda do clã Abercrombie, mas nada do suor e da poeira infiltrados nos pulmões desse operário transpira na relva de Hyde Park, sob as tendas azuis e brancas, nas toalhas de mesa imaculadas. Mulheres se divertem no arco-e-flecha. Na curva de uma alameda, Richard Abercrombie se emociona ao reconhecer o cachorro de sua adolescência; mas o animal rosna quando ele se aproxima, sem o reconhecer. Em seguida, Richard mede o seu desprezo: trata-se do neto do seu, no melhor dos casos. Embaixo da maior das tendas, encontra-se a sua mãe, sentada num trono, cercada como sempre de uma nuvem de homens de terno; em vinte anos, ainda não renunciou a vestir o luto do marido, a deixar esse preto que lhe cai tão bem. Richard Abercrombie lembra que, quando criança, amava apaixonadamente essa mulher. Eles se cumprimentam educadamente.

Uma esquadra de aristocratas solenes avança na sua direção em formação cerrada: seus primos, seu irmão. Os Abercrombie não desmereceram a Escócia nem a Coroa: há entre eles um bispo da Igreja Anglicana, alguns oficiais superiores da Sua Majestade. Todos falam com ele com um entusiasmo ainda maior quando percebem que Richard não está louco. Seu irmão o leva para um canto. O objeto de sua conversa não é claro de imediato; mas emerge pouco a pouco das brumas diplomáticas: John Abercrombie quer conhecer as intenções do irmão mais velho; com uma velocidade inesperada, sobressai dos propósitos de Richard Abercrombie que ele não conta usar, socialmente, entende-se, o glorioso nome dos Abercrombie. Aliás, não pretende aparecer pelas terras do clã, lá, na Escócia. Viverá recolhido em Londres. John Abercrombie se apressa em alcançar a mãe para lhe anunciar todas essas boas novidades. Richard pode voltar a Kensington.

A partir de então recluso, dedica-se à redação da nota sobre o infinito que deverá concluir o Protocolo. Os objetos da natureza, em sua imensa maioria, apresentam-se como irregulares: a linha reta, o círculo, o cubo praticamente não existem nesse planeta. Consideremos objetos tão diferentes quanto o flanco de uma montanha, a parede de uma vagina de mulher ou a superfície de um grão de trigo: todos compreendem asperezas, irregularidades mais ou menos importantes; mas a ciência ocidental nunca deu conta verdadeiramente de cada sinuosidade, de cada anfractuosidade no estudo desses objetos. Se encarregamos um matemático de calcular o comprimento do litoral da Inglaterra, ele considerará os acidentes da costa como pequenos segmentos de linhas retas, mais ou menos compridos, expostos de uma ponta a outra. Ora, pensando bem, trata-se de uma aproximação prática, mas enganosa. As irregularidades desse litoral, se tomamos a tarefa de medi-lo, são bem longas, pois bastante sinuosas. Sem dúvida, um caminhante precisaria de dezenas de anos para percorrer exatamente a costa da Cornualha, se entrasse no delírio de seguir todos os desvios da orla; ainda assim, essa precisão não seria perfeita. Pois a menor irregularidade, tomada em si mesma, compõe-se de minúsculas anfractuosidades, de forma que é preciso chegar ao ponto de dizer que a costa da Cornualha é rigorosamente infinita. E pode-se estender essa descoberta ao conjunto dos objetos naturais: a dobra de uma orelha, a mão de uma criança, o ventre das mulheres também são absolutamente sem fim. Infinito é a última palavra escrita por Richard Abercrombie em seu grande fichário verde: agora a sua obra está perfeita.

E depois a doença o come aos poucos. Nos dois ou três primeiros anos, ele se diverte bastante em ser um caso para os médicos ingleses. Perde qualquer respeito por seus compatriotas cientistas que não têm paciência porque ele representa um caso atípico; a maioria desaparece, porque não quer ser aquele que nada pôde fazer por esse doente rico, no coração do belo bairro de Kensington. No dia em que, irritado, um dentre eles termina por lhe dizer que não pode sentir dor lá onde diz sentir, Abercrombie toma a decisão de lhes fechar a porta, definitivamente. Manda descer para o porão, em caixas de madeira cuidadosamente pregadas, todo o seu dossiê médico. Guarda apenas, colando-o na última página do Protocolo, o croqui que um dos homens da arte desenhou nas costas de um envelope, para mostrar ao paciente em que consiste a tuberculose que o atinge. Não é difícil entender por quê: o croqui representa pequenos sacos aracnídeos, que lhe dão o oxigênio da vida e que parecem pequenos cumulus repletos de sangue. As doenças que lhe tomam o corpo, em ondas cada vez mais rápidas, logo diminuem visivelmente as suas faculdades. Richard Abercrombie divaga, às vezes durante dias inteiros. É instalado no térreo, numa poltrona, perto de uma vidraça; mas não olha nem o céu nem a rua.

Enfim decidiu de vez o nome de sua invenção: ela se chamará analogia, e nada mais. O termo *isomorfia* é certamente mais preciso, mais científico do que *analogia*. Mas a sonoridade não é boa. Para experimentar a validade do novo nome da nova ciência, Richard Abercrombie o testa nos contextos mais variados. Por exemplo, diz em voz alta: o professor Abercrombie acaba de ser nomeado para a cadeira de analogia que foi criada para ele em Cambridge. Também testa com os títulos: "Princípios de analogia aplicada"; "A analogia para uso das crianças e das pessoas do sexo". Sonha, em breve, com um Instituto de antropologia analógica: vê-se na Academia Real de Medicina, num vasto anfiteatro iluminado com eletricidade, apresenta o sexo de mulheres de todas as raças a um público de médicos, filósofos e amadores esclarecidos; é aplaudido quando explica a indolência natural das negras ao trabalho, e sua luxúria inveterada, pela hipertrofia de seus órgãos sexuais secundários. Esqueceu completamente que queria ser póstumo. Com freqüência, as criadas precisam mudar o estofo da poltrona, que cheira a urina e diarréia.

NO MÊS DE DEZEMBRO de 1893, tem início o Congresso Meteorológico de Viena, aquele mesmo em que Richard Abercrombie devia apresentar seu "Atlas fotográfico das nuvens". Ele nem fez a viagem, dando como pretexto uma doença; mas reconheceu, numa mensagem endereçada ao presidente do congresso, a vitória de seu ilustre colega e amigo Williamsson: o verdadeiro atlas universal das nuvens só pode ser um conjunto de litografias executadas pelo Artista, sob a supervisão do cientista; a imagem fotográfica é aleatória, falsamente objetiva. No entanto, mesmo os maus-caracteres são mortais: dois dias antes do fim do congresso de Viena, o cadáver violáceo de William S. Williamsson é encontrado num bordel repugnante do centro da cidade. A dama muito chique que o acompanhava para se aviltar com uma morena vulgar, sob os olhos de Williamsson, fugiu no momento em que ele começou a sufocar; quando a moreninha sobe com a patroa, o velho já está morto. A patroa farejou o notável, e sua fortuna; esvazia os bolsos do cadáver, examina o diário. Sua paciência é recompensada e ela obtém do presidente do congresso uma soma considerável para se calar e fazer o corpo ser transportado com discrição. Muito oficialmente, o corpo do grande William S. Williamsson é encontrado em seu quarto pelo detetive do Hotel Imperial. O congresso interrompe seus trabalhos e organiza uma homenagem. A ausência de Abercrombie, a morte de Williamsson: para muitos freqüentadores, esse congresso vienense marca o fim de uma época.

 A lenda do Protocolo cresce. As especulações ainda mais facilmente porque seu autor nunca se manifestará em público. Em lembrança dos velhos tempos, um confrade escocês lhe enviou, por fidelidade, uma cópia do discurso de encerramento do congresso de Viena. Abercrombie o lê lentamente, mas algo mudou, em tão poucos anos; e ele não entende nada: a meteorologia se tornou uma ciência adulta. A cada noite, em todo o Ocidente, agricultores, generais, oficiais da marinha esperam os boletins meteorológicos que ditarão o emprego de boa parte do seu tempo. Toda manhã, em Londres, antes que a criada tenha entrado para abrir as cortinas, arejar o quarto, servir o café da manhã, um homem sozinho, doente e feliz, se levanta lentamente da cama e vai se debruçar sobre a marquise, diante da estátua de cerca de meio metro de altura de uma criança rechonchuda e sorridente. É uma estátua de bronze de fabricação medíocre que representa, segundo o comerciante de produtos chineses da Gerrard Street que a vendeu como uma oferenda da época Song, a divindade T'un Y'un: uma criança alegre, de pé. Trata-se do mestre das nuvens, que assopra a seu bel-prazer.

 Depois do café-da-manhã, o velho se instala ao lado de T'un Y'un, envolvido em cobertas acolchoadas. Há uma nova forma de fumar que o encanta e à qual então se entrega, sob o olhar benevolente do seu deus, e para grande desespero do seu criado de quarto: são cigarros que compramos já enrolados, munidos de um filtro de celulose. Ele adora fumar. Inclina-se na sua espreguiçadeira, sob o sol raro da marquise; deixa escapar a fumaça abrindo bem a boca, sem a soprar. A fumaça sobe até o teto, e ele a acompanha com os olhos até o seu sumiço. Ou então deixa um cigarro concluir sua carreira no nicho de um cinzeiro:

primeiro, a fumaça sobe bem reta; depois, conforme um movimento incompreensível, mas visivelmente ordenado, gira sobre si mesma, e essa serpente se alarga até a sua dispersão. Às vezes uma mosca vem perturbar a trajetória do espiral com refinamentos igualmente erráticos.

Richard Abercrombie morre em 1917. Não é um bom ano para morrer: milhões de homens fazem o mesmo em toda a Europa; os jornais publicam intermináveis listas de nomes. Às vezes, quando um membro eminente da Royal Society apodrece numa trincheira, o *Times* publica uma necrologia educada, mas desatenta; Abercrombie só tem direito a algumas linhas. Morre povoado de doenças vivazes, morre secretamente encantado com essa proliferação demente do vivo pelo seu corpo moribundo. O clã Abercrombie incumbe seu irmão do funeral. É só então que ele desvenda o segredo mais bem guardado do falecido: sua filha de 11 anos.

O caso Abigail Abercrombie remete ao fim do ano de 1912. Richard Abercrombie estipulou em seu testamento que o Protocolo será publicado no dia seguinte à sua morte. Ora, no ano de 1912, enquanto o vulcão Katmai acaba de aniquilar sob toneladas de cinza a ilha Kodiak, do lado das Aleutas, Abercrombie nota subitamente que, se não tomar cuidado, o clã passará a mão em seu Protocolo. Abercrombie sabe de antemão o que sua família pensará de seus grandes planos de anatomias femininas, de seus croquis de conchas e flores, de suas divagações sobre o Mesmo. Um testamento não é suficiente: a História é abundante em inventores e filósofos e artistas traídos, ultrajados pela própria família. Para proteger sua obra, Abercrombie toma uma decisão maluca: dotar-se de um herdeiro estrangeiro ao seu sangue. Numa manhã, a casa Abercrombie está inquieta, pois o patrão pediu que se preparasse uma saída; duas horas mais tarde, um carro está lá; e todos os serviçais, concentrados na cozinha, olham pela janela esse espetáculo inédito para eles: uma saída do mestre.

O Orfanato de Filhos e Filhas de Marinheiros é um edifício alto e estreito, na extremidade oriental da Fleet Street. Damas gordas da boa sociedade aparecem, perto do Natal, para dar tapinhas nas cabeças das crianças, receber flores. A fachada é rebarbativa, mas o pessoal admirável. O fiacre ainda nem parou em frente ao edifício principal e a diretora, uma laica comprida e seca como um biscoito velho, aparece no patamar, de hábito, para acolher esse ilustre societário da Academia Real das Ciências. Apresentam ao rico visitante macaquinhos uniformizados, muito bem-arrumados e penteados, os indivíduos merecedores, os melhores alunos da instituição, os mais assíduos às aulas de instrução religiosa. Richard Abercrombie contempla-os educadamente. Todos almoçam num refeitório claro, sobre um estrado que domina as mesas dos órfãos. Em seguida, fazem um passeio pelo pátio, atrás do orfanato, quase um parque para dizer a verdade, uma bela surpresa no coração de Londres, onde as crianças se dispersam. Em volta do visitante começa o balé fingido e cuidadosamente montado dos candidatos à adoção, que fazem pantomimas de crianças comportadas, reflexões tocantes, observações bastante inteligentes para a sua idade. Por fim, Richard Abercrombie avista uma menina de cerca de 6 anos, que está afastada, tão asseada e penteada quanto os outros. Ocupa-se em cuspir numa poça d'água para fazer círculos. Desdenhando as expressões afetadas do pessoal, e a consternação visível da diretora do estabelecimento, Richard Abercrombie decide-se por ela. O honorável professor manifesta suas intenções, que são as de levar a criança para a casa dele imediatamente. Um momento de hesitação se segue, a diretora olha as irmãs que olham em outra direção. No ano precedente, um menino assim adotado por um notório casal da Inglaterra foi encontrado no Tâmisa, o corpo dilacerado, sem falar das feridas mais dificilmente evocáveis. Elas hesitam. Uma doação considerável de Richard Abercrombie para as obras do orfanato, longe de acalmá-las, atiçam ainda mais a inquietude do pessoal. Mas a diretora cede. No fiacre, a pequena Abigail adormece, encostada no velho que faz o mesmo.

A HEREDITARIEDADE TALVEZ, AS privações da primeira infância, toda essa miséria irremissível da primeira vida de Abigail tiveram suas conseqüências: a filha adotiva de Richard Abercrombie é uma menina desleixada e ingrata, tão suja quanto lasciva. Enfraquecido, diminuído pelas doenças constantes, seu pai adotivo não se preocupa nem um pouco: as cóleras da pequena são a marca de uma personalidade forte; sua recusa em aprender o que quer que seja, o signo de uma independência de espírito precoce; a cozinheira da casa de Kensington não ajuda em nada, pois, tendo sido tomada por uma paixão tão transbordante quanto cega pela criança, mima-a além de qualquer razão.

O tempo passa. O mundo não envelhece. Ao contrário, esse século que começa mostra uma inventividade quase juvenil no que diz respeito ao horror e às destruições. Em 1915, Richard Abercrombie constata, com a leitura de jornais, que a ciência meteorológica permite agora matar com uma precisão crescente: nessa guerra que se imaginava curta e que se eterniza nas planícies do norte da França, o estudo dos ventos ajuda na difusão dos gases tóxicos, o da cobertura nebulosa permite os movimentos de tropas mais assassinas; e anuncia-se nas revistas especializadas que esses novos aparelhos chamados aeroplanos vão fornecer diferentes perspectivas aos jovens meteorologistas patriotas. Richard Abercrombie se decompõe: diverte-se com os fios de baba que caem sobre o peito, e com suas trajetórias. Seu desgosto com a comunidade científica é tal que decide não legar nenhum de seus documentos à Academia Real das Ciências.

Seria bom poder citar nobres propósitos de leito de morte; dispor de uma bela carta resumindo sua vida, na qual ele descreveria a profunda coerência de sua existência, poder descrever uma última conversa entre o cientista e sua filha adotiva. Mas Richard Abercrombie não morre assim. Na noite de 4 de dezembro de 1917, é encontrado prostrado em sua poltrona habitual, sobre a marquise. Não chamou ninguém, não gritou. O médico-legista, num bonito movimento de honestidade, escreverá em seu relatório, no campo "Motivo do falecimento", essas palavras que são a confissão de sua ignorância: "Esgotamento geral."

Ao descobrir a herdeira, o clã decide circunscrever o escândalo não protestando oficialmente. À cozinheira, que aliás não é gananciosa, eles oferecem uma soma correta. Nomeiam-na igualmente tutora da menina. Deixam-na a linda casa eduardiana, que de qualquer maneira começa a dar sinais de cansaço, assim como os pertences estritamente pessoais de Richard. Os restos de uma fortuna do século XIX são mais do que suficientes para se viver apropriadamente no século XX; os curadores dos bens de Richard Abercrombie os administram da melhor forma possível e, em 1933, Abigail se torna maior de idade e milionária em libras.

Abigail Abercrombie não melhorou com os anos. Sua precocidade em todos os vícios não se desmentiu. Uma vez rica, dedica vários anos a jogar essa pequena fortuna pelas janelas de diversos hotéis do litoral francês, ou nos bolsos de diversos homens de bom porte, mas que não possuem nem profissões nem rendas detectáveis. De volta a Londres, Abigail Abercrombie provoca a admiração de seus companheiros de libertinagem, nas pequenas espeluncas na margem do Tâmisa, onde se apaixona por marinheiros, estivadores desocupados, que batem nela com força. Aos 30 anos, aparenta 45. Ébria e inculta, Abigail não é idiota. De tanto decifrar as cartas floridas dos sábios do mundo inteiro, entendeu o valor dos documentos do pai adotivo: uma mala de viagem repleta de correspondências, artigos inéditos, memórias. Tem a confirmação desse valor quando, ao colocar nas colunas do *Times* um anúncio para encontrar um especialista a fim de realizar o inventário do pai, recebe cerca de trinta candidaturas voluntárias. É assim que em 1941 um homenzinho gorducho, de barbicha, chamado Anton Vries, desembarca da Letônia na casa de Kensington. Abigail colocou suas condições: o professor Vries efetuará gratuitamente o inventário e, em troca, poderá publicá-lo, com os comentários que desejar. Por sorte, Abigail se deparou, na véspera da chegada do sábio letônio, com um fichário gordo, repleto de provas fotográficas e notas manuscritas. Abriu-o ao acaso e se encontrou face a face com um sexo de mulher, pequeno e perolado como uma concha dos mares do Sul; o encontro não a choca em nada; quanto ao texto que o acompanha, é chinês para ela. Mas tem nas mãos esse Protocolo do qual todos esses sábios falam sem parar desde a sua maioridade. No dia seguinte, não diz nada a Anton Vries, que termina em alguns dias o inventário, decepcionado por não ter podido colocar a mão no famoso Protocolo, mas certo de que a publicação de suas *Observações a respeito do patrimônio Abercrombie* o aproxima da cadeira de geografia que cobiça na Letônia. Pouco antes da sua partida, Abigail convoca um homem da lei: deseja um contrato. Vries não pode recusar: também deve avaliar um documento particular, sem, contudo, relatá-lo publicamente; em troca disso, poderá ser nomeado editor da correspondência Williamsson-Abercrombie, cujo manuscrito Abigail se apressa em vender em Nova York. Anton Vries cede à proposta. A descrição do Protocolo redigida por ele, que Abigail publicará no *Boletim da organização meteorológica mundial*, é uma obra-prima de precisão bibliofílica, mas também de hipocrisia, pois não revela nada do conteúdo exato do documento. Os amadores e colecionadores do mundo inteiro se exaltam.

Então começa, para Abigail, um longo e lento jogo de especulação: ela não desmente nem confirma nenhum rumor a respeito do Protocolo, deixando entender a uma pessoa que o valor sentimental do objeto é tal que não pode se separar dele, a outra que o conteúdo do fichário é inconveniente demais para ser publicável. Ninguém, no meio dos conhecedores, se ilude quanto aos escrúpulos de Abigail Abercrombie, mas a cotação do Protocolo aumenta. Coloca-se para ela a questão do local onde conservar o objeto e, como todas as pessoas sem instrução, Abigail Abercrombie desconfia dos bancos; em compensação, acredita veementemente nos esconderijos. O fichário é volumoso. Ela passa horas circulando por toda a casa de Kensington. Encontra um esconderijo que considera satisfatório.

Em 1946, aos 40 anos, Abigail Abercrombie fica grávida; nunca tomou a menor precaução nesse setor, pois se acreditava estéril; mesmo que quisesse, não poderia descobrir quem era o pai, entre seus dez, ou mais, amantes dos últimos seis meses. Mas, grávida, descobre o peso do corpo e as doçuras da devoção. Pára de beber com uma facilidade desconcertante, rompe com as companhias do porto. Reza absurdamente para que o filho herde a inteligência de Richard Abercrombie; por superstição, dá-lhe seu nome. Richard Abercrombie Jr. se lembrará de uma mulher pequena e angulosa, com as mãos secas, de uma austeridade meticulosa com o filho, de uma severidade constante, e que o amava loucamente. O pequeno Richard é uma criança comportada e um aluno irrepreensível; um jovem perfeitamente comedido e um estudante brilhante. Abigail ficará terrivelmente decepcionada quando ele se orientar para a profissão de psicanalista, depois de ter terminado o curso de direito. No entanto, Abigail Abercrombie guardará no seu quarto, numa pequena estante comprada especialmente para esse fim, todos os artigos do filho, e um exemplar encadernado da sua tese de doutorado.

Aos 100 anos, ela enfraquece de uma vez, durante o verão de 2005. No hospital de Whittington, o filho a visita todos os dias. Ela reclama de tudo, desses médicos negros e indianos que certamente a matam. Na véspera da sua morte, Abigail revela ao filho o esconderijo do Protocolo, a única riqueza que lhe resta, além da casa. Exprime o desejo de que ele venda esse objeto, e recomenda-lhe não o ler, em respeito ao avô. O filho manifesta sua gratidão, agradece com efusão, e promete solenemente não ler o documento. Richard Abercrombie sabe da existência do Protocolo desde os 10 anos de idade; aos 12, descobriu-o por acaso, enquanto a mãe preparava um chá na cozinha; aprendeu muito rápido a colocar o fichário de volta no lugar, embaixo de duas lâminas de parquete do armário de limpeza, sem deixar a porta ranger. Richard Abercrombie Jr. se masturbou três anos diante das veneráveis fotografias do avô.

O VERÃO DE 2006 se anuncia quente e úmido, um verão de nuvens, que Virginie deve passar em Londres, pois seus primeiros dias de folga cairão no Natal; mas nada lhe falta aqui. Perto da casinha branca que é agora a sua, aprende a conhecer o parque de Hampstead. Virginie se apaixonou por ele. Pode-se gostar apaixonadamente de um parque. Ela passeia por ele todos os dias em que não vai a Reading, num impulso de piedade tranqüila por seus valezinhos úmidos e suas colinas herbosas, onde crescem cardos. Muitos séculos passaram pela charneca de Hampstead, sem modificá-la. É verdade que a noite não é mais completamente escura; pois as imagens dos satélites são claras: não existe mais um único ponto, em toda a Europa, onde reine uma escuridão completa. No entanto, Virginie gosta de pensar que o lugar por onde passeava Luke Howard não mudou muito; é bom pisar nas mesmas alamedas onde os mortos caminharam, com o mesmo prazer, na mesma paz de espírito e de corpo, num lugar onde árvores veneráveis viram passar, jovens, damas em crinolina carregando uma sombrinha, nos braços de belos senhores.

No segundo andar da casinha do número 6, da Well Walk, Virginie às vezes repousa sob o teto de vidro: um grande plano inclinado de 3 x 2 projeta no céu um quadro constante e interminavelmente variável, acima da sua cama. Nada no mundo de mais fascinante do que as nuvens, senão o oceano; mas lá reside o perigo. Pois tampouco nada é mais vão, mais enganador, mais assustador do que essa matéria sempre mutante, sempre renovada; e tão difícil de se descrever, compreender, dominar. O que Virginie Latour percebera inicialmente como o longo e doce cortejo dos apaixonados comporta, ela se dá conta agora, um número relativamente grande de suicidas, desesperados, apaixonados não correspondidos e solitários tristes. Quanto a Richard Abercrombie, Virginie Latour acha que simplesmente lhe faltaram colegas leais, empregados dedicados, alunos admirados; pois ele parece nunca ter tido um amigo de verdade; e Richard Abercrombie faz parte desses seres que não podemos imaginar crianças. Freqüentou centenas de mulheres, e foi a elas que dedicou suas páginas mais líricas, porém nunca conheceu a doçura de estar junto de alguém, sem fazer nada. Às vezes Virginie Latour não sabe mais o que pensar, mas diz a si mesma que isso não é tão grave. Ela trabalha.

No centro meteorológico, encontra regularmente os melhores especialistas europeus da meteorologia moderna; ao escutá-los, ao questioná-los, Virginie Latour compreende que Richard Abercrombie é para eles apenas uma figura pitoresca e patética, da pré-história meteorológica; o que um alquimista é para a química moderna. Pois para esses informáticos, esses matemáticos, esses geógrafos, a Ciência é o que se faz aqui e agora; eles conhecem vagamente os grandes precursores. O resto não existe, não existe mais. A esse respeito, não apenas a ciência analógica de Richard Abercrombie lhes parece aberrante, mas também eles penam para entender como um dia o homem quis organizar as nuvens em categorias rígidas. A classificação de Howard é certamente, ainda hoje, bastante útil para o amador esclarecido, para o pintor de domingo, para o simples curioso; mas em Reading ninguém a utiliza mais. Para os cientistas, as nuvens já tiveram a sua época; trata-se agora de descrever sistemas atmosféricos, grandes conjuntos de correntes, de depressões, de frentes espiraladas. No silêncio vitrificado das salas climatizadas, enormes e custosas calculadoras desenhavam os mapas desse novo mundo.

Há, contudo, uma outra forma de conceber essa evolução, e Virginie, na tranqüilidade da sua casa de Londres, batalha para construí-la. A ciência analógica bem poderia ter levado Richard Abercrombie a uma concepção global, sistêmica, dos movimentos nebulosos; pois as nuvens não eram mais para ele objetos separáveis e separados, mas um estado do meio atmosférico. Na verdade, um elemento pessoal viera desviar a trajetória da analogia, e foi entre as coxas das mulheres que Richard Abercrombie erguera o altar da sua religião pessoal, a chave do seu desejo; seu culto não era mais louco do que qualquer outro; entretanto, tinha poucos adeptos, de forma geral, e menos ainda, singularmente, na Inglaterra, para onde seu inventor o tinha levado. E é certamente impossível pensar que Richard Abercrombie influenciara diretamente as pesquisas atuais, uma vez que no ano de 2006 as suas ainda não tinham sido publicadas. Mas Virginie Latour não pode se impedir de pensar que o simples fato de ele ter aberto essas novas possibilidades não seja inteiramente desprovido de significação. De tanto insistir, Virginie consegue formular um paradoxo satisfatório: um inventor contribui de maneira decisiva para tornar seus próprios trabalhos aberrantes, já que abre a possibilidade de ultrapassá-los.

O progresso científico, indiferente aos destinos naturais e humanos, continuou seu caminho. Em 5 de março de 1950, em

Aberdeen, no estado de Maryland, os 42 armários metálicos do computador concebido por John von Neumann, manipulado durante 33 dias e 33 noites por uma equipe internacional de cinco pessoas, permitem efetuar três previsões exatas no prazo de 24 horas a partir de um modelo simplificado de atmosfera. John von Neumann é o primeiro a ganhar essa corrida de velocidade entre o tempo que vai fazer e os homens, entre as potências humanas de cálculo e as forças naturais. Depois, tudo vai cada vez mais rápido, é a própria lei dos computadores, porque a lei dos computadores é a mesma que a do mercado. Considera-se a atmosfera como um volume recortado numa série de caixas. Cada caixa é reduzível a um conjunto de pontos, cada ponto pode ser o objeto de um cálculo. Para a ciência, terminaram, então, as nuvens; ei-las transformadas em conjuntos de pontos coordenados num espaço de simulação a mais de três dimensões.

E agora uma rede gigantesca quadriculou o mundo, na terra, nos mares e nos céus. Desde os anos 1960 do século XX, satélites foram enviados para flutuar acima da atmosfera, lá onde a vida terrestre se rarefaz até o irrespirável. Alguns desses satélites se encontram a 36 mil quilômetros da Terra e giram com ela, na vertical do Equador; outros passam bem perto dela, a mil quilômetros de altura, e dão a volta pelo caminho mais curto, no eixo dos dois pólos, que cruzam a cada 12 horas. Em Reading, na Grã-Bretanha, e em alguns outros centros no mundo, foram instalados computadores estranhamente bonitos em armários pretos e brancos, que efetuam, a cada segundo, um número impensável de cálculos; nesses centros, centenas de homens e mulheres recensearam pacientemente, estudaram, modelaram os parâmetros que a simulação informática devia integrar, na terra como no céu. É que são necessárias muitas coisas para fazer o tempo que faz. Há tudo o que acontece no solo, como o derretimento da neve ou a reverberação do calor. Há as variáveis do estado do solo: sua natureza geológica, sua rugosidade, sua temperatura, sua umidade. Há as múltiplas interações entre o solo e a atmosfera, tais como os fluxos de calor sensível e os fluxos de evaporação, os fenômenos de atrito. Há as variações do estado da atmosfera, como a umidade, a temperatura, o vento. Há esses processos físicos no seio da própria atmosfera, como a difusão, a irradiação, a convecção, e, claro, as precipitações. É preciso dominar tudo isso, tanto quanto possível, para se pretender prever o tempo que fará. E agora os pesquisadores batem contra a parede: a despeito do aumento exponencial da velocidade de cálculo dos computadores, era absolutamente impossível prever o tempo para mais de cinco dias numa região vasta como, por exemplo, a Europa. Então a Europa se apoderou do Centro de Reading na Grã-Bretanha e o modernizou como Centro Europeu de Previsão Meteorológica.

VIRGINIE LATOUR ESPERA. ELA espera uma tempestade. Toda segunda, ao chegar ao Centro de Reading, vai à sala das previsões. Enfim, na segunda-feira 1º de outubro de 2006, uma senhora tempestade parece se armar para o fim da semana, a oeste da Irlanda, virando lentamente sobre si mesma a sua massa prodigiosa. Na noite da terça-feira 2, que é o fim da sua semana em Reading, Virginie volta a Londres com muita pressa, para não ficar presa nas estradas.

Conforme os cálculos das máquinas eletrônicas, essa tempestade, quando alcançar a costa ocidental da Inglaterra, será a mais violenta dos últimos cinqüenta anos. E bruscamente, ao decifrar os mapas da quarta-feira 3 para a sexta-feira 5, os especialistas de Reading ficam totalmente desorientados: essa tempestade anunciada ultrapassa qualquer previsão; nunca houve equivalente em toda a história dos relatórios meteorológicos da Grã-Bretanha; de Londres, onde a equiparam com um posto informático exclusivo, Virginie acompanha a evolução dos mapas, e não acredita no que vê. No dia 4 de outubro, os engenheiros de Reading estão mergulhados numa perplexidade total, pois o Centro Europeu de Previsão Meteorológica a meio-termo de Reading acaba de pôr em funcionamento, no fim do mês de agosto, depois de seis meses de preparação, uma nova geração de calculadoras dedicadas à previsão dos estados atmosféricos. O HV 1000 pertence a um novo tipo, dito "de memória distribuída", o que quer dizer que efetua um número impensável de cálculos utilizando várias baterias de memória. O interesse, naturalmente, se deve à complexidade do modelo de atmosfera que se pode assim engendrar; mas os engenheiros de Reading também melhoraram suas performances, pensando em fornecer ao HV 1000 um banco contendo todos os dados dos últimos dez anos, ele mesmo ligado a um motor de inferência. Dessa forma, cada vez que o próprio HV 1000 propõe uma previsão, o banco de dados procura o estado da atmosfera que no passado chegou mais perto deste, e engorda a representação cartográfica; de forma que milhares de cálculos são poupados à memória distribuída: de onde a possibilidade de preparar previsões confiáveis não mais com 48 ou 72 horas de antecedência, mas com 84 ou até 96 horas. E, durante os seis meses de teste, e o mês de funcionamento efetivo, o trio HV 1000/Banco de dados/Motor de inferência efetuou previsões com uma precisão e uma antecipação fabulosas.

Nos primeiros dias de outubro de 2006, é esse sistema testado que Reading utiliza, deixando ligado, por segurança, os bons e velhos Fujitsu. E é esse sistema supostamente testado que, desde o dia 2, confirma para os dias 6 e 7 de outubro precipitações e picos de vento absolutamente inverossímeis, que o banco de dados recusa até a confirmar, pois foi programado para invalidar variações importantes demais. Diante da gigantesca tela de plasma da sala de controle, que permite ver as frentes climáticas avançar por toda a Europa ocidental, os técnicos mal ousam se olhar, de tanto que o dilema é preocupante: é preciso dar o alerta ou será que o HV 1000 está revelando fraquezas de programação até aqui despercebidas? Os homens do Centro se voltam para o antigo material: os Fujitsu anunciam apenas fortes tempestades, de acordo com as médias da estação. O dilema é então o seguinte: ou eles seguem o HV 1000, dizendo-se que ele anuncia, precisamente em razão de sua excelência, fenômenos que um aparelho menos sensível teria negligenciado; ou se restringem ao velho material, e à previsão mais verossímil. Sem dúvida, a decisão tomada coletivamente após uma discussão intensa, porém breve (pois milhões de clientes aguardam as previsões do Centro), consiste em escolher entre acreditar na experiência e acreditar na máquina nova, essa jóia preta de titânio e carbono que lhes custou cinco anos de um trabalho ingrato e, à comunidade européia, somas nas quais não se ousa nem mesmo pensar; essa decisão de fundo previsível, tamanho o medo de arruinar o Centro com a apresentação de um cálculo tão aberrante, é evidentemente a de se referir de fato, da forma mais discreta possível, às máquinas mais velhas. E então, na noite de 3 de outubro de 2006, o Centro Europeu de Previsão Meteorológica a meio-termo de Reading emite um boletim anunciando um tempo habitualmente instável, com anúncio de tempestades localizadas de nível 2 numa escala de 6, com ondas de aguaceiros e risco de granizo em todo o oeste da Europa; nada de alarmante para a estação. Uma vez divulgado esse boletim no site oficial do Centro, procedimentos automatizados também transmitem boletins regionais aos assinantes em toda a Europa, institucionais, transportadores, agricultores. Depois, o pessoal técnico passa a noite toda a auscultar o HV 1000. De manhã cedo, o Centro recebe ligações apavoradas de estações meteorológicas da costa ocidental da Irlanda: uma tempestade atroz, grande como a própria Irlanda, está prestes a atravessá-la de leste a oeste e, rodopiando alegremente, lança-se para o sul, avança em direção à Grã-Bretanha, aos litorais da Bélgica e da França, devastando tudo por onde passa. Em Reading, conserva-se ainda uma pequena esperança de que as rajadas de vento parem tão rapidamente quanto começaram, mas por volta das 8 horas da manhã a tempestade, ao passar por Reading, arranca os telhados de todos os bangalôs administrativos do Centro Europeu de Previsão Meteorológica a meio-termo. E por volta das 9 horas todo mundo se rende a uma evidência, num certo sentido reconfortante: a calculadora HV 1000 de memória distribuída cumpre todas as suas promessas.

    Durante esse tempo, em Londres e em toda a Inglaterra, o alerta foi dado enfim; as ruas são abandonadas, as habitações calafetadas. Depois de ter fechado todas as janelas da sua casinha branca, do número 6, da Well Walk, Virginie Latour se equipou com muito zelo: fez a aquisição, de manhã, de um equipamento completo de marinheiro, de um amarelo muito conveniente. Sai por volta das 16 horas e, tomando o cuidado de andar no meio da rua, dirige-se para a charneca de Hampstead. Embora Virginie Latour saiba que infelizes serão feridos em breve, que imprudentes, imbecis ou inconscientes morrerão durante esses dois dias de tornado, que carros serão jogados em valas, que haverá torrentes de lama devastadoras e árvores desenraizadas, não pode se impedir de sorrir para essa tempestade que enfim chega. Não pode se impedir de sorrir ao pensar que ainda existem forças indomadas, mesmo aqui, na velha Inglaterra desse pobre Richard Abercrombie. Ainda assim, pára de sorrir ao entrar na charneca: o vento a empurra para o chão como um brinquedo.

    A questão agora é avançar sem se aproximar das árvores; evitando o caminhozinho tortuoso, o dos ribeirinhos e freqüentadores, Virginie caminha bem no meio de uma planície irreconhecível, coberta como de costume por plantas altas que o vento derrubou no chão, formando um tapete escorregadio que lhe torce os tornozelos; o céu no horizonte é irreconhecível, percorrido por nuvens cinza, insanas. Enfim, chega ao pé da colina do Parlamento, que escala de joelhos, ensurdecida pelo ar sibilante, cega pelas águas tumultuadas. Uma vez no cume, volta-se para o sul; Londres se estende a seus pés, sem contornos definidos, como que afogada sob um dilúvio de chumbo derretido e gelado, de pesadelo. Virginie tira do bolso ventral da sua camisa de marinheiro uma caixa metálica retangular; abre-a lentamente, para dar uma dignidade a seu gesto, mas essa tentativa é irrelevante: a tampa da urna é levada pelo vento, e as cinzas desaparecem instantaneamente. E Virginie Latour fica lá, estúpida, contemplando o fundo imaculado da urna vazia. Num curto acesso de bom senso, percebe ser um alvo perfeito para um raio, e para todos os tipos de objetos voando ao seu redor. Volta, então, a passos lentos, arqueada contra o vento.

Por volta das 17 horas, Virginie Latour está protegida da chuva. Tira as botas e a capa, liga a torneira da banheira, desnuda-se inteiramente e mergulha o corpo dentro dela. Pensa que uma parte das cinzas de Akira Kumo provavelmente ficará lá, alimentando as árvores da charneca; enquanto a outra parte, projetada tão bruscamente nas mais altas camadas da atmosfera, não irá descer tão cedo. Virginie pensa que com um pouco de sorte suas cinzas pegarão uma dessas correntes de grande altitude que nos sobrevoam sem parar, a mais de 400 quilômetros por hora, e que são na realidade os verdadeiros artesãos do tempo que faz, bem mais abaixo, na terra. Pensa que uma parte dessa poeira pode vir a cruzar, em seu périplo ao redor do globo, os últimos grãos de poeira do grande vulcão Krakatoa; ou até os últimos vestígios vitrificados, terrivelmente radioativos, de uma menina vaporizada na margem do rio Ota, perto da cidade de Hiroshima. Virginie Latour também pensa, na sua ilhazinha branca no meio das tempestades, que vai viver a sua vida. Mas essa é uma outra história.

Este livro foi composto na tipologia Aldine 401BT
em corpo 11/15,3, impresso em papel off-white 80g/m²,
no Sistema Cameron da Divisão Gráfica
da Distribuidora Record.

Seja um Leitor Preferencial Record
e receba informações sobre nossos lançamentos.
Escreva para
RP Record
Caixa Postal 23.052
Rio de Janeiro, RJ – CEP 20922-970
dando seu nome e endereço
e tenha acesso a nossas ofertas especiais.

Válido somente no Brasil.

Ou visite a nossa *home page*:
http://www.record.com.br